浮生若梦

东厂有疾

若有一天我留不住你了
我会和你一起去死

四藏 著

贵州出版集团
贵州人民出版社

图书在版编目（ＣＩＰ）数据

东厂有颜 / 四藏著. -- 贵阳：贵州人民出版社，
2017.4（2020.3重印）

ISBN 978-7-221-14115-6

Ⅰ.①东… Ⅱ.①四… Ⅲ.①长篇小说－中国－当代
Ⅳ.①I247.5

中国版本图书馆CIP数据核字(2017)第096183号

东厂有颜

四藏 著

出 版 人：苏 桦

出版统筹：陈继光

选题策划：大鱼文化

责任编辑：陈继光 肖锦汉

特约编辑：李文诗

装帧设计：Insect

封面绘制：槿 木

出版发行：贵州人民出版社（贵阳市观山湖区会展东路SOHO办公区A座
邮编：550081）

印 刷：三河市华东印刷有限公司

开 本：880×1230毫米 1/32

字 数：257千字

印 张：9

版 次：2017年7月第1版

印 次：2017年7月第1次印刷
2020年3月第2次印刷

书 号：ISBN 978-7-221-14115-6

定 价：45.00元

目　　录

目　　录

楔子

立冬的清晨，天色青白之际。

灰蒙蒙的阴霾里，有人停在了张老头的馄饨摊前。

一阵细碎的锁链声响，有人问："皇宫要怎么走？"

声音不大，情绪不多，在清冷的街道上传来。

张老头抬头就看到了立在摊前的人——瘦，小。

不过是个十四五岁的小少年，立冬的节令里只穿一件洗得发黄的粗衣，蓬乱的头发抓在脑袋后面，背上却扛着个快要同他一样高的细长包裹，隔着蒸腾袅白的热气看不清面貌，只一双眼睛晶晶亮亮的，黑白分明。

少年的脖颈上锁着半条铁链，两指粗细，拖到胸口处断了，走路间发出叮叮当当的碎响。

"皇宫要怎么走？"他又问了一遍。

张老头回神，指了指远处的飞檐楼宇，道："喏，那不就是吗。"又好奇地问，"小公子要去皇宫？"

少年一本正经地点点头。

张老头忍不住喷笑："小公子莫逗乐了，皇帝住的地方岂是随便去得的？"

"我不能进去吗？"少年蹙眉。

张老头摇头晃脑地开玩笑打趣道："想进去啊？嘿，那还不简单，只要您进了东厂，可不就天天待在里面了嘛。"

"东厂吗……"少年喃喃地应了一声。

张老头再抬头就只瞧见初晨的熹微中那少年扛着几乎拖地的包裹，叮叮当当地离开。

"嘿，真是怪人。"

一、初入东厂

天色暗下来时突然下了雨。

一顶绛紫软轿行在小巷里，有人拦在了那轿子前，一个十四五岁的瘦小少年，扛着把大刀问："你是东厂的老大？"

陆长恭从那轿子里慢慢走出来，这个小子跟了他一路了。

"是。"

在应那一声后，突听当啷啷一通乱响，不远处的黑影猛地不见了，一阵细雨扑在面上，就被眼前一只小手扼住了喉咙。

好快的身手。

"带我进皇宫。"那人瘦小得只到他肩头，从头至脚都湿透了，头发胡乱地贴在脸上，一双眼睛黑白分明。

他看着那双眼睛问："你要进皇宫做什么？"

"少废话！"少年恶狠狠地收紧手指，尖锐的指甲抠进皮肉里，"再啰唆我立刻掐断你的脖子！"

陆长恭睐了睐眼："你觉得你杀得了我吗？"声音未落，身后风声乍起，一点寒光划开细雨直逼少年眉心。

那动作快得少年来不及做出防卫，只得收回手，踉跄后退一步躲开。

"叮"的一声轻响，一把小刀擦着少年的侧脸划过，钉在身后的青墙中，眼前平地冒出了一个人。

夜行衣，眉眼犀利——影卫。

"如今呢？你还有几分把握可以杀了我？"陆长恭负手而立，含笑看着那小少年。

少年擦了一把被小刀划破的侧脸，盯着那男子，将身后的大刀解下，双手握刀道："百分之百！"

那一声兵刃相交的闷响在寂静的雨夜里十分清晰，惊起屋檐下栖息的燕子。

顾小楼从东厂带队而出，头也不回地对身后的手下道："跟上！"拔步掠入小巷中。

不过几个起落，顾小楼便找到了负手而立的男子，闪身近前："督主……"话未讲完便噎在喉头。

血，青石板上满是鲜血，不远处倒着两个黑衣影卫，皆是一刀毙命。那尸体旁站着一道孱弱的身影，一把鬼头大刀，刺穿了另一个影卫的胸口钉在青墙上。那人双手握着刀柄，剧烈地喘息着，细白的脖颈上，铁链当啷。

身后赶来的番子都惊得倒抽一口冷气——这些影卫皆是东厂里的高手，便是他们都没把握以一敌三……

"哪里来的小兔崽子，让你顾爷爷来会会你。"顾小楼握上腰间的佩剑，一分分地推剑出鞘，却被身侧人按住。

陆长恭瞧着小少年，笑容越发深："你叫什么名字？"

"纪川。"小少年握着钉在墙上的鬼头刀站直身子。

"多大了？"他又问。

纪川答："十六。"

"是吗？"他眯了眼审视纪川。

那眼神让纪川无端心虚，嘟囔道："过了今年就十六……"

他满意地点了点头，松开顾小楼的剑，笑道："你想加入东厂吗？"

"什么？"纪川反应不过来，惊愕地看着那男人。

陆长恭眼角的笑纹舒展开："跟着我吧。"

"督主！"顾小楼惊诧道，"这么个毛都没脱净的小娃娃要进东厂……"

陆长恭眯眼："你不满意？"

顾小楼一下子哑口无言，耸了耸肩："我怎么敢……你是老大，你说了算。"

纪川在不远处蹙眉："跟着你能进皇宫吗？"

他失笑："自然，你也说了我是老大，这些事情轻而易举。"

纪川顿时喜了眉眼，又问："那跟着你管饭吗？"

陆长恭扬着嘴角："管饱管好。"

"那行！我跟着你。"纪川答得利落。

陆长恭在细雨中笑得心满意足，撑开伞对纪川招手："过来。"

纪川迟疑。

他道："入了东厂就是我的人，要听话。"

他的手伸在眼前，素白的，很好看。纪川有些不好意思，将手在身上蹭了蹭："我的手脏……"

夜雨细密里，少年浑身上下没有一寸干净的地方。

陆长恭近前一步，牵过纪川的手拉入伞下，手掌落在纪川头顶，感觉到少年明显绷紧了身子，警惕而防备。他缓声道："既然决定入东厂，就要将一切都交给我，你要做的只有服从我。明白吗？"

纪川抬头看他，点了点头。

东厂，偏厅。

这是近几年来，东厂六番队到得最齐的一次，除却一番队队长——冷百春在京都外办事，其余五队全到。

陆长恭换了月白便服出来时，酒菜便已经备好，满满的一桌子佳肴，都是陆长恭特意吩咐备下的。

偌大的八仙桌，各队都坐齐，独纪川扛着大刀站在殿中央，依旧一身湿透的粗布衣。

"怎么还未换？"陆长恭微掀了眼帘。

被吩咐侍候纪川更衣的侍婢扑通跪下，慌忙道："督主恕罪……

是纪公子……"

"我自己换就可以。"纪川不以为意，看了一眼满桌热气腾腾的饭菜，"我饿了。"

陆长恭笑得愉悦，对纪川招手："坐到我身边来。"

纪川乐呵呵地应了一声，扛着大刀窜到他身边，挤坐了进去，伸手就去抓面前那只脆皮烤鸡，却被一双筷子夹住了他的手。

"督主未动筷之前轮得到你吗？"

纪川抬头就瞧见那人，瓜子脸，吊梢凤眼，一脸的刻薄相，表情厌恶又臭屁。

那人示意让侍婢奉上一盂清水，冷冷道："一身的恶臭，饭前不晓得净手的小乞丐……"

纪川瞥他一眼，反手一把握住他的筷子，另一只手瞬间探出，抓住那只脆皮烤鸡猛咬一口，一串动作快准稳，而后含混不清地对他道："我吃我的，干你屁事。"

"啪"的一声，三队长手中的筷子拍在桌面上，一双凤眼几乎喷出火来。

陆长恭淡声道："环溪，随他，他爱怎样便怎样好了。"

陆长恭笑眯眯地看着狼吞虎咽的纪川，介绍道："这是三番队的队长沈环溪，东厂内大小的杂事多是他在打理，以后有什么可以直接找他。"

纪川闷不作声埋头大吃，眼角瞥了一眼桌子上的各色佳肴。

陆长恭一路介绍过去，左边最前坐的是二队长明岚，长发粗腰，手上捻着串佛珠，笑呵呵的模样像个大肚子弥勒佛，只是多了一头乌黑的长发。

再往下是已经见过的四队长顾小楼。

顾小楼旁边是个少年，长得极清秀。

纪川在埋头吃鸡的间隙瞥他一眼，四目相触，他立马红了脸，慌张地垂下眼，一副好欺负的模样。

"我……我是五队的队长，你叫我子桑便是了……"他抿嘴，一粒小梨涡若隐若现。

陆长恭指到最右侧，一个看起来比纪川要高一些的小少年，唇红齿白的。

"这是六队长，止水，也是东厂队长之中最小的。"

纪川抬头，咽着满口的东西含混不清道："东厂不是不收毛都没脱净的小屁孩吗？"

止水面色一白，夅毛怒道："老子已经满十六了！"

顾小楼一面伸手扯他坐下，一面讥笑道："进东厂是要看真本事的，在座的每一个都是从高手中厮杀出来的……"

"关我屁事。"纪川眼都未抬一分，气得顾小楼郁结。

陆长恭却笑眯眯地看着纪川胡吃海塞，一壁往他的碟子中添菜。

"慢慢吃，没有人同你抢，全是你的。"他倒了盏茶推到纪川手边，"喝口水。"

纪川一饮而尽，丝毫不放松往嘴里塞东西。

一侧的二队长明岚忽然顿了捻佛珠的手，看着纪川背后的大刀惊奇："小娃娃这是你的兵器？"伸手要去摸。

纪川一把挥开。

"啪"的一声，满座一惊。

纪川抹了一把嘴，闷闷道："我不喜欢别人碰。"

"怪癖。"顾小楼睥睨纪川一眼，嗤之以鼻。

纪川也不理他，只埋头吃东西，一顿饭吃得一桌子闷声不吭，倒是陆长恭始终笑眯眯地望着纪川，等他吃得打饱嗝，才放下茶盏道："今日起纪川便正式入队。"又瞧了顾小楼一眼，"先加入四番队，跟着小楼吧。"

"督主！"顾小楼豁然起身。

"你有异议？"陆长恭问。

顾小楼不甘心地低眉道："属下不敢，只是……四队之中并不缺人手。"

陆长恭点头，略一沉思，道："便先做副队长，跟在你身边，日后再做调整。"

顾小楼一句话噎在喉头吞吐不下。

整个晚膳，只有纪川一人在吃。

陆长恭耐心地等他吃饱，才摆手撤下饭菜。

大厅里掌了灯，煌煌烛火噼啪作响，众人皆退下，整个大厅中只有陆长恭、沈环溪和纪川。

陆长恭淡声道："阿川跪下。"

纪川略有迟疑地跪了下去。

"阿川。"陆长恭语气未动，"从你入东厂的那一刻起，你便是这东厂的人、我的人，你唯一要做的只有服从我，无条件地服从我。我可以纵容你的一切，你所要的、你所求的，我都会给你，但你要记住，我平生最容不得'背叛'二字。"

服从与忠诚，是他定给纪川的条令。

纪川点头。

"阿川。"陆长恭又叫他，挥手召来候在门外的一名侍婢，笑道，"这是服侍我的青娘，以后就负责照料你，有什么不满意的可以去同环溪讲。"

纪川转头瞧见那名唤作青娘的侍婢跪在堂下，恭敬地对他叩了一礼："青娘见过副队长。"

她抬起头来，是一张圆圆的脸蛋，杏仁大眼，眉眼弯弯的模样看着极讨喜。

纪川脸色一变，忙道："我不需要人侍候！"又坚定地补充，"真的，我一个大男人不喜欢让女人侍候。"

"是吗？"陆长恭眯眼看着纪川笑，忽然贴在他耳侧小声道，"有个女人照顾你方便些。"

纪川一愣，还未明白什么意思，陆长恭已经起身，笑道："这是命令。"然后扶纪川起来，"青娘厨艺很好，方才一桌子酒菜全是出自她手，你会喜欢的。"

果然，纪川眼睛一亮。

陆长恭指尖落在他脖颈上的半截铁链上，细微地拂过上面的一粼粼纹饰："这铁链是谁给你戴上的？"

纪川低头想了片刻，又抬头："这是命令？非得回答吗？"

他揉了揉纪川乱蓬蓬的发："不必紧张，你不喜欢可以不回答。"然后抬头对沈环溪道，"等下找锁匠来。"

沈环溪应了一声，刚要退下，听他又道："给阿川另外安排一间卧房。"

沈环溪诧异，东厂之中除了队长以上，其他人都是吃住在一起，如今纪川却要例外？

等沈环溪退下，陆长恭才转过头，没来由地说道："阿川，东厂不收女人。"

"我是男人！"纪川急忙辩解，证明似的挺了挺瘦弱的小胸膛。

陆长恭不禁失笑，揉了揉纪川的发："那就好，有什么事同青娘讲，她会帮你的。"便挥手让纪川和青娘下去休息。

纪川却依旧立在眼前，一双黑白分明的眸子殷殷切切望着他，一副欲言又止的模样。

"还有什么事吗？"陆长恭问。

"督主。"纪川一张小脸几乎贴过来，"我什么时候能进宫？不是说进了东厂就能进宫吗？"

陆长恭没有答话，只是看着纪川问："跟着我还有很多好处，不止这一个。"

"我知道。"纪川笑道，"还管饭嘛。"

陆长恭撑了撑额头，好笑道："除了管饭，副队长每月俸银八十两，四季服饰。"

"督主！"纪川眼里的光几乎晃瞎人眼，看着他比看到亲爹还惊喜。

他像财神爷……

陆长恭无可奈何地看着纪川笑："你要进宫做什么？"

"找人。"

"什么人？"

纪川突然缄口，抿着嘴不吭声了。

"很重要的人？"

纪川闷声不吭地点点头。

陆长恭不紧不慢地抿了一口茶，不再逼纪川，淡淡道："现在不能带你入宫。"

"那什么时候可以？"

"等我认为你合格之后自然会带你入宫。"

"怎么样算合格？"纪川不甘心地辩驳，"总是要有个期限。"

他在大殿中起身，到烛台下，拨弄着煌煌烛火笑道："一千个，等你为我杀够一千个人便算你合格。"他转过头来看纪川，眉眼间黛色万千尽是笑意，"如何？"

二、首次任务

东厂，操练场。

纪川趴在石案上，看着场下挥汗如雨的众队士，自己却被大好的太阳晒得昏昏欲睡。他闲得发腻，除了跟着顾小楼跑来跑去处理一些杂事，整日就是吃和睡，看队士操练，和刻薄鬼沈环溪斗嘴，时不时地和顾小楼、止水打个架解闷。

纪川真的很沮丧，虽然青娘的厨艺确实很好，好到他胖了八斤，但是督主一件重要的任务都不派给他，只说让他熟悉四番队的大小队员。

纪川想立功，立了功才能进宫啊。

"副队长。"有人远远地喊了他一声。

纪川猛地坐直了身子，看着远远走来的青娘眼睛精光闪亮。

"要吃饭了吗，青娘？"纪川一副精神抖擞的模样。

止水双手环胸靠在红柱上，嗤之以鼻地讥笑："没有脑子的饭桶。"

美食在前，纪川心情大好，对止水道："有脑子的废物。"

止水的脸一瞬青白，从牙缝里挤出声音："纪川，敢不敢跟老子过几招？"

"你打不过我。"纪川埋头闷吃，头都不抬，"昨天你过了十招就不行了……"

"有种你就和老子再比试一场！"

"我没种。"纪川抬起头，看着止水白里透紫的面孔，讥笑，"有本事你脱了裤子让我看看你有没有种啊。"

"纪川！"止水憋得一腔怒火。

纪川却视若无睹，伸手要去撕鸡腿，一只手猝不及防地探了过来，只是错眼间，整只鸡凭空不见了。

有人笑嘻嘻道："爷有种，要不要脱裤子让你观瞻观瞻？"

纪川抬头就看见顾小楼啃着自己的鸡。

"督主真偏心，竟然将青娘拨给了你这小兔崽子，我要了几次都不给。"顾小楼三下五除二就将整只鸡剥干吃净，"啪嗒"一声将鸡骨头丢回到盘子里，意犹未尽地咂嘴。

纪川觉得胃在燃烧，他的鸡……这已经是顾小楼偷走的第八只了……手握住身侧的大刀。

"鸡还给我！"

"已经吃了怎么还？"顾小楼耸肩，"难不成吐出来给你？"

"赔钱！"纪川将大刀拉到身前，拉开架势，"一只鸡三两银子，你吃了我八只，就是二十四两。"

"乖乖，你这鸡可真贵。"顾小楼眯眼笑，手指攥上剑柄，一分分出鞘，笑道，"可惜我是穷光蛋，一个铜板都没有，要不肉偿？"又对止水道，"小六，四哥今天替你收拾他，你可看清楚了，亏在哪一招上，下一次就给我在哪一招赢回去。"

纪川觉得心肝肺都在燃烧，猛地提刀向前，喝道："顾小楼，赔钱！"

陆长恭刚从宫中回来，在梅树下晒太阳。

"督主？"沈环溪入了院子瞧他靠在木榻上眉眼闭着，似乎睡着了，试探性地唤了一声。

陆长恭睁开眼，眨了眨才看清来人，笑道："若是来告阿川的状便不必开口了，我乏得很。"

"督主。"沈环溪上前，迟疑地问，"我一直不明白您为何如此偏爱他？他不过是个身世、来历都查不明的小混混。是，我承认他的武功确实让我吃了一惊，但他……"

陆长恭道："环溪，这东厂之中除却明岚和百春，没有人是他的对手，包括小楼和你，因为他不怕死。"顿了顿又道，"你没有发现，他每次拔刀只有攻击，没有防守吗？"

沈环溪默然，不论他多讨厌纪川，都不得不承认，纪川不要命的打法太可怕了。

"阿川很奇怪，我一直怀疑他生活在怎样的环境里，他似乎……什么都不懂，善恶、是非，但他又非常明白自身的价值。"陆长恭苦笑摇头，"他将自己卖给我来交换进宫的机会，我有时候都想不清楚是他在利用我，还是我在利用他……"

沈环溪没有接话，听陆长恭又淡了声音道："而且……他的来历让我很好奇。"

"来历？"沈环溪蹙眉。

陆长恭捋着袖口："你没有发现他脖颈上的半截铁链上刻有密密的鳞片纹饰吗？"

从他脖子上取下的半截铁链？

沈环溪记得那截玄铁链上是刻有密密匝匝的鳞片纹饰，他以为纪川只是普通的出逃奴隶而已。

陆长恭道："是蛟鳞。"

"蛟鳞？！"普天之下敢用蛟鳞的除却督主还有谁？沈环溪突然惊得张口，"莫不是他和安……"

"我一直在找。"陆长恭合了眉眼，"找了他这么多年，总算是有了头绪……"

沈环溪看着他浸在太阳下的侧脸，眉飞入鬓，沉默许久才道："您还放不下纪大人一家？"

陆长恭沉默地皱紧了眉。

纪川和顾小楼是被二队长明岚拎进来的。

三人身上都有血。

"督主。"明岚将二人拎到陆长恭跟前，甩着鲜血淋漓的右手，"瞧瞧，你的小老虎牙口有多锋利。"虎口一圈极深的牙印，险些就要咬下一块肉。

再看纪川满口的鲜血，他随意抹了一袖口，理直气壮道："谁让你不放手！"

顾小楼的衣襟被划开了，一道极长的伤口溢着血，好在不深。

"督主。"

陆长恭浅笑着对纪川招手道："我记得我有交代过你，在东厂之中不准伤人。"

纪川抿了抿嘴不讲话。

"谁先动的手？"陆长恭看顾小楼，"小楼。"

顾小楼不服气地抬头。

"我先动的手。"纪川却先一步开口。

陆长恭转过头看纪川。

纪川跪了下来，却依旧理直气壮地嘟囔："反正我也没吃亏。"

顾小楼顿时额头青筋暴跳。

明岚在一旁笑开了："这小娃娃倒是有意思。"

陆长恭摇头苦笑，扶纪川起来，道："这一过先记着，等出队回来，再一并罚。"

"出队？"纪川一愣。

陆长恭道："纪川听令。"

纪川没有反应过来。

有随侍近前，奉上一面青铜蛟龙纹的红穗牌子，陆长恭淡声道："探子回报，今夜京都之外的百里山附近会有叛党聚头。"接过蛟龙令牌递到纪川眼前，"这次我要你带队围剿。"

纪川猛地抬头，眼睛光华乍现晶亮得像星辰。

"记住要生擒头目。"陆长恭轻笑，"多加小心。"

青铜，蛟龙纹，入手冰凉且重。

纪川接过令牌，单膝跪地，高声道："纪川接令！"

陆长恭看着纪川神采奕奕的眼睛，他要看看这只小兽究竟有多大能耐。

"小楼。"陆长恭看向顾小楼，他忙应在，"你今夜和他同去，辅佐他完成任务。"

做副手？他才是四番队的队长。顾小楼很是不甘，腹诽半天却依旧千百个不甘愿地应是。

是夜，月上梢头。百里山内外静得出奇，暗影里那一双双刀尖似的眼睛，正等待觅食的野兽，蓄势待发。

没有人注意到，在不远处的山丘上还有另一双眼睛注视着寂静的密林。

空气压出肃杀之气，林木间那一点火光明灭而起之时，暗影里埋伏的人终于按捺不住，刚要窜出去，却被人死死按住。

"再等等。"顾小楼按住纪川的肩膀，眼睛却盯着密林中的影影绰绰，"人还没有到齐，不会只有这么一点。"

纪川耐不住性子往里瞧，密林里燃起的火把下大概有二十来个人，粗衣提刀，个个都警惕地扫视着四周，护着其间一个兜了披风的人，太远，看不真切。

"还……"

"嘘！"顾小楼掩住纪川的嘴。

密林里一阵杂乱的脚步声响起，先前的人自主散开行礼，一队黑衣人鱼贯而来，其间簇拥着一点白衫。

兜披风那人疾步迎上前，拱手道了一声："公子。"

白衫穿过簇拥的黑衣人扶起那人，似乎在耳边低低说了句什么。

纪川看到那黑衣人面色一紧，眼睛一扫而来，只是一瞬便收回。

纪川攥住了背后的大刀，盯着密林："他发现我们了。"

顾小楼皱了皱眉头："这么远的距离，也许只是碰巧而已，再等……"

身侧的人已一蹿而起："弟兄们跟我上！"

顾小楼连拦都来不及拦，眼前光影一闪，纪川提刀窜了出去，速度太快，埋伏的弟兄们都还未反应过来，已经听到密林中发出两声惨叫。

密林里的众人也吃了一惊，只是一晃神，身旁的两名侍从已经被砍倒在地，半截身斩断。

眼前立了个十五六岁的瘦小少年，头发用黑缎带束在脑后，一尾发髻荡在脖颈间，两手提着把鬼头大刀道："两个！"

一众齐退，刀剑出鞘的铮鸣声响起，提刀剑的侍从护在兜披风的那人身前，余下的一队黑衣紧紧护着白衫人。

有人在前道："一个人？"

话音未落，一记大刀兜头砍下，纪川一跃而起，道："三！"刀入天灵盖，红的血，白的脑浆，喷涌而出。

"小兔崽子！"顾小楼咬牙切齿再顾不得其他，佩剑出鞘喝道，"四番队出队！"

刀剑出鞘，衣带掠过枝杈，百里山的四周平地跃出一拥东厂卫队，四角包围而上，在纪川喊到十一时，蜂拥而来，厮杀声起。

纪川一刀再次落下，却在砍入那人肩骨之时一竭，没有力气了……他握着大刀喘息，额头渗出密密的热汗。

那人一把握住纪川握大刀的手腕，一剑刺过来——

大刀陷在那人骨肉中拨不出来，手腕被扣，这一剑直逼眉心而来，纪川突然抬起了头，一双眼睛亮得像兽眼，剑光吞吐到眉间之时，纪川猛地抬手一把攥住。

那人一愣，看着纪川的手心鲜血淋漓。纪川却足尖一点，瘦小的身子腾空而起落在刀柄上，喝道："三十二！"

暗夜的密林厮杀，几乎消灭殆尽，三两个黑衣人护着那一袭白衫暗自撤离了。

纪川提刀只身追了出去。

一跃落下，大刀一横拦住几人去路，纪川这才看清白衫人的脸，冷白的月色下戴着青玉面具，粼粼地反着清辉。

纪川略微蹙眉："你是老大？"

那白衫人低声笑了："你觉得呢？"

"督主有令，要活捉老大。"纪川双手握刀。

"就你一个吗？"白衫人笑得越发开心，面具下的眼睛望着纪川，"你叫什么名字？"

"纪川。"话起刀起，压着黑衣人隔挡的剑直砍而下。

话落刀落，纪川甩掉手指上的血沫，笑道："三十九，再有一个四十。"他那小兽一样的眼睛落在最后一个黑衣人的身上，眯眼笑了。

"你不怕我有埋伏？"白衫人不紧不慢地问道。

纪川调整好握刀的手指。

"我怕凑不够人头数。"纪川猛地提刀上前。

白衫人笑道："我还真的有埋伏，长生。"

有人影鬼魅似的窜过来，纪川都未看清，便听"哐当"的一声，整个手臂一麻，大刀几乎握不住地被弹了开来。

噌噌噌，纪川退后三步才拄了大刀跟跄站稳。纪川愤然抬头，就看见白衫人的跟前站了个头发散了一肩的男人，样貌全被头发遮住，手中握了一支红缨枪。

"怎么样？"白衫人负袖笑道，"我这埋伏够不够分量？"

手指发颤，纪川擦了一把手心温热的血，重新握刀："滚你娘的分量，人头一个而已。"随后疾步上前，横挥大刀，"四十！"

"哐当"一声，长生再次硬生生挡下纪川一刀，在纪川几乎脱力松开大刀时，白衫人冷声道："你的四十，到此为止。长生。"

枪头一竖，直刺刺而来，纪川横刀去挡，枪头刺在刀面上，当啷啷间电光石火，手腕再使不上力，大刀脱手飞了出去。

枪头一收一放，再刺过来——

纪川盯着一线寒光到眉心，触及眉睫时，一柄剑斜探过来，铮铮挑开了那一枪。

"小兔崽子，脑门儿不想要了？"

纪川抬头就看见顾小楼持剑站着，衣带衣襟上全是暗红的血迹。

顾小楼一把拎起纪川，眼睛却始终盯着白衫人，低声问纪川："还能跑吗？爷扛不住了，我数一二三，然后一起跑。"

白衫人忽然笑了："我数一二三，送你们一起下黄泉。长生！"

枪头徒转，长生一枪再刺过来，破风兜面。

"跑！"顾小楼换左手持剑，横臂要去接，手腕忽被扣住，他见纪川倏地闪身上前，一把抓住了枪头。

枪头进势太猛，在纪川手心翻转一枪刺进了他的肩头，洞穿而出直抵得他后退数步，只听他闷哼一声，喝道："快动手！"

顾小楼脸色煞白，扬手一剑，直没入长生脖颈，鲜血喷涌，溅了纪川一身一面："四十……"

长生倒时，纪川也跟跄倒下。顾小楼疾步上前扶住纪川，一手压住他涌血的肩头，慌张道："喂！喂！你……你要撑住啊！"

顾小楼伸手去扯纪川胸口的衣服捆绑伤口，手却在按住他胸口的瞬间僵住了。

软绵绵的……顾小楼只觉浑身被雷劈了一样，由脊背麻到头皮，还没反应过来，纪川一把打开他的手，挂了大刀艰难地起身。

顾小楼看了看自己的手，愣着呢喃："错觉吗？"

密林里的卫队远远赶来接应，白衫人已经逃得没影了。

纪川在不远处回头："你吓傻了？要不要回去啊！"

纪川被顾小楼扛回东厂时已经满身是血地昏了过去。

灯笼下，陆长恭眉眼间光华流转，看不清神色，他看着昏过去的纪川道："先抱他到我房中。"

痛，整个脊背火辣辣作痛，像是揭了一层皮，痛得发麻到了极致却痒得难耐，纪川伸手要去抓，手腕被人握住。

"别，伤口会发炎。"声音一丝丝的哑，有人伸手覆盖在额头上，手指温温热热，缎子一般舒服，"总算是不烧了。"

纪川迷蒙地睁眼，在煌煌灯色下看清了坐在身侧的人，清瘦的脸颊，眉飞入鬓。

"督主……"

"醒了？你睡了两天了。"陆长恭从锦凳上端来汤药，小心试了温度，汤勺喂在纪川嘴边，"把药先喝了。"

"我自己来。"纪川趴在床榻上，要起身才发现自己光着上身，赤条条地陷在毛茸茸的狐裘里，没有纱布包裹的小小胸部一览无余，不由得一惊，"你……你看到了？"

陆长恭点头。

纪川在那一瞬，哑口无言，索性爬起来跪在床榻上，蹙眉道："督主，我虽然是女的，但我跟男的没什么区别，我……"

陆长恭敛眉笑道："我早便知道了。"

纪川一愣。

陆长恭吹凉汤药笑道："从见到你时我就知道你是女的，不然你以为我为何要你独住一室，又将青娘拨去照顾你？"

原来青娘也知道了……怪不得每次她洗澡青娘总会替她把门。

陆长恭摇头笑了："你放心，这是我的卧房，是我亲自为你洗的身子，没有人发现。"

纪川一喜："你不赶我出东厂？"

陆长恭道："若是想赶你出去，便不会拖到现在了。"

"谢督主！"纪川喜不自禁地挺直身子。

陆长恭敛目替她拉过狐裘遮住身体。

"不过东厂内其他人还不知……"

"我知道！我会继续装成男人！绝对不会露馅！"她信誓旦旦地保证。

陆长恭轻笑，将汤药递到她唇边："先把药喝了。"

怕纪川的身份暴露，这几日陆长恭留纪川在他的卧房里休息，床榻让给了纪川，他在套间之外的软榻上休息，看着纪川躺足了七日才准她下地走动。

难得的好天气，纪川趴在窗棂前，晒得昏昏欲睡。

有人忽然走到她身边，她几乎条件反射地抽出别在裤腰里的匕首，猛地割过去。

腕间一紧，有人抓住她的手腕笑道："反应够快啊。"

纪川眯眼，看到了一脸奸笑的顾小楼。

顾小楼奸笑道："爷带你出去解解闷？"

"去哪儿？"纪川几步到他眼前，兴致勃勃，"督主让我出去了吗？"

纪川散着发，只罩了一件宽大的素色长袍，衣襟下透出一圈纱布和小小的锁骨，几日未见，还是一副可怜样，越看越像……女的？

顾小楼眼神闪了一下："放心，督主进宫了，晚上才回得来，去换身儿衣服，爷带你去吃顿好的。"

整整七日啊，纪川觉得她都要闷疯了，她忙换了衣服，跟着顾小楼偷偷溜出督主的大院。

街道熙攘，京都繁华喧闹，顾小楼拉着纪川在一家酒楼前停了下来。

酒楼是京都第一大酒楼——一品楼。

顾小楼探头往里瞧一眼，松了口气："总算赶得及了。"

"赶得及什么？"纪川也往里瞧。酒楼里烟罗软帐，时鲜花束，果然样样摆设都是一品的奢侈，她记得这家酒楼最有名的，就是贵。

以前路过时看过，多是三三两两的达官贵人，可今天却一反常态挤满了人，还多是些寻常衣饰的百姓，乌泱泱的全是人，最奇怪的是，这么多的人，却独独空着二楼的一间雅座。

顾小楼整了整衣服，冲她一笑："赶得及吃白食。"

纪川诧异。

顾小楼扯着她进去，挑了个座位坐下，低声道："最近有个二百五小公子连续五天，天天来这儿吃饭，不但自己吃还爱请人吃，但凡是和他一起在楼里吃饭的一律都记他的账。"

纪川大悟，所以这么多人来吃白食啊。

有珠玉帘马车停在酒楼外，枣红骏马，四角轿檐下的青玉铃铛一阵脆响，皂衣小仆匍跪在马车下，珠玉帘幔晃晃，有锦衣小公子踩着皂衣小仆的肩背打车内下来，还没待看清脸，就有四五名随从簇拥着走了进来。

掌柜慌忙迎上，殷切地哈腰赔笑："沐公子可算来了，小的早就候着您了。"

锦衣小公子视若无睹，一路被簇拥着上了二楼空着的雅间。

顾小楼冲纪川眨眼，压低了声音笑："二百五小公子来了。"

吃人嘴软，先前还鼎沸的酒楼顷刻静了下来，只听得楼外细风碰撞玉铃铛的声响。

纪川探头瞧过去，只看到簇拥的随从里一角孔雀蓝的衣袖，密密的暗色绣花，忍不住点头。

"看着就富贵。"她又说道，"太显摆了，招贼。"

脚步声一顿，楼里鸦雀无声，锦衣小公子立在楼阶上，打簇拥的随从间望了过来。

纪川看他细微蹙着的眉头，和一双黑魅魅的眼睛眨了一眨看定她。

居然是个白白净净的小娃娃，看着比纪川还要小一些。

顾小楼一把按住纪川坐下，低声道："不要得罪散财童子！"

"公子。"尾随在后的随从一记眼刀杀了过来，"属下去赶那人出去？"

锦衣小公子眉眼转过，扬起尖尖翘翘的小下巴，不屑一顾："不必了，我从不和这等卑贱的人一般见识。"

顾小楼面色一点点沉下，敛眉冷笑，看纪川："喂，那二百五骂你贱。"

"我知道。"纪川看锦衣小公子落座在软帐雅间里，又看着顾小楼，"怎么了？"

"怎么了……"顾小楼压着额头上隐约跳动的青筋冷笑，"你不生气？"

小二上菜过来，蜜酱肘子、脆皮小乳鸡，还有两样素菜，一壶酒，热气腾腾直扑鼻。

纪川眼睛一亮，盯着小二将菜布好，顾不得抬头。

"丢人不丢钱。"她迫不及待地探手撕开小乳鸡，塞得满口都是，心满意足地眯眼，"我快饿死了。"

"纪川！"顾小楼怒不可遏，一把夺过她手里的小乳鸡扔出窗外，"你他娘的能不能有点出息！"

小乳鸡扔在青石街上，纪川看着窗外三两条野狗一哄而上，心疼得蹙眉，有些发恼："在我看来，不用再跟野狗抢吃的已经很有出息了！"

顾小楼一愣，她又道："你原先不是和他一样瞧不起我吗？"

纪川不看他，低头将余下的肘子拖到眼前，讥笑道："东厂里有几个瞧得起我的？如果那天我没有替你挨刀子，你会像现在这样和我坐一桌吃饭？你不必觉得欠我什么，要不是为了杀够四十个人，鬼才会救你。"

顾小楼面色黑透，先前对她的愧疚歉意顷刻瓦解成灰。他早就该看清，眼前这个看似弱不禁风的小兔崽子，根本就是个白眼狼！

顾小楼起身，一脚将凳子踹开，冷笑："我还真他娘的自作多情了，对不住，爷不乐意奉陪了！"说完，转身便走。

纪川抬头看他骂咧咧地走远，继续埋头对付手里的肘子。

在她肘子吃到最后一只时，门外突然冲进来一批人，黑衣，蒙面，持刀剑，一字排开，冷冷道："咱们要找的是二楼那位小公子，不想死的都滚出去！"

满堂的人先是一愣，等反应过来瞬间炸开了，哄乱推搡着往外逃。

不过眨眼的工夫，人声鼎沸的酒楼之内空荡荡地静了下来，除却掌柜的在柜台底下战栗的磕碰声，就只剩下纪川啃肘子的声音了。

为首的黑衣人打量了纪川一眼，瞧是个瘦小病弱的小少年便直接忽略，剑尖直指雅间里的锦衣小公子。

"兄弟们，只要他一颗头，利落点。"

烟罗软帐招展荡荡，锦衣小公子不耐烦地蹙眉："乌头。"

紧护在他身侧的皂衣随从恭敬行礼，而后打怀里摸出沓银票，甩下楼来："拿着银票滚吧。"

银票落地，厚厚的一沓，纪川停了嘴。

"呵！"为首的黑衣人撇着嘴，对着那一沓银票冷笑，"居然当咱们是强盗了。"声音一沉，"对不住，有人出了十万两黄金买你的命。"足尖一点，提剑跃上二楼，其后的一排黑衣人紧随而上。

锦衣小公子身后的随从一拥而上，刀剑交接的铮鸣声响起，乌头护着锦衣小公子退到了窗前。

软帐之内，人影攒动，寒光乍现乍息。纪川看不太清哪一边占了上风，只听到一阵叮当乒乓的声音。

她最后一口肘子吃完，耳边仍是不停的惨叫声，几道黑影从软帐内飞跌下来，轰隆隆地砸在不远处的桌子上，鲜血四溅。

还没等纪川躲闪开，便听有人喊了一声："公子！"软帐唰地被撕开，一人从楼上滚下，跌在她眼前，挣扎了一下，吐血倒地。

正是叫乌头的随从，伤得颇重，挣扎着站不起来，却依旧死死地瞪着二楼喊道："你可知他是谁！"

二楼之上一片狼藉，只余下为首的黑衣人和退到墙角的锦衣小公子。

"我管他是谁，我要做的只是拿着他的人头去领钱。"剑刃寒光一抹，直抵锦衣小公子眉心。

乌头惊喝未脱口，便见有白影起落，野猫似的跳跃而上。

铮的一声轻响，黑衣人的剑被挡开，急退两步他才站稳，看着挡在眼前的是一直坐在楼下的瘦弱少年，不由得吃了一惊："你是谁？"

纪川握着一把匕首，对身后的锦衣小公子道："我替你杀了他，你给我多少钱？"

锦衣小公子一愣，又听纪川问黑衣人："刚才你说他的头值十万两黄金？"

黑衣人仔细打量着纪川，蹙眉："你究竟是谁？"

"纪川。"纪川答得利落，眼睛晶亮异常，"一颗头值这么多钱？"

锦衣小公子怒道："我的命岂是十万两黄金就能买的！"

"那你出十一万，我帮你杀了他。"纪川神采奕奕，看锦衣小公子脸色时青时白，气得发抖，又补道，"嫌贵？"

锦衣小公子一耳光打过来，却被纪川抓个正着。

"放开我！"没料到纪川力气大得出奇。

锦衣小公子一张小脸涨得通红，死命地挣扎着，恶狠狠道："你再不松手，我诛你九族！"

纪川看他凶神恶煞的模样，刚要讲什么，突听身后细微的剑鸣声，她猛地回身，一刀甩了出去。

寒光一闪，只听闷哼一声，黑衣人轰隆倒地。

一刀毙命，匕首正中眉心，没入至刀柄。

纪川上前抽出匕首，红血白脑浆溅了一身，她将匕首在黑衣人身上蹭了蹭插回鞘中，转身就看到锦衣小公子没有血色的脸，惊骇异常地看着她。

纪川狞笑，一点点逼近："你看到了，我杀人不眨眼，乖乖把钱给我，不然的话……"她猛然拔出匕首，轻轻挥动。

锦衣小公子果然吓得一颤，紧靠着窗棂抿着嘴，小扇子似的睫毛扑闪扑闪地看着她，像极了受惊的小兔子，却依旧嘴硬："你……你要是敢动我，你也别想活了！"

纪川指尖轻扣匕首，将将要龇牙威胁，身后却有人冷笑了声。

"没想到东厂堂堂的四番队副队长，居然干起了强盗的勾当。"

纪川猛地回头，便见一人不知何时已然立在了身后，只一步之远。她刚要闪身退开，肩膀一痛，被那人扣住，匕首一挥而去，那人只是略微侧身，手指在她腕上一弹。

纪川便觉得手臂一麻，匕首当啷落地。

她就那么轻轻巧巧地被人擒住，反抗不得。

那人轻笑："纪川副队长，我们又见面了。"

纪川猛地抬头，正撞上那人笑意盎然的眉眼。

"你认识我？"她细细地打量。是个同顾小楼差不多大的男人，肤色浅蜜，尖下颚，唇薄轻翘。

他忽然俯下身，贴在纪川耳侧道："怎么，这么快就忘了我？我可是日日都惦记着杀人数人头的纪川小队长啊……"

纪川眉心一跳，身后的锦衣小公子忽然过来，白着脸道："给我杀了她！"他捡起落在脚边的匕首，双手攥紧一刀刺了过来。

纪川心知躲闪不过，身子却被人一带，跌撞进眼前那人的怀里，重黑的长袍，袖口有红线细密绣着奇怪的花纹。

"舒曼殊！"锦衣小公子一刀刺空，诧异地盯着那人。

舒曼殊单手拉着纪川，轻笑道："好不容易抓到的小东西，杀了多可惜……"手背忽然一痛，不自觉一松，怀里擒着的人，便像野猫似的窜逃了出去。

纪川翻身跳落在十步之外的阑干红墩子上，啐了一口血沫，冷笑："我认得你，百里山外，你该是第四十一个人头，可惜让你逃了。"

手背留下一圈殷殷渗血的牙印，舒曼殊看着楼栏之上嘴角带血的纪川，笑涡微扬："那如今呢？我这颗人头你还要不要？"

"我没带刀。"纪川抹了把嘴，"今天就先饶你一命。"

舒曼殊笑出了声，舌尖舔了舔手背上的血道："有意思的纪川小队长，我今天可并不想放跑了你。"眼神眺到她身后，"看看你身后。"

纪川回头，楼下不知何时围了一圈暗杀手，皆都提刀持剑盯着她，虎视眈眈，只等舒曼殊一声令下。

"今天你似乎落单了。"舒曼殊在身后轻笑。

纪川打量四周，没有兵器，没有丝毫逃跑的空隙，她的体力最多空手对付六个，她暗自盘算，怎样才划算，头顶忽有一声炸响，有人喝道："借过！"

轰隆一声巨响，屋顶瓦片尽飞，一阵灰蒙弥散开，舒曼殊闪身躲开，再挥袖抖开灰尘时，纪川已经不见了。

一头钻进狭窄的小巷，纪川被塞在里面，挡在身前的人踉跄靠在青墙上，垂着眉目喘息不定。

"顾小楼？"

他没有应声，脸色极白，喉头一下下耸动着，抓着纪川的手指都在细微打战。

纪川低头发现两人手掌里满是鲜血，往上是顾小楼洇出一片殷红的腰侧，血肉模糊的伤口，瞧不出深浅，只是血珠子抑制不住地往下淌。

纪川慌忙伸手压住，疼得他眉头一紧，他靠着青墙龇牙咧嘴："轻点！"

"别动！"纪川单手压住他的伤口，胡乱扯下腰带，捆在他腰上，在伤口处猛地一束。

顾小楼疼得浑身一颤，吸了一口冷气。

"轻……轻点！"他顺了气又道，"别误会……爷不是专门回去救你的，只是有事路过刚巧碰上，就顺手救……"

腰带猛地一紧，顾小楼一阵战栗，抓起她的手，恶狠狠瞪她："你想疼死爷啊！"

纪川抬头看他，额头几乎碰在他的下颚。

顾小楼第一次离纪川这么近，几乎看到纪川眼睛里的自己，出乎意料的清秀，白得羸弱，像生在暗地里的白花，随时来一阵风都能吹走。

纪川的胸口正贴在他胳膊上，他只是微微低头便瞧见纪川微松的衣襟下，白纱布缠裹着的，小小耸立的胸部……

再一次觉得雷电过体，顾小楼看着纪川的小胸脯，愣怔："你……是女的？"

纪川眯眼看他："你再看，我绝对会把你的眼珠子挖出来。"

面色一下红到耳根，顾小楼忙躲闪开目光，想避开，她却又贴近，几乎咬在耳侧道："你要是敢告诉别人，我一刀砍了你！"手指在他的伤口猛地一按，疼得他闷哼出声。

纪川却心满意足地松了手，面无表情地对他道："你还能走吗？"扶住他，又道，"要不我扛你回去？"弯腰就要来抱他。

顾小楼惊然退开："不用！"压着伤口转身便走。

纪川在身后追上，伸手扶住他，讥笑道："你在害羞？"

三、南夷公子

东厂里静得出奇。

纪川扶着顾小楼小心翼翼地从后门溜进来，原担心会被人瞧见上报督主，却发现东厂之中冷清异常。

只有三三两两的守卫，其余的番队都不见人影。

"奇怪，人都去哪儿了？"纪川四下探头，越发诧异，扶着顾小楼回西院，将他安置在床榻上，又匆匆去找沈环溪。

沈环溪是管家，这是她来东厂记住的第一件事，不论大小，受伤讨补给一律都归他管。

可今天里外都找遍了却不见他人影，天快要黑尽时，陆长恭和沈环溪才打马回来。

陆长恭翻身下马，疾步入府问："阿川回来了吗？"

仆役俯身："回督主，已经回来了，在东院。"

陆长恭脚步不停直往东院，吩咐随后的沈环溪："即刻备车马，连夜送她出京。"

"是。"沈环溪应声退下。

一路的灯火流光，东院之内的花影扶疏，他的卧房里亮着灯，推门进去时那道趴在桌上的小身影猛地抬起了头，一双眼睛在烛火下，闪闪烁烁。

"督主。"纪川几步迎过来，笑得满脸讨好。

紧蹙的眉头莫名松开，陆长恭伸手揉了揉她的头发："纪川，你收拾一下，今夜就离开京都。"

一瞬抬头，纪川"砰"的一声单膝跪地："纪川知错，我不该偷偷跑出去……督主要打要罚我都不叫屈一声，但我不走！"

陆长恭扶她起来："并非是要赶你走，只是有件事要你出京去办，即刻便要动身。"

纪川将信将疑："什么事？"

"出了京都有人会告诉你。"陆长恭取来狐裘外袍，替她穿上，细细系好衣带，"马车在外等着，你即刻便去。"又补道，"无论发生什么事，没有我的命令之前不准回京，明白吗？"

纪川点头。

他将她的发带束好，又温声道："将青娘一同带走吧，有她照料你，我好放心。"

马车早便备好在外，没有惊动任何人，只有两个随从车夫和青娘，沈环溪等在车旁向青娘吩咐着什么。

陆长恭将大刀负在纪川身后，扶她上车。

纪川却在进马车时停了下来，回头看了一眼灯影绰绰的东厂，欲言又止。

"怎么了？"陆长恭将她的碎发捋到耳后。

纪川犹豫片刻，终是道："督主，你跟顾小楼说一声。"又忙对沈环溪补道，"对了，他被捅了一刀，快死了一样。"

沈环溪面色一沉，陆长恭先道："这些你不必担心，我会去同小楼说的。"便示意青娘扶她入车，亲自掩上帘子。

黑绒缎的帘幔，掩下密不透风，陆长恭负袖退开，马车第一鞭落下的瞬间，他忽又不安心地开口："阿川。"

"在！"纪川挑开帘幔猛地跃下马车，几步走到他面前，"督主。"

小小的身子，黑白分明的眼睛，她仰着面看陆长恭，在这没有星月的暗夜里那双眼睛发光发亮，让他一瞬就软了心肠，伸手轻揉她的发，吐出一口气淡笑："小心些，等事情处理妥当便接你回来。"

夜色沉沉如许，一辆马车披夜疾行，直往城门而去。

陆长恭立在府外，瞧着夜色吞没，连马蹄声都远得听不见，才转身回府。

门童刚要关门，他忽道："开着吧，等会儿有贵客临门。"

门童唯唯诺诺应是，话音未落，街道之外一阵马蹄声嘚嘚而来。

一行锦衣卫前后簇拥着一锦衣小公子打马而来。

锦衣小公子横冲直撞地闯进门："叫陆长恭滚出来！"

这正是先前一品楼里吃了亏的锦衣小公子。

东厂值夜的卫队蜂拥而来，沈环溪打回廊下走来，一壁喝止卫队退开，近前撩袍跪拜："微臣叩见圣上。"

眉眼都未下瞧一分，锦衣小公子攥着马鞭打量着四周，蹙眉道："陆长恭呢？"

"回圣上，督主身体抱恙，想是先歇下了。"沈环溪垂目道。

"抱恙？"锦衣小公子眉眼轻转，直勾勾地盯着他，"先前在一品楼里百般阻挠，强行护送朕回宫的时候怎么没瞧出来啊？"

他一脚踹开往里闯："陆长恭，给朕滚出来！"

陆长恭缓步下了回廊，俯身行礼："臣接驾来迟，请圣上恕罪。"

锦衣小公子冷哼一声，掀起卷长的睫毛看他，将马鞭一扬一落地敲在手心："陆长恭，把人交出来。"

陆长恭俯身轻笑："臣愚钝，不明白圣上要找什么人？"

"是吗？"锦衣小公子攥紧了鞭子，"朕看你是不想交吧！"

"臣真的不知圣上要臣交何人。"

"陆长恭！"锦衣小公子喝道，"不要逼朕亲自动手掀了这东厂！那个叫纪川的是你的人，你今日不将人交出来就是抗旨，就是包庇叛党！"

"叛党？"陆长恭轻笑，"圣上，不知这样的罪名从何而来？"

锦衣小公子愤然道："公然行刺朕还不算吗？若不是舒曼殊，朕早就……"

"舒曼殊……"陆长恭眉眼微眯地看着他，"圣上早便见过公子曼殊了吗？"

锦衣小公子一瞬闭嘴，脸色青白。

陆长恭依旧在笑："圣上方才说纪川行刺吗？"

锦衣小公子抿嘴不答话，陆长恭负袖道："大同。"

"属下在。"东厂卫队中一人出来，上前叩拜。

"圣上可认得他？"陆长恭问。

锦衣小公子瞧了一眼，那人生得再普通不过，他听陆长恭道："这是东厂侦缉队的，先前臣一直派他在一品楼里暗中护着您的。"

锦衣小公子恍然，继而蹙眉愤然："你胆敢派人监视朕！"

"臣不敢。"陆长恭笑容未减，"圣上近日里时常出宫，太后一直安心不下，所以委派臣护圣驾。"

有太后压在话头，他一概的怒火全数发不得，生生压在喉头。

陆长恭又道："大同，圣上遇危时你可在一品楼见到纪川？"

"是。"高大同俯首道，"回督主，属下赶到时纪川副队长已经将刺客清剿。"

一句话将锦衣小公子噎死，他一腔的火苗腾在喉头，压不下又吐不出，看着陆长恭气得发抖，急道："好！好你个陆长恭！变着法儿来哄骗朕，行啊，纪川救驾有功，朕定要好好奖赏！让纪川出来领赏！"

"怕是不能如您所愿了。"陆长恭眉眼不抬，"您来之前纪川刚出京执行任务了。"

"陆长恭！"

"臣在。"

陆长恭依旧那副倦怠又不动声色的样子，锦衣小公子觉得自己被他要得团团转，偏一句都反驳不来。

陆长恭抬头，淡声道："夜深了，还请圣上早些回宫安寝吧。"

锦衣小公子瞪他："朕就在这儿等你把纪川交出来！"

陆长恭无奈道："那臣只有入宫向太后请罪了。"

"太后"两个字像道束缚他的符咒，不论什么时候，只要搬出太后他便只能缴械投降。

陆长恭看他抿紧了嘴不再讲话，便道："臣送您回宫。"

"朕自己会走！"咬牙切齿地瞪陆长恭一眼，锦衣小公子转身拨开护着他的锦衣卫，怒道，"没用的东西！都滚开！"

那一行马蹄声起，渐渐远了，陆长恭才吐出一口气。

沈环溪蹙眉道："督主为了一个乳臭未干的丫头，至于这样惹恼圣上吗？"

陆长恭淡笑："你以为圣上是为了捉拿纪川？"

"不然……"

"是在向我立威。"陆长恭道，"真是出乎我的意料，他居然暗地里联系了舒曼殊……"

"舒曼殊？"沈环溪有些吃惊，"是南夷边疆的公子曼殊？他来了吗？"

陆长恭点头，捻着手指轻声道："不只是他，南夷大都的幼帝也来了。"慢慢吐出一口气，"希望阿川能顺利出京，拦得住幼帝。"

沈环溪惊得张口，喃喃："原来督主真的有任务派她……我还以为只是为了哄她出京避开圣上……"

陆长恭便笑了："环溪，你跟了我这么多年该清楚我的原则，物有所用，东厂从来不养闲人。"瞧了一眼沉沉的天色，"我在她身上花了不少心血啊，希望我没看错，希望……她还能回来。"

有丫鬟急慌慌地上前，扑通跪地，言语小声道："督主……四队长不见了……"

"什么？"沈环溪猛地回身，"不是让你照看着他吗？"

"奴婢去煎药……回来他就不见了……"小丫鬟一阵阵打战。

沈环溪紧蹙了眉："这小子不要命了！"

"环溪。"陆长恭细微皱眉，"你方才去看他时，跟他说了什么？可有同他讲阿川出京了？"

沈环溪一愣："是有……他问起纪川，我……"

"糟了。"陆长恭指尖一紧，蹙眉道，"即刻派人去追回小楼，往城门的方向！"

沈环溪瞬间明了，立刻找人出府。顾小楼那副脑子，千万别真去追纪川了……

城门在前，纪川坐在车内，瞧着被风拉扯飘荡的车帘，闷不吭声。马车行得快，颠簸得纪川坐不安稳，青娘伸手揽她靠在自己怀里，让她趴在腿上，轻声问："困了吗？靠着我睡会儿，还有一段路要赶呢。"

"不困。"纪川枕在她腿上，掀起眼帘看她。

青娘生得并不出挑，圆圆的脸盘，一双杏仁眼，身子软绵绵的微胖，但笑起来总是一副娇憨没有心眼的样子。纪川记得娘亲说过，姑娘家要胖一些才有福气。

青娘弯了眼睛笑："在想什么？看着我发傻。"

纪川往她怀里靠了靠，暖烘烘又软绵绵的，袖口还透着一丝丝香，像腊梅花。

"青娘你多大了？"

"过今年就二十了。"青娘笑眯眯地裹好她的披风。

纪川又问："你嫁人了吗？"

"怎么？"青娘打趣地看她，"要替我说婆家吗？"

"我哥今年也二十。"纪川抿着嘴笑，"和你正好，你嫁给我哥吧。"她拉来青娘的手摸在自己的胸口。

"这是？"纸张似的东西，厚厚的一沓。

"银票。"纪川走之前把攒的银票全揣怀里了，"我替我哥存的，还有很多在东厂西院里埋着，你嫁给我哥亏不了。"

青娘将顺她的鬓发轻笑："你还有个哥哥吗？怎么从没听你提过？在家乡吗？"

纪川想了片刻，小声道："在这里，我只跟你讲，你不许告诉别人。”

“这里？”青娘诧异，“也在京都之中吗？”

纪川点头，捂着胸口心满意足地眯眼笑。

青娘似乎还想开口问什么，她忽插话问道："对了，督主这次要我办什么事？他说沈环溪已经告诉你了。"

青娘"哦"了一声，笑道："是让您去杀一个人。"

“谁？”眼睛几乎一瞬闪亮，纪川急忙问，"就一个吗？"

“也许很多，因为护着她的人太多了。”青娘打怀里摸出一只小小的锦囊，系在她腰上，"这里面是她的画像。这次您只有一个人，怕是……"青娘还要讲什么，马车忽然勒马。

纪川不由得蹙眉："到城门了吗？"

马车外没人应她，车帘却猛地被一把掀开，夜风席卷入内，冷得纪川打了个冷战，抬眼就瞧见了站在车外的人。

“顾小楼？”

他似乎赶得急，额头有细密的汗水，一双眼睛瞪着纪川，咬牙切齿。

“你怎么来了？”纪川大喜跳下了车。

顾小楼气道："为什么不跟我打招呼？"

纪川一愣，而后道："我不是让督主告诉你了吗，走得太快，来不及……"

“小王八蛋！好歹爷也救过你！”

“我也救过你，扯平。”

他一句话噎在喉头，看着她额头青筋暴跳，强压了火气道："至少你该跟我告个别啊！"

纪川蹙眉："督主突然派的任务，我又不知道这么急。"

“任务？”顾小楼诧异，沈环溪只说是因为纪川在一品楼得罪的那人是当今圣上，所以让纪川出京躲避一下而已。

“什么任务？”

“杀个人。”纪川扯下腰间的锦囊，"说是这个人。"她刚要打开递给他，青娘突然从马车上跃下，道："是机密任务！督主吩咐不得……"话未讲完，锦囊便被顾小楼一把夺过。

顾小楼打开一看，是一幅小画卷，工笔俊逸勾勒了一个头束金冠的女子，栩栩如生，再往下是一个名。

在看到名字的瞬间，顾小楼变了脸色，一把将画卷攥成一团，不顾青娘的脸色扔在一边，拖了纪川便往回走。

"你干什么撕了那幅画？"纪川惊诧，要甩开他。

"我送你回去。"顾小楼抓住挣扎的纪川，脸色青白，"回去跟督主说，这趟任务我来。"

"滚蛋！"纪川一口咬在他的手背上，恼火道，"顾小楼，你松开我！这趟任务是督主派给我的！"

身后青娘忽然尖叫一声。

有人笑道："眉眼画得挺像，只是神韵不对。"

他们猛地回头，便瞧见身后不知何时立了一人，手中拿着顾小楼丢掉的画卷，梨窝浅浅。

"是你？"纪川蹙眉，暗自将手指压在大刀上，"舒什么殊的！"

"舒曼殊。"舒曼殊好心提醒，"我的纪川小队长，我们又见面了，我还以为陆长恭陆督主有多么爱惜你呢，如今居然让你去送死。"

"鬼扯，督主对我好得不得了！"纪川看到他便气不顺，伸手道，"把画拿来。"

舒曼殊摇了摇画卷，笑道："很好吗？那你知不知道这次他派你去杀的是谁？南夷大都的幼帝，是你一人便杀得了的？陆督主对你还真是信心了得。"

纪川听不明白，费解地看着顾小楼。顾小楼只是往前一步护在纪川身前，看着舒曼殊："你是公子曼殊？"

舒曼殊却不看他，只专心地瞧着纪川："纪川小队长，有没有兴趣离开东厂，到我身边来？陆长恭给什么，我便给双倍。"

"双倍？"纪川的眼睛一瞬闪亮。

她闪亮的模样让顾小楼觉得非常丢脸，咬牙低声道："收起你那副要钱不要脸的嘴脸。"

纪川撇嘴："问问而已。"

舒曼殊又道："我会对你比他还要好。不过今夜你答不答应都不重要了。""啪"地一击掌，他扬唇笑道，"你逃不掉了，可爱的纪川小队长。"

风声陡峭的夜里，城门门楼之上忽然拥下一群盔甲锃亮的兵卫，将他们围住。

纪川单手攥住背后的大刀，扫视了一圈，冷哼道："就这么几个吗？"刚要拔刀，却被顾小楼按住了。

顾小楼压住她的手，低声道："是锦衣卫，不能动手。"

"圣上下令要抓你进宫。"舒曼殊道，"你可以选择是跟我走，还是被他们抓进宫。跟我走的话，你这些同伴都可以平安无事地回东厂，不跟我走的话……就只能一起拿下了。"

纪川蹙眉，攥着背后的大刀道："我没有同伴，东厂的规矩、朝廷的规矩，这些劳什子规矩都不干我屁事，我只知道，有人砍我，站着不动的是傻子！"

大刀铮然拔出，纪川一跃而起，像一只爪牙锋利的小兽，冲到围堵的锦衣卫眼前一刀就挥了下去。

惨叫不迭，肢体横飞。

"纪川！"顾小楼阻拦不住，看着她小小的身影被锦衣卫潮水般围上，再也忍不住夺下一把软刀，拔步冲了过去。

舒曼殊看着纪川挥舞着大刀跳跃在刀光剑影之中，笑意更深了，这个小少年像是一只随时会扑过来咬人的幼虎，天不怕地不怕的爆发力，每次都出乎他的意料，让他越来越感兴趣了。

"除却纪川，其他人杀无赦。"他眯眼道。

四、误入皇宫

天际深尽之时，有人打马入宫。

"圣上，公子曼殊求见。"

端木微之霍然起身："让他滚进来！"

殿外有人轻笑，舒曼殊跨入大殿便瞧见满地的碎瓷，不由得道："圣上这是哪里来的火气？"

端木微之冷哼一声，瞧他独身一人，问："人呢？你没抓到？"

"怎么会？"舒曼殊挑眉笑，"动用了您的锦衣卫，要是再抓不到人，曼殊还敢来见您吗？"合掌一击。

殿外两名锦衣卫押着一人进来，"扑通"一声便强压那人跪地。

"轻点。"舒曼殊不禁蹙眉，挥开那两人，伸手去扶跪地之人。

那人却冷声道："滚！"抬起头来恶狠狠地瞪着舒曼殊，眉眼清丽。

舒曼殊叹气："别这么看我，要抓你的并非是我。"

端木微之一把捏起纪川的下颚："还认得我吗？"

纪川对上那人的眉眼一愣，惊诧不已。

"你……一品楼里的二百五……"她看到他衣襟上飞扬跋扈的金龙，一瞬呆住，"你是皇帝？！"

"啪——"一耳光甩下，端木微之笑吟吟地逼近："怕了吗？你不是想要朕的人头吗？"

嘴角溢了血，纪川却惊喜万分地看着他问："那这里是皇宫？"

端木微之抬手又是一耳光，却被舒曼殊一把攥住。

"够了，圣上。"舒曼殊眯眼看着纪川，"您忘了，抓纪川来的主要目的吗？"

一口气憋在胸口，端木微之甩开他的手，冷哼一声，道："朕用得着你提醒吗？"

纪川却锲而不舍地追问："这里……"

舒曼殊伸手掩住她的口，俯身低声道："别再说话，你最好祈祷你的陆督主会来救你。"

纪川听不明白。

他已经松了手，笑吟吟地看着端木微之："我故意放了跟纪川在一起的一男一女，估摸着现在已经回到东厂了吧。"

端木微之哼身冷笑："他永远都是一副波澜不惊的表情，笑里藏刀的阴险。你确定陆长恭会来救纪川吗？"

舒曼殊看着纪川，扬了扬嘴角："你说呢？你的陆督主会不会来救你？"

纪川闷声不吭。

等了片刻，有夜行影卫入殿。

"怎么样？"端木微之急切地问，"陆长恭说了什么？是要来救纪川吗？"

影卫恭敬道："回圣上，陆长恭并未有任何进宫的动向，反而是将要入宫救人的顾小楼关押了起来。"

端木微之一把扼住纪川的喉咙，怒道："抓你来有什么用！不值钱的烂命一条！"

纪川被掐得喘不过气。

"圣上……"舒曼殊上前欲言。

端木微之猛地回头，脸色涨红："你若敢再多说一句，朕连你一块杀！"

舒曼殊叹了口气。

端木微之忽然松开纪川，怒极反笑："既然你这条命这般不值钱，倒不如赏给朕的霸下好了。"

端木微之下令道："将霸下带上来。"

有八名小内侍推着一只巨大的铁笼子入了大殿。

一股极重的腥臭味传来，纪川回头便看到了笼子里一只蛰伏的猛虎，白毛吊睛虎。

"圣上。"舒曼殊也吃了一惊，蹙眉，"我们可以再等一等。"

"朕没有耐性了！"端木微之捏起纪川的下颚，让她面向笼子里一点点躁动起来的猛虎，眨眼道，"你不是很厉害吗？不知道你和霸下谁更厉害？"

纪川身上有血，白虎似乎嗅到了血的腥味，起了身。

"就这一只？"纪川眯眼瞧了眼猛虎，忽然笑了。

端木微之一愣，随后冷笑，抬手喝来内侍，要将她塞进笼子。

舒曼殊忽然上前："我来。"扶起她，松绑。

纪川忽觉手心一凉，他已将一物塞在她袖口中，是一把匕首。

他在耳侧低声道："趁机逃。"

纪川却扣住他的手腕，一点点扬了嘴角："狗眼看人，这样的游戏我从小玩到大。"

舒曼殊脸色一沉。

她已然自行到铁笼旁，铁笼，猛虎，游戏，有人跟她说过，想活下来就要靠自己，只有自己，没有别人会帮你……

夜色宫深。

那一声虎啸，惊得深宫里夜莺尽飞。

陆长恭看了一眼扑飞的惊鸟，再等不得，推开挡门的宫女直闯入栖凤殿之中。

有女子坐在梳妆台前，她在菱花镜中看到冲进来的那人，禁不住叹了口气："长恭，你有多久没来瞧我了？"

大殿中一声低啸，纪川再次被白虎扑倒，撞在铁栏上咣当当地摇晃。

舒曼殊看到她颤抖的背后鲜血淋漓，爪痕，齿痕，似乎还有别的伤，脊背瘦得骨脉凸显，终是没忍住，暗自扣指，一枚珠子打过去，正中白虎的右眼。

一声虎啸戾起，惊得殿中烛火一明一灭，纪川趁机翻身而起，一跃扑在白虎的背脊上，死扯住它脖颈上的皮毛，喘息着打战。

白虎吃痛，发疯似的撞在笼子上，想将纪川甩下，她却匍在它背脊上一动不动。

这次真的会死吧？舒曼殊看着已经力竭的纪川，心疼地蹙着眉。他遇见过许多人，却从未见过像纪川这样顽强又不怕死的，真是可惜了……他一直很想留下纪川，可他如今还不能惹恼小皇帝。

"呀……"端木微之忽然低呼一声，捂紧了眼睛，问，"死了吗？舒曼殊。"

舒曼殊回过头看——笼子里，纪川似乎已经没有一分力气挣扎了，松手滑到了白虎的侧背上，一手抱着它的脖颈，另一只手被白虎咬在口中。

纪川忽然睁眼看着他，黑色瞳孔，熠熠生辉。

舒曼殊看到她笑了，那一瞬间她猛地抬手，寒光乍现，一匕首捅进白虎的脖颈里，身子往下滑，匕首也下划，由侧到下。

白虎张口厉啸，松开了她的手臂。

她"砰"的一声落地，脊背抵在冰凉的铁板上，白虎的血喷涌而下，溅了她一身一面，腥的、热的。

她在笼子里，佝偻着身子像一只濒死的虾子。她想起小时候安公公第一次将她和几个同龄的女孩丢进笼子里，也是这样的大铁笼子，里面关着一只狼，拴在栏杆上，饿急了似的，扯着铁链，嘎嘎作响。

安公公问："你们谁是纪惠景的女儿？"

不知是谁推了她一把，她跟跄趔趄跪出去，安公公用鞋尖挑起了她的脸："是你吗？"

她不敢讲话。

安公公忽然挥手，守在笼子外的手下便进来，抓过她身后哭得最大声的小姑娘丢给了那只狼。

她只听到半声尖叫，鲜血就喷了满脸，腥的、热的。

安公公又问："是不是你？"

她听到狼嚼骨头的咯咯声，每一声都让她痉挛。

她怕极了……

　

白虎倒地，在笼子里抽搐两下，再不动弹了。

舒曼殊抽了一口冷气，纪川总是能让他吃惊，出乎意料。

端木微之捂着眼不敢松开："朕问你人死了没有！"

"死了。"舒曼殊笑道，"不过是您的霸下。"

"怎么可能！"端木微之惊诧，松开手瞧了一眼，笼子里一片狼藉，触目所及的全是血，白虎的喉管拖在铁板上，血浸了半边。

他慌忙掩着口鼻转过脸，浑身都在发抖。

"居然……居然……"

"出乎意料啊。"舒曼殊莫名愉悦，看着躺在血泊中的纪川，歪头笑，"他可比您的霸下还要……凶猛。"

"来人啊！"端木微之发恼，却不敢转过头去看，喝道："将他给我拖出去砍了！"

"圣上……"舒曼殊刚要开口讲什么，大殿之外内侍忽然慌慌张张地进来，跪倒道："圣上，太后来了。"

端木微之脸色一变，还来不及做出反应，殿外一盏煌煌的宫灯烛火映了进来，那个他再熟悉不过的声音，轻柔地递进来。

"这么热闹，微之是在做什么？"

她深夜突来，只带了一个近身宫女、一个小内侍，扶着她入殿的是陆长恭。

殿内人等跪拜行礼，端木微之慌忙迎上前，礼道："儿臣见过母后。"

太后伸手扶他起身，揽在怀里。

"母后这么晚了还没安寝？"端木微之斜眼看陆长恭，笑吟吟道，"陆爱卿也来了呀。"

陆长恭敛眉行礼。

太后却抬袖掩了口鼻，蹙眉道："哪里来这样熏人的味道？"眉眼轻抬，瞧了一眼殿内，又敛下，揽着端木微之往内走，"长恭是特意进宫向哀家请罪的，哀家不知是怎样的事情开罪了微之。"

端木微之扶她落座，不满道："原来陆爱卿是特来向母后告状的啊。"

太后拉他到怀里道："好了好了，你闹腾这样大一圈不过是因为日前在朝上长恭驳了你的旨意，如今长恭也认错了，火气还没消吗？"

端木微之闷声不吭。

太后又道："你日前在朝上提的那道旨意是什么来着……"

端木微之一喜道："儿臣想将锦衣卫亲军都指挥使司交给舒曼殊！"

"舒曼殊？"太后微微蹙眉。

端木微之忙挥手："舒曼殊快来见过母后。"

舒曼殊闻言起身近前，再次撩袍跪下，垂眉道："舒曼殊见过太后。"

"嗯。"太后点头，瞧了瞧他，"舒曼殊？这个名字倒古怪，你是大巽人？"

"回太后，曼殊是南夷人。"

"南夷人？"太后打量着他的衣饰，"哀家听说南夷人多是绝色，你抬起头来让哀家瞧瞧。"

舒曼殊抬头。

殿下烛火似乎噼啪轻响，明灭不定。

太后瞧着他愣怔片刻："你是南夷人？"

舒曼殊眉眼轻敛，道："是。"

"哦。"太后拢了纤白的手指，淡笑，"哀家只是觉得你有些眼熟……"

"曼殊惶恐。"

端木微之忍不住腻在她怀里，殷切道："母后觉得儿臣的提议如何？先前儿臣在酒楼遇刺，也是多亏了舒曼殊！"

"是吗？"太后拢了拢他的鬓发，"哀家听长恭说了，似乎那个叫纪川的小队长也护驾有功。"

端木微之面色一沉。

太后拍了拍他的脊背，笑道："罢了，微之说怎样便怎样。"

"谢母后！"

她又接着道："如今这气也该消了，人也该放了吧？"

"母后……"端木微之不满地抱怨，"那个叫纪川的，刚杀了儿臣的霸下。"

"哦？"太后抬目望过去，果不其然笼子里的白虎已经死了，旁侧的血泊中倒着个瘦小的身子，没有一丝生气的样子，"不过是只白毛畜生而已，改日让长恭赔给你，可好？"

陆长恭忙道："臣新得了一只通臂白猿，如果圣上喜欢，明日便送进宫来。"

端木微之面色缓了缓。

太后摇头苦笑，起了身道："得了，就这么着吧。别生闷气了，你猜猜母后将谁带回来了？"

"谁？"端木微之诧异。

太后笑着对殿外招手，道："荣阳，快些进来瞧瞧你的小气阿弟。"

端木微之几乎雀跃，喜不自控地往殿外瞧："荣阳阿姐回来了？"几步奔出去，堪堪撞上刚入殿的女子。

一阵环佩细响，那女子轻笑："半年未见，微之还是这样毛手毛脚的。"

他抬头，那张冰雕玉琢似的眉目便在眼前，幼年时陆长恭曾夸过阿姐。

银碗盛雪。

他是那么那么喜欢阿姐，可是打从阿姐的母妃过世之后，她便一直住在京都外的青云庵守孝，一年才见一次，不由得使性子道："阿姐可算想起我了。"

荣阳笑着捏了捏他的小下颚，哄道："阿姐错了还不成吗？"往里瞧，刚要入殿向太后问安，端木微之却慌忙捂住她的眼睛。

"别别，里面脏得很。"端木微之伸手牵住她，"去我宫里吧，我有好东西给你瞧。"不待她反驳，扯了她便走。

看着端木微之走远，陆长恭才起身，疾步到铁笼前，喝道："开锁！"

一旁的小内侍一分都不敢耽搁地去开锁。

太后压了压眉心，叹气道："都散了吧，哀家也回了。"

舒曼殊恭送太后出殿，陆长恭却根本分不出心思。

铁笼打开，他俯身进去，看着几乎浸在血泊中的纪川，忽然觉得手足无措，不知道她伤在哪里，她浑身上下的衣服被撕得不裹体。

陆长恭解下外袍盖在她身上，轻声喊她："阿川。"

纪川撑开一线眼皮，看得模糊："督主？"

"是我。"陆长恭俯身抱起她，在她耳侧道，"没事了，我们回去吧。"俯身钻出笼子，衣襟却被怀里的人扯住。

纪川睁着眼看他："我要留在皇宫里。"眼神涣散，字句却咬得清楚。

陆长恭仔细地跟她解释，语气极尽轻缓："你受伤了阿川，我们要先回去，小楼还在等你，忘了吗？"

她似乎想了想。

陆长恭又道："你放心，我答应过你会带你入宫的，你不相信我吗？"

攥着他襟口的手一点点松开了，纪川安顺地躺在他怀里，点头。

五、身世之谜

　　她像是死了一般安静，从净身到上药她都昏昏沉沉没有一丝声响，不喊疼，也不挣扎，只是在掏出她搂在怀里的碎银票时不甘心地动了两下，之后再没有动静了。

　　陆长恭细细检查过她的伤口，虽重却好在没有伤到筋骨，调理一段日子该是没有什么大碍，只是好不容易才养胖了一些，如今又瘦了回来。

　　她一直在做噩梦，痛苦地挣扎着。陆长恭替她拉过被子盖好，握着她的手指问："阿川，你到底是谁呢？"

　　到底是谁？
　　纪川听见有人问她，声音熟悉，是安公公，还是其他什么人……
　　她闭着嘴不敢出声，不能讲……娘亲说过不能讲，不能讲她是谁，不能讲爹爹是谁，也不能讲认识纪惠景……
　　会死。
　　没有光的密室里，她听到水滴落地的声音，滴答答带着回响。
　　安公公在前面扯着她脖子上的铁链，猛地一带，她便跌在地上，她听到滴答声，水滴溅在她脸上，有一些些热。
　　安公公问："你认识她吗？"
　　纪川抬头看见吊在头顶的女人，全身赤裸，所能看到的颜色只有红和白，红的血肉，白的脸和几乎生光的骨头，她身上的皮肉差不多已经被剐干净，白森森的骨头上，血水滴答答落下来。

像水滴落地。那女人却还活着，睁着一双黑洞洞的眼睛看她。

"她是不是你娘？"安公公又问纪川。

纪川刚刚张口，那个女人忽然发抖，声音尖厉又吓人地问她："你是谁？你有没有见到我的女儿阿萤？有没有见到她……"

你是谁……

纪川在深夜里猛地惊醒，大口大口喘着气，快要死掉一样，许久许久才安定下来，捂住了眼睛发抖："娘亲……"

她在昏睡了整整三天两夜之后醒来，夜里静极了，除了小铜炉里烧的炭火噼啪，再没有其他声音。

她跳到地上，打着赤脚出了内间，蟹青的帐幔，督主果然睡在窗下的侧榻上，在月色下，眉眼微蹙。

她蹲下身，趴在床边细细看他。

陆长恭浅眠惊醒，睁开眼看见纪川那张笑眯眯的脸在面前，先是一惊，随后眉头松开，一口气松到底："你终于醒了……"

纪川笑眯眯地看着他，突然问："督主，是你救我回来的吗？"

陆长恭起身笑道："不然呢？"

"是特地为了救我才去的吗？"纪川又问。

那双眼睛亮晶晶的，看得他心软。

陆长恭托起她的脸，叹气："是啊，特地为了救你。"

纪川瞬间开心地向前凑了凑："我的衣服也是督主换的？那督主有没有见到我怀里……的东西？"

"什么东西？"他明知故问。

纪川有些急了，站起身道："就是我塞在胸口这里的，一沓……银票……"偷眼看他，"你肯定见了。"

陆长恭失笑，眉眼指了指旁侧锦凳上叠好的新衣服："你的新衣服，去瞧瞧。"

藏蓝的小袄，纪川有些悻悻地抖开，发出轻响，有东西打小袄里掉了出来，低头是一小沓银票。

"原来你帮我放这儿了！"纪川喜不自控，捡起来一张张数仔细，惊奇道，"奇怪，居然都好好的，一张都没烂……"

陆长恭揉了揉额头，苦笑："是啊，真奇怪。"

纪川伤势好得出奇快，昏睡醒来，两天后便生龙活虎地偷溜出院子去找顾小楼。整个东厂找了个遍却不见人影，队里人说他顶撞督主给关起来了。

纪川便溜去了大牢。

牢门轰隆隆地打开，光线毫无阻拦地照进来，晃得顾小楼睁不开眼。

"看起来伙食不错嘛，居然胖了不少。"

他心头一跳，睁大了眼睛，在白晃晃的日光下看清了站在牢门外的人。"纪……川！"他扑上前，隔着栏杆一把将她扯过来，捏了捏脸，又捏了捏胳膊，顾小楼笑得比哭还难看，"还都好好的……没缺胳膊也没破相。"

纪川打开他的手："想不想出来？"

顾小楼惊喜地看着她："你有办法？"

袖子里叮叮当当响，纪川掏出来一大串钥匙。

出了牢门天地一下就宽阔了，顾小楼深呼一口气，伸手一带她肩膀，笑道："走，爷请你吃一顿！"

纪川自然乐得有人请客，跟着他偷偷摸摸打算溜出去。

刚到正院，忽见议事厅外站了一干锦衣卫，她不由得诧异："锦衣卫的人来东厂干什么？"

顾小楼摸了摸下巴："别是来找麻烦的。"扯了纪川凑过去。

将将溜到门口，厅里不知是谁眼尖，讶道："这不是纪川小队长吗？陆督主怎么说他不在呢？"

纪川一愣，还没反应过来，那人已经笑盈盈地走过来，一身孔雀翎色的便服，头发玉冠高束，托出一张浅蜜色的脸，梨窝漾漾。

"舒什么殊！"纪川惊诧。

"舒曼殊。"舒曼殊头疼地提醒，"我的名字就那么难记吗？"

伸手要来摸她的头。

纪川退开一步，蹙眉道："你来做什么？"

舒曼殊扫兴地收回手，依旧笑道："那日宫中一别，总是放心不下你，这几日又忙着接手锦衣卫，才得空闲，特地来看看你。"

"就不劳舒指挥使挂心了。"陆长恭缓步走出来，淡笑道，"环溪送客。"

舒曼殊也不回身，只看着纪川，道："今日天气大好，不知道纪川小队长有没有兴致赏脸一起出去走走？"

"没有。"纪川答得干脆利落，转身要走，舒曼殊忽然俯身，在她耳侧极低又迅速地道了一句什么，她要迈出的脚步一下子停住。

舒曼殊整了整衣襟，无不懊恼道："既然纪川小队长不愿意赏脸，那我便告辞了。"抬步走了。

看着纪川从狗洞里钻出来，舒曼殊弯腰扶起纪川，打趣道："我们连猛虎都不怕的纪川小队长居然这么怕陆督主。他不让你出来，你还就宁愿钻狗洞也不违反啊。"

纪川拍了拍衣襟上的灰，不耐烦地说道："你不是说会带我进皇宫嘛，还走不走。"

舒曼殊嘴角挑笑："走，怎么敢不走。"他打了个响指，不远处一匹通体溜黑的大马嘚嘚地疾奔过来，停在他跟前，机灵地甩了甩尾巴。

舒曼殊翻身上马，对她伸手示意："上来。"

只是略微迟疑，纪川攥住他的手，他猛地一扯抱着纪川将她环在身前，抬手一马鞭抽下，朗声笑道："坐稳了，纪川小队长！"

黑骑疾驰，招摇过市地穿过街道，在闹市之中闯在人群里，踢翻摊位，舒曼殊肆无忌惮地带她疾驰而过。

纪川忍不住开口问："你平常就这么招摇？"

舒曼殊道："自然不是，今天是因为带了我们的纪川小队长才必须招摇一下的。我估计用不了多久，你的陆督主也会知道。"

纪川一肘子向后捅去："舒曼殊！"

"真不容易，总算记住我的名字了。"舒曼殊低头，简直愉快极了。

纪川从未想过入宫原来这么简单，森立的禁军，高不可攀的红墙，舒曼殊只是亮了亮一块小牌子，他们就顺顺利利地进了宫。

舒曼殊带她穿过甬道，眼前一片通明，飞檐，重楼，极远极远处的檐下传来青铜铃声，缥缈得像在天边。

天子住的地方，她第一次被这景象压得不敢声张。

"看傻了？"舒曼殊在她眼前挥了挥手指，笑着牵过她的手，"乖乖别动，你在这里走错一步路，都会死无葬身之地。"

她安顺下来，舒曼殊带她转入一处园林。

纪川听见远远的笙歌乐曲声，她看到波光浩渺的碧湖，一座白玉桥，蜿蜒相连的是湖水之上的小亭。

舒曼殊轻声道："等会儿见到皇上，你跪在我身后，什么都不要讲。"

进前了才隐约看清，小亭里歌舞正轻曼，三三两两的宫娥间，太后和皇上坐在软榻上，旁侧还坐着荣阳公主。

有宫娥禀报后，为舒曼殊挑开珠帘。

舒曼殊入内扯着纪川一同跪下："曼殊来迟了，请圣上责罚。"

太后笑道："罚酒一杯吧。"转向舒曼殊，不经意瞥到他身后跪着的纪川，迟疑道，"这是？"

"回太后，这位便是曼殊同您讲过的，京都第一个朋友。"舒曼殊答话，刚要让纪川上前，端木微之却冷哼了一声。

"舒曼殊，这是你说要一同带来的朋友？"端木微之冷笑，"胆子够大的啊，居然敢将他再次带进宫来。"眼光递向纪川，幽幽道，"你就不怕朕杀了你？"

舒曼殊道："不是圣上准许曼殊带一人入宫的吗？若是您不想见到，那曼殊便带他先行告退了。"

端木微之蹙眉，一侧的荣阳眉眼带笑地嗔道："好了，舒大人未来之前你念念叨叨盼着他来，如今来了又要赶人家走，圣上还真是难以捉摸啊。"

"阿姐！"端木微之立刻放软了语调，腻上去，"你怎么反倒帮着外人讲话！"

荣阳皱了皱鼻子，笑盈盈地望向舒曼殊，道："听说舒大人是南夷人？你们南夷人都生得如此俊美？"

舒曼殊笑着说公主取笑了。

端木微之又玩笑了几句，便都落了坐。

一场笙歌曼舞，融融的日光之下，碧湖之上的浮冰渐渐消融，太后瞧着满湖碎光，不禁失神道："快要小寒了吧？"

荣阳应是，接过端木微之递过来的茶。

"明日便小寒了，腊月初三。"

"腊月初三啊……"太后有些愣神，转过眼来，看着荣阳笑，"哀家险些给忘了，明日便是从善的生辰之日，荣阳可去瞧过他？"

唇边的笑容一顿，荣阳随后便笑："回宫几日还未得空闲，若不是太后提醒，荣阳也忘了……"

太后撑了额头苦笑："老了，记性也差了，我这个做姑母的真是该罚……"

"是纪从善吗？"纪川忽然插口，在光影晃动的亭子里突兀异常，脸色生白，"你们说的是纪从善吗？"

端木微之开口训斥，太后却摆手，眉眼间依旧有笑意，问："你认识从善？"

纪川不抬头："不认识。"

"哦？"太后微蹙眉。

舒曼殊轻笑着接口道："回太后，是曼殊无意间跟他提起的，曼殊入京便听闻从善公子容貌姣美，一直未得一见，惦记在心。"

太后"哦"了一声，捋了鬓发叹了口气："哀家这个侄儿也是让人心疼……"摇头苦笑，"不说也罢，哀家有些乏了。"

宫娥忙来搀扶，太后起身又道："对了荣阳，你晚些带些点心去瞧瞧从善，多备些杏仁酥，他爱吃。"

荣阳应是。

出宫时天色已经暗下来了。

舒曼殊依旧打马带她，她一路上闷头不吭，一句话也没讲。

东厂在即，舒曼殊勒马，纪川刚要翻身下马，他忽然扣住。

"纪从善是你什么人？"

纪川没有回答。

他又问："你执意要进宫就是为了他？"

纪川猛地挣开，一跃而下，头也不回地往东厂去。

纪川一路狂奔入东院，在梅树下喘息不定，抬头望见督主的房里还亮着灯，不由得胆怯，蹑手蹑脚地过去，推开门看到督主侧身在软榻之上似乎睡着了，松了一口气。

刚跨进去，督主道："回来了？"

纪川脊背一僵，转过头看督主微闭着眼，试探性道："督主怎么这么晚了还没睡？"

"在等你回来。"

"等我？"纪川心底不安，"等我……做什么……"

陆长恭揉了揉额角，淡声道："桌子上给你留有饭菜，吃了快睡吧。"

纪川一愣，到桌前揭开扣着的碟子，全部都是热气腾腾的，心头一跳，内疚地走到督主榻侧，低着头小声道："督主……"

他拍了纪川衣襟上的灰尘，吐了一口气，道："好了，下不为例。"

纪川点头，顿了许久又闷声问道："督主，你明天可以带我进宫吗？"

"好。"

烛火噼啪炸开了油花，纪川看着陆长恭，一时竟反应不过来，他说好，直截了当地说好，答应得那么利落。"督主……"纪川以为他会不答应……

陆长恭疲倦地叹了口气："若是我不答应你，你会去找舒曼殊带你进宫吧……"

纪川没讲话，却是默认了。

他苦笑："我该很清楚了，你决定的，谁都阻止不了，从来都不肯听话怎么罚都没有用……只好由我让步了。"

纪川抿着嘴，撩袍跪下道："督主，我保证除了这件事，以后什么都听你的！"

陆长恭扶她起来，无可奈何地道："那你能告诉我为什么要执意进宫吗？"

顿时缄口以默，纪川一脸为难。

早便料到她会如此，陆长恭吐出一口气笑："好了，你那句话就当我没听见，快去睡觉吧。"

纪川闷闷地应了一声，又道："除了这两件！真的什么都行！"

"是吗？"陆长恭打趣地看她，"那你搬回你房里睡吧，伤都好全了，再赖在这里也不成个样子。"

她登时又沉默，为难到愁肠百结，想了半天突然捂着胳膊道："我胳膊还疼……疼得厉害……"哼哼唧唧地滚到屋内的软榻上，翻身躺下，蒙了头就睡。

陆长恭苦笑，起身吹灭了烛火。

小寒节令，窗外的梅披了薄薄的一层白霜。

纪川一早便醒了，偷偷摸摸地溜到西院后的墙根下，挖了半天，将一沓蓝布包裹的东西塞在怀里。

回去时，陆长恭正好换上赤红的蟒袍，将纪川的重黑曳撒递给她："穿上它。"

纪川接过，穿得手忙脚乱，陆长恭只好上前帮她一件件穿好，笑道："这天下除了圣上和太后，让我侍候穿衣的，也只有你了。"

陆长恭带着纪川入宫，却是带她直入了栖凤宫。

重紫的帘幔隔开内间，压下来一片光影幽暗。

陆长恭立在帘幔外，行礼道："长恭来向太后问安。"

内里有衣物窸窣声，有人似笑非笑道："是吗？只来问安这般简单？"

有宫娥在内里将帘幔挑开，光影一折折亮堂起来，太后素着一张面打里面走出来。

"陆督主可是个大忙人，怎么有工夫跑来瞧哀家。"

陆长恭将纪川拉到身前："先前太后出手救了阿川，今日带她来问个安。"

纪川撩袍跪下，道："纪川叩见太后。"

"纪川？"太后抬眼看纪川，微诧道，"你是那日同舒曼殊一起来的那个孩子？"

纪川点头。

太后笑道："这孩子眉眼生得真伶俐，怪不得长恭破天荒来求哀家救你一命呢。"又问，"你知不知道你们陆督主为了救你求了哀家多久？他这样求哀家相救，你还是第一个。"

纪川不明白她讲的意思，回头看陆长恭，他面色不大好。

"你姓纪？"太后拍在她的手背，眉眼含笑，"倒是有缘，哀家也姓纪。"

纪川一愣。

陆长恭忙上前道："怎么没见圣上来问安？"

太后收回手指，细细地瞧着他笑："微之这两日同荣阳那丫头闹腾得正欢，早把哀家给抛脑后了。"

话音未落，殿外便有人不满道："母后又在背后说儿臣坏话，儿臣这不是来了嘛！"

帘幔挑开，端木微之同荣阳公主一起入了大殿，近前行了礼，解下貂绒披风丢给宫娥，瞥了陆长恭一眼，又瞧纪川："你怎么又来了？"

荣阳也解下披风，近前笑道："真是小孩子，我不过是昨天讲了舒大人一句好话，便同我闹别扭到现在。"

"哪里是一句！"端木微之愤愤辩驳，"你从昨天开始就一直在讲他好话！你还夸他长得好看！"

荣阳笑道："舒大人本来就生得好看。"

"你还说！"端木微之发恼，扑上前去捂她的嘴，"不许你说！"

荣阳笑闹着躲开。

太后嘴角带笑地扯他过来，环在怀里打趣："好了别闹了，这京都之中谁有大巽第一美人陆长恭生得美啊。"

陆长恭苦笑："太后不要挖苦微臣了。"

荣阳笑吟吟地看纪川："你叫纪川？"

纪川点头。

荣阳上前，笑道："你是舒大人的什么人？"

纪川忙道："我是东厂的人。"

太后暗自瞧了陆长恭一眼，瞧他面色阴沉，漫不经心地问道："对了荣阳，你去瞧从善了吗？"

"还没。"荣阳将碎发捋到耳后，"我差人备好了几样点心和吃食，等下便去。"

纪川忽然走到荣阳跟前，道："今天是他生辰吗？"

荣阳愣怔点头。

纪川慌忙从怀里掏出一蓝布包裹递给她："送给他。"

"这是……"荣阳诧异。

"礼物。"纪川紧张道，"送给他的礼物。"

太后微诧。

陆长恭却淡笑接口："阿川昨夜回去便同我讲今日是从善公子的生辰之日，特地备了一份薄礼来送上，权作是孝敬太后。"

太后点头，示意荣阳接下："这孩子倒是有心。"

蓝布包裹被荣阳接下，纪川眉眼间生出的笑意遮掩不住，她抿嘴笑道："一定要交给他，很重要的。"

荣阳点头，笑着道："我替从善谢谢你了。"

荣阳前脚刚走，陆长恭便也带着纪川告退了下来。

一路上，纪川眉开眼笑心情极好，时不时还偷笑两声，陆长恭歪头看她，也不由得扬了扬嘴角。

转过回廊，便是百乐池，白玉石的小桥，池上浮冰碎碎。

陆长恭远远便看见荣阳立在桥上，她抬手将一蓝布包裹丢在湖水之中，浮冰荡漾，沉沉摇晃。

陆长恭猛地顿步。

纪川没留意撞了上来，刚要诧异，他忽然回头将纪川揽在怀里，手指轻轻遮住她的眼睛。

"督主？"

陆长恭瞧着荣阳渐行渐远，瞧着百乐池中的蓝布包裹渐渐湿透沉淀，轻声道："风大……闭上眼睛。"

六、人心险恶

夜里忽然冷了下来，窗外明明皓月当空，却总让人有要下雪的感觉。

房里的炭火烧得旺，倒不觉得冷，只是觉得静，从宫里回来后，陆长恭便让纪川搬回了西院。

陆长恭躺在正屋的软榻上，听着炭火的噼啪声，竟有些不习惯，他忽听到窗户吱呀的细响声，冷风灌入，片刻之后又吱呀合上。

极细微的脚步声，有人蹑手蹑脚地溜进了房中，陆长恭没有睁眼，笑了。

那声音停在外间，似乎在侧塌旁摸索了一阵，窸窸窣窣，止在了那里。

陆长恭忽然道："不要睡在那里。"

"啪嗒"一声响，那人吓了一跳，手中的东西落在了地上。

陆长恭借着月色看清站在不远处提着鞋子的小小身影。

"过来。"

"督主……"纪川没料到会被抓个现行，站在原地不敢过去。

"过来吧。"陆长恭靠在床沿，语气温哑，"那张榻上没褥子，凉。"

纪川愣了愣，看他在笑并未动气，才兴冲冲地应了一声过去。

他侧身要去拿身边的一床被子，纪川却忽然爬上床来，试探地扯了扯被子，小声问道："督主，我可以跟你一起睡吗？"

他身子一僵，回过头瞧见纪川一双黑白分明的眼睛，殷切切地看着他，在幽暗的夜里像星辰一样。

"我就占一小块地方……西院太冷了。"纪川竭尽全力地将可怜兮兮装到极致。

陆长恭摇头笑了，侧身往内里挪了挪，她立刻掀了锦被钻进来，挤着陆长恭打了个战。

"还是这里暖和。"

她的身子凉得出奇，隔着亵衣都觉得寒，小小的身子缩成一团。

月色清冷地透进来，将这屋子里的事物照得一片空蒙。

陆长恭替她掖好被角，犹豫再三终是将她冰凉的小手塞在袖口里，淡声道："睡吧。"

纪川有些愣怔，指尖的暖意蔓延开来直透四肢百骸。

这夜静得出奇，炭火的噼啪声，窗下细风吹过枝杈的呼啸声，和深浅不一的呼吸声，都听得仔细。

纪川小声道："督主，你睡着了吗？"

"嗯？"

"我睡不着。"纪川抿嘴笑了。

陆长恭侧头看她，那眉眼间的神采奕奕从未有过。

"你似乎很开心？"

她捂着嘴笑，亮晶晶的眼睛弯成新月："我心跳特别快，感觉……好开心。督主，你见过从善公子吗？他长什么样子？你说他会不会喜欢我送的礼物？"

"他……"陆长恭欲言又止，看她满脸的殷切，他吐出一口气，"他会喜欢的，有人送礼物总是喜欢的。"

"是吗？"纪川趴在被子里挤到他跟前，兴奋道，"我应该多攒点再给他……督主，你跟我讲讲他长什么样子？好看吗？"

陆长恭伸手掖好她的被角，笑道："好看的，他也有一双亮晶晶的眼睛，小时候一眨一眨好看极了，他随父亲，纪大人年轻时是京都里数一数二的翩翩少年郎，当初太后还曾为他的婚事发过愁，想这天下女子，有哪个配得上他……"

"纪大人为什么会被赶出京都？"纪川忽然插嘴问道。

他一愣，而后极缓极慢地说道："有些事情还是不知道、不明白的好……"

纪川还要再问，他拍了拍她的背，淡声道："睡吧。"

一夜无梦，纪川醒来时陆长恭已经不在了。

正午时刻，陆长恭才回来，入院第一件事便召了纪川和顾小楼到会议厅。

圣上先前在一品楼遇刺，太后命东厂彻查，这件事知情的也只有纪川和顾小楼二人，调查之事，陆长恭便派给了他们。

"阿川，你还记得当初那些黑衣人有什么特征吗？"陆长恭问。

纪川仔细想了想摇头。

他又问："那尸体呢？那些黑衣人的尸体呢？"

陆长恭记得当初赶到时，尸体已经没了，只有端木微之和重伤的随侍在。

"尸体……"纪川蹙眉，"那时候舒曼殊要抓我，顾小楼救我出来，之后的事就不知道了。"

陆长恭眉心一跳："舒曼殊……"

圣上新赐的府邸正院里有一株红梅，却一枝梅花都未开。

舒曼殊很是诧异，细细瞧了再瞧，也瞧不出什么毛病，身后的荣阳似乎有些急了，娇怯怯说道："舒大人，难道还不明白我的心意吗？非要我讲明吗？"

舒曼殊折了半枝枝杈，瞧着新绿的嫩芽想不明白："明明看着是枯树，内里却又蠢蠢欲动供着小芽儿，真是奇怪。"

"舒大人……"

话未完，屋外忽有侍从匆忙来报："公子，东厂的人来了。"

舒曼殊一诧，身后那人却慌张起来："我不能让人瞧见来了你这儿……"几步躲闪到屋内的雕花绘景的屏风之后。

舒曼殊不耐烦地蹙眉，院子里一阵吵闹，一队东厂番子冲了进来，当前的两人不是别人，正是顾小楼和纪川。

他不由得推窗笑道："真真是心有灵犀啊，我刚琢磨着，今日天气大好去瞧瞧你，你便先来了，小纪川别来无恙啊。"

"舒大人。"顾小楼拱了拱手，"我们来是为了公事。"

舒曼殊只瞧纪川，颇为失望地说道："空欢喜一场，原以为你是特地来看看我这个朋友的。"

顾小楼道："舒大人，我们是奉了太后懿旨，劳烦你配合一下。"

舒曼殊依旧笑着，嘴角弯弯地对纪川道："要进去坐坐吗？"

"不必了！"顾小楼说。

舒曼殊却恍若无闻，继续道："我听说纪川小队长爱吃零嘴，刚好有人送了些果品点心来，要不要进去尝尝？"

纪川眼睛果断一闪，却在顾小楼的眼刀下收敛。

"这事挺复杂的，不如……进屋慢慢谈？"舒曼殊看向顾小楼，殷切道，"队长您觉得呢？"

顾小楼稍微顺了气儿，耸肩道："既然舒大人这么盛意拳拳，那我们也就不好意思推迟了。舒大人请吧。"

"请。"

三人落座，侍婢来奉上茶，热气袅袅腾开。

舒曼殊推给纪川一盏："尝尝。"

纪川啜了一口，满齿的清甜，惊诧："甜的。"

"这是桂花茶，我特地让加了蜂蜜。"舒曼殊看纪川咕咚咚喝了干净，笑着取来放在正桌上的鎏金漆红的食盒，"你来得巧，刚有人送的，都没来得及打开。"

食盒里拢共六层，皆是些不多见的时鲜果品和点心。

纪川眼馋得厉害，但督主临出来前交代过，一切要听顾小楼的，不然扣俸银。

舒曼殊一碟碟取出放在她眼前，笑道："这些寻常里不多见，你尝尝。"

纪川看了一眼顾小楼，手指不自在地抠着桌沿，虚笑道："队长，尝尝？"

顾小楼瞥了一眼满桌点心，蹙眉道："我不爱吃甜的。"

纪川只好闷声道："不吃就不吃……"

舒曼殊笑道："可惜了，这些都是宫里的，难得一见。"

顾小楼冷笑："既然这么难得，舒大人就留着慢慢吃吧，我们这些粗人吃不惯。"

纪川却瞧着花花绿绿的点心，问道："杏仁酥是哪个？"

"这个。"舒曼殊取来一块杏仁酥递给她。

纪川左右瞧着，抬眼问："这个可以让我带走吗？"

"纪川！"顾小楼看她一脸垂涎欲滴的样子，忍不住低喝。

舒曼殊却乐声浅笑："当然可以。"挥手招来侍婢让她将整盒瓜果点心给纪川装好。

纪川忙道："不用，我就要这一样。"扭头看顾小楼，"就这一样。"

顾小楼索性侧过脸不看她，直截了当地对舒曼殊道："舒大人，这茶也喝了，我们直奔正题吧。不知道舒大人还记不记得当初在一品楼里刺杀圣上的黑衣人？"

"自然记得。"

顾小楼又问："那些刺客的尸体呢？舒大人，当初楼里除了你就是圣上了，东厂的人赶到时，你和尸体一起不见了。"

"哦。"舒曼殊整了整衣襟，漫不经心地笑，"那些尸体确实是我处理的，不过已经烧了。"

"烧了？"顾小楼惊问。

舒曼殊微微耸肩："我一贯爱行善事，虽然他们罪该万死，但人死万事灭，总是要有人收尸的。"

顾小楼起身，压低声音道："舒曼殊，你最少别给我玩花样，你他娘的会这么好心？"

舒曼殊眉眼未抬地笑："我便是没烧又怎样？回去告诉你们陆督

主，找个够格的来跟我谈。"

"舒曼殊！"顾小楼怒火中烧，猛地要拔剑。

舒曼殊却伸手压住了："我今天不想杀人，现在和锦衣卫起冲突对东厂，对我，都不好。"瞄了一眼纪川，低声道，"若不是你和纪川一起来，你连这大门都进不来……好不容易才和他拉近了关系，我还不想因为你这闲杂人等全破坏了。"将他的剑一分分推回，笑道，"顾队长，还有什么要问的吗？"

顾小楼一股子气全憋在喉咙口，握着剑咬牙道："纪川，我们走！"一把抓起纪川便走。

舒曼殊坐在桌前，瞄着纪川被扯出屋子，一干人等气急败坏地离开，嘴角的梨窝一瞬凝固。

庭院中的人声渐渐散去，屏风后有细微的声响。

一袭鹅黄衫子，一张白生生的脸，她紧攒着手心瞪过来。

舒曼殊并不瞧她，只是道："荣阳公主，你该回去了。"

荣阳紧咬着唇瓣："舒曼殊……你是什么意思？这些点心……"话未讲完，屋外忽有人跑进来。

脚步声一下子止在门槛处。

荣阳回头便迎上纪川惊诧的目光。

"荣阳公主！"她一脸惊喜地跑过来，"你怎么在这儿？刚才来的时候没见你啊。"

荣阳面色一白，撇开头笑道："我刚来没多会儿……"

舒曼殊拿起桌上包好的杏仁酥，起身到纪川跟前笑："我料定你会回来一趟。"递给她，又道，"要再给你包些其他的吗？"

"不用。"纪川接过，笑眯眯地走到荣阳面前，有些忐忑地问，"公主……那包东西你给从善公子了吗？"

荣阳略微一愣，下一瞬转过脸来对她弯了眉眼笑："自然是给了的。"

"那他喜欢吗？"纪川眼睛闪闪发亮，恨不能贴到荣阳脸上。

荣阳笑吟吟地捏了捏她的脸："他啊，欢喜得不得了，我代他谢谢你了。"

"应该的！"纪川几乎笑眯了一双眼睛，忽然又想起什么，打怀里掏出一个小包裹，又打腰上解下个小锦囊，连着手里的杏仁酥一起递给荣阳。

"这是……"荣阳诧异。

她忙道："这些都是送给从善公子的，麻烦你帮我给他。"又补道，"还有这包杏仁酥，我上次听太后说他喜欢吃……希望他能喜欢。"

荣阳笑道："怎么好意思呢……"

"我乐意！"脱口太快，纪川忙又道，"我是说……从善公子长那么好看，大家都喜欢他，好东西应该都给他……"

荣阳歪头看着她道："你还挺会说话，你见过从善？"

纪川低头，不敢瞧她："没有……但肯定是很好看的。"

"的确很好看。"荣阳摸了摸她的头，"有机会让你见见从善，你就知道他有多好看了。"

纪川猛地抬头："我可以见他？"

荣阳笑道："等改明儿我求求圣上，带你进去见从善。"

纪川顿时心花怒放，不知该如何感激："我叫纪川，会杀人……其他事也都会做，公主要是遇到什么麻烦或者需要我，可以去东厂找我！"

纪川忽然跪下，磕了一个头，起身，道："我不太会说话，就给公主磕个头，那我先走了。"

荣阳被她吓了一跳，尚在愣怔，她便已经走了。

身后的舒曼殊苦笑："表达方式还真是特殊……"

庭院里有不知名的鸟叽叽喳喳叫得欢快。

荣阳瞧着她消失在庭院里，笑弯的眉头一点点蹙紧，忽然将手中的一包杏仁酥丢在地上，脚尖狠狠碾碎，转头看着舒曼殊道："我的东西宁愿碾碎了喂狗都不给这些低贱的人吃。舒大人若是不喜欢吃甜食，我下次送些别的来。"

荣阳随手将纪川给她的包裹锦囊丢出窗外，惊得麻雀扑飞，冷笑："什么东西，也配使唤我。舒大人，告辞了。"

人都散尽，屋子里一下子安静下来。

舒曼殊蹲下身拾起纪川的小锦囊和包裹，拿在手里沉甸甸的，打开一瞧，不由得发愣苦笑。

银票和银子，满满的一袋，零零碎碎连铜板都有，想是平时存的。忽然想起来，京都中传闻，东厂的纪川副队，视财如命，见钱眼开。

顾小楼先一步回了东厂禀报，一干人等在议事厅中，没多大会儿便见纪川风风火火地跑回来。

想开口喊她，她已经一路跑去西院。

西院房后的墙根下，她将一个小坛子挖出来，抱回屋子，只听呼啦一声响，坛子炸碎了，里面零零碎碎的银子铜板滚了一床铺。

她在来东厂之前就存了些，来东厂后督主平日里还会给她些碎银子贴补，再加上执行任务时在尸体上摸来的，虽不多却也很可观了。

她将银子包裹起来，系在腰上，又风风火火地跑出了东厂，她不会骑马，揣着一身的银子几乎狂奔，一路到了舒曼殊的府邸，门口的守卫瞧见是她竟也不拦着。

"舒曼殊！"她一路扯着嗓门大喊着跑进屋子来。

入屋却见舒曼殊单手托腮瞧着窗外，她站定，气喘吁吁。

舒曼殊笑道："今天是什么好日子，让你……"

"荣阳公主呢？"纪川顺了一口气，左右都瞧不见她要找的人。

舒曼殊耸肩道："回宫了，难不成在我这儿留宿？"

"她走多久了？"纪川焦急地问。

舒曼殊笑着看她："怎么？你想去追她？"看她一身的包裹，敛眉道，"还是别去追了……"

纪川再耐不住性子听他讲话，转身便要出去，他忽在身后开口："纪川。"

他没有起身，也不看她，只是叹了口气，道："她不会帮你的，你把她想得太过善良了……"

纪川回头，不忿地道："荣阳公主已经帮我送了一回……"

"哦？"舒曼殊看着她，"那你去瞧瞧窗外的是什么。"

纪川一愕，摸不明白头脑，却禁不住好奇地往窗外去瞧，瞬间愣住，她的锦囊、她的包裹、她交给荣阳的杏仁酥，都扔在窗下枯树旁。

"皇宫之中的人，并非是你想象的那么简单。"舒曼殊起身到她身边，忍不住伸手落在她的肩膀上，"小傻瓜，不是所有人都会真心相待。"

纪川抿着嘴不讲话。

没有送到吗？那之前那一包呢？她以为……从善公子真的很喜欢。

她满心的欢喜，满心的空欢喜……

舒曼殊对她道："纪川，这就是住在皇宫里的人，这世间没有比那个地方更肮脏、更险恶的。"

她瘦得伶仃的肩膀在他的手指下细微发抖，每一寸肌肤都紧绷起来。舒曼殊语气越发阴冷："你是在愤怒吗？还是……失望？"

纪川一把打开他的手，转身出门，在树下捡起她的银子、她的包裹，一言未发地离开。

舒曼殊忽然开口道："我可以帮你，我可以帮你报复她，我可以给你想要的一切，荣华富贵，至高无上的权势……包括纪从善。"

她猛地顿步。

舒曼殊笑意深深："陆长恭不能给你的，我都可以给你，只要你将自己作为交换。怎么样？我的小纪川。"

纪川回过头来，一双眉头紧蹙："我对你有什么利用的价值？"

舒曼殊一愕。

"不是吗？"她又问，"如果没有利用价值，你开出这么大的筹码来？要不然你就是看上我了。"

看上……他？！舒曼殊登时无语。

她却是一脸认真："我是爷们，而且已经有喜欢的人了。"她将一大袋的银子往肩膀上一扛，再不回头地走了。

舒曼殊站在窗下，看着她一路出了府邸，忽然扶着窗棂忍不住笑了。他这辈子没见过这样的人，不得不说他越来越对这个说不清是傻是精明的小纪川感兴趣了，可惜了，纪川是男的。

正午都过了的时候，纪川才回来，肩上扛了大包小包，一路回了东院，直接回了陆长恭的卧房，倒头就睡。

一觉到月上中天，青娘三两次过来叫她吃饭，都没起身。

陆长恭回来时，青娘将饭菜又热了一遍端到屋子里，他瞧见床边丢着几袋装银子的包裹，纪川闷头睡在榻上。

他坐在榻旁，轻声问："睡着了吗？"

纪川没应声。

他又道："若是睡不着就陪我吃饭吧。"

"我不饿。"她在被子里闷声道，"就是困了。"

陆长恭舒展了眉心淡笑："我方才在宫里，见到了从善公子。他让我谢谢你的银票，不过可惜皇宫里用不上……"

纪川猛地掀了被子，一双眼睛通红："督主，你不用骗我了，银票根本没送到。"

陆长恭捋顺她乱蓬蓬的发，打袖子里摸出一块蓝色粗布递给她："我什么时候骗过你？"

纪川一愣，看着那块深蓝粗布发呆，这块布她认识……是她包银票的包裹。

"他还特地让我将包裹带回来给你。"陆长恭又递了递，笑道，"本来早就要还你的，只可惜他弄湿了，晒了几日，颜色有些淡了。"

纪川翻身坐起，抓过那块蓝布抖开仔细瞧了瞧，万分确定就是她那块包银票的包裹，这块布还是从青娘的衣服上剪下来的，边缘都脱了线。

"他真的收到了？"

陆长恭耐心地点头："收到了，他托我跟你说，谢谢，他很久很久都没有收到生辰礼物了。"

"那……那他还有没有说其他？"纪川忐忑地问。

陆长恭握起她的手道："他说，有机会当面向你道谢，愿你事事平顺。"

事事平顺。

纪川眼眶忽然一红，抿嘴笑道："真好……"

烛火彤彤下，陆长恭伸手拍了拍纪川的背，轻声道："阿川啊……我要花多少心思才能让你安稳长大？"

月色正朗。

舒府之内，静得只有细风吹过枝杈的声音，舒曼殊站在枯树下若有所思，忽有一黑衣人打房檐之上掠身飞下。

黑衣人单膝跪地道："公子，已经调查出来了，刺杀大巽皇帝的人确实是做杀人买卖的佣兵。"

舒曼殊应了一声，许久才道："我也已经确定了是谁这么心急要小皇帝的命。"

七、狩猎遇险

纪川和顾小楼一连在街头巷尾、一品楼附近盘查了几日，依旧没有一点进展，整日里走街串巷的倒是清闲。

陆长恭和沈环溪却忙得厉害，整日整日都不见人影，常常夜深了才回东厂，也不知在忙些什么。

也不知何时夜里竟下了雪。

下雪的第三日，千叠山猎狐大会，顾小楼兴致勃勃地带着纪川去参加大赛，要抢那奖金。

猎狐大赛最早是几个世家子弟在一块起哄闹着玩，图个热闹。后来朝华帝私访时参加了一场，之后朝廷里便年年拿银子，大力提倡，渐渐成了每年大雪封山后必有的习俗。

千叠山周围都守了官兵，白狐已经放出。

纪川和顾小楼赶到时已经开始了，千山暮雪的山林里马鸣声不止，只瞧见各色的马匹人等穿梭在雪山里。

主台上破天荒地坐着老丞相，亲自主持。

顾小楼扯着纪川进去，便瞧见自个儿队里的人牵着马匹等在那儿，忙过去："大勇！"

"队长！你们可算来了！"田勇将缰绳递给他们，急道，"再不来就赶不上了！"

顾小楼牵过马来，看着山林里的人影绰绰问道："今年能手多吗？"

多！"田勇朝主台上努了努嘴，"没看到老丞相都来了嘛，听说圣上来了。"

"就是天王老子来了也撂平他！"顾小楼也不再多言，牵了一匹枣红马给纪川，却见她一脸纠结，不由得惊诧道，"别跟爷说你不会骑马……"

纪川耸了耸肩："不会骑马的又不止我一个。"

"那怎么办啊队长？"田勇急了，"总不能跑着去追狐狸吧！"

顾小楼咬牙，翻身上马，伸手道："上来！"

纪川一愣。

顾小楼撇开脸："算爷倒霉，既然带你来了就负责到底，我带你。"

纪川有些犹豫。

"快点啊！磨蹭什么！"顾小楼不耐烦地吼她。

她索性问道："那奖金算谁的？"

顾小楼恨不能咬死她："你的！"

"那行！"纪川心满意足地扯住他的手，一跃上马。

田勇递上来弓箭，顾小楼接了一把，纪川摆手："我不会，用刀就行。"解下大刀横在身前问，"狐狸要活的死的？"

顾小楼扬鞭一抽，马蹄踏起飞雪疾驰而去，他喝道："随你高兴！"猛一夹马腹，马鸣长奔，扬了马鞭朗声大笑，"孙子们，你顾爷爷来了！"

只是错眼间，马已经奔入山林。

白毛狐狸几乎与银雪融为一体，只瞧见一双乌溜溜的眼睛一闪而过，一众吆喝声追赶而去，马蹄声密集。

顾小楼带着纪川一路穿过人群，突围进去，远远瞧见白点一闪而过，又瞧见前面追赶的两匹马上是止水和子桑，不由得喜道："老五老六把那只白毛畜生给堵过来！"

止水回头，瞧是他，扬了扬手中的弓箭，笑道："四哥，你就请好吧！"猛地一掉马头，对子桑道，"老五，我左你右，包抄过去！"

子桑应了一声。

纪川看着他们扬鞭而去，白茫茫的雪林里，她只觉得胸腔内的心脏耐不住地躁动，呼啸而来的烈风，马蹄声、吆喝声，这里的一切都肆无忌惮。

她再忍不住，学了顾小楼的样子喝道："孙子们，你纪爷爷来了！"

顾小楼在她身后笑得不可抑制，她一肘子捅在他肋骨，却也忍不住跌靠在他胸口大笑。

顾小楼胸口一热，心跳几乎一瞬静止。

纪川在前喊道："顾小楼，快追上去，快呀！"

止水和子桑两人将白狐堵了过来，却有一大千人策马围过来，羽箭嗖嗖得射得满地皆是。

"奶奶的，看你顾爷爷的……"顾小楼拨出一支箭，刚要松了缰绳开弓上弦，纪川忽然喝道："我来！"

纪川拔了大刀一跃而起，同一瞬甩臂一挥，整个大刀呼啸脱手，一刀甩过去，足尖一点马头，随后扑过去，喝道："谁敢抢，我砍了谁！"

门板大的鬼头大刀破风而去，堪堪插着狐狸的前爪，直插入地。

也几乎是同一刹那，一支羽箭直飞而来，和大刀一起，射中了狐狸的另一只前爪，钉在原地。

纪川一跃落在白毛狐狸跟前，蹙眉回头，好巧不巧地撞上一双眼睛。

那人勒马在身后，见到纪川便笑了："我道是谁有本事从我手下抢猎物，原来是小纪川啊。"

"舒曼殊？"纪川蹙眉，"狐狸是我先抓到的。"

"胡扯！"不远处有人打马而来，重黑的貂裘围领披风猎猎扬起，扬鞭指着纪川，"明明是舒曼殊先猎到的！"

顾小楼和止水、子桑策马过来，看到那人慌忙下马，行礼："微臣叩见圣上。"

端木微之不耐烦地摆了手："起来起来，朕是私服而来，不必行礼。"

三人便起了身，听不远处马蹄嘚嘚而来，落目望过去，是一戴白绒帽的少年，唇红齿白的一瞧便知是女扮男装。

"微之。"那人正是穿着男装的荣阳，打马过来，瞧着纪川惊喜道，"真巧啊，在这里也遇到你了。"

纪川面色一白，转身拔下大刀和羽箭，擒住白毛狐狸对顾小楼道："我们去领赏银。"

荣阳面色一沉，随后又尴尬地笑："这只白狐不是曼殊猎到的吗？"

"你哪只眼睛看到是他先猎到的？"纪川头也不回闷声道，翻身上马瞧顾小楼，"走啊。"

顾小楼踟躇，为难地看了一眼端木微之。

果然，端木微之脸色极差，扬鞭指着纪川道："你个小小的东厂副队居然敢这么跟我阿姐讲话！"

"微之算了。"荣阳上前扯了扯他的衣袖，牵强笑道，"阿川年纪小，讲话莽撞了些。"

"阿川也是你叫的！"纪川蹙眉恼道。她这一声喝，让荣阳和端木微之都愣住。

荣阳敛下眉目，眼眶一瞬红了起来。

"纪川跪下！"端木微之怒火中烧地喝道，策马上前扬鞭就要抽过去，却被纪川一把攥住。

"大胆！"端木微之挣脱不开，"还不给朕松开！"

"纪川！"顾小楼和舒曼殊几乎同时开口。

顾小楼急道："快下来谢罪。"

纪川不满："凭什么，我又没做错……"

"圣上。"舒曼殊慢悠悠地打马过来，"狐狸确实是纪川先猎到的。"

"你闭嘴！"端木微之瞪着纪川，"不要以为陆长恭护着你，朕就不敢杀了你！"抬手一巴掌挥过去。

纪川一把扣住。

"放手！"端木微之气得咬牙，死力地往后挣，抬脚踹在她坐下的马头上，马吃痛受惊，长鸣一声，人立而起。

纪川顿时慌了神色，松手一把抱住马脖子。

黑马暴怒不安，嘶鸣不止乱奔而起，撞在树干上、枝杈上，想要将纪川甩下去。

顾小楼大惊，上前要拦住狂躁的马，它忽然四蹄翻飞，在山林里穿梭而去。顾小楼大喝："老五老六快追！她不会骑马！"

舒曼殊猛地扬鞭一抽，直追而去。

这触目所及之处皆是一片茫茫的白，烈马像疯了一般奔窜在山林里。

纪川一手撎着白狐，一手死命抱住马脖子不敢松半分。

身后似乎有人在追赶冲她喊："纪川抓紧缰绳！"

不敢回头看，却隐约听出是舒曼殊，纪川有点发蒙，松开手要去摸缰绳，烈马忽然跳窜转入山涧小径，枝杈刮过眼角，扯着她的发带呼啸而过，她只觉眼角一痛，堪堪抓住马鬃，险些被甩下去。

"你不要命了！扔了狐狸！"舒曼殊在马后咬牙切齿，猛地一夹马腹吼道，"抓紧缰绳！"

纪川眼角湿热一片，流在眼睛里，使得看四处都是一片殷红。她在袖子上抹了一把，勉强抬眼看，山涧右侧是崖壁，左侧是不见底的深渊，再往前是白晃晃的一片，像是一片结冰的湖，之上落了一小层薄薄的积雪，四处再无其他路。

"你别乱动！"山涧积雪路滑，马蹄踏过一阵碎石滚落，没有落地声，舒曼殊不能往前，看着纪川在马上四处打量，怒火中烧，"娘的！"马鞭猛地一甩，单手按住马头，一跃而起。

马蹄在踏入结冰的湖泊中的一瞬间，舒曼殊落在纪川身后，一把扯住缰绳，却在勒住马头之时顿了顿，只一顿，马蹄一踏而下。

脚下的冰"咔"的一声龟裂开来，纪川在掉进湖里的刹那间扯住舒曼殊的袖子，却听到"刺啦"一声……

她扯着那节断掉的袖子掉入湖中，只觉得冰碴一瞬包裹住她，浑身上下顿时没有了知觉，心肺彻寒，直坠而下。

"纪川！"舒曼殊一把抓住她的手腕，将她扯了出来。

一口冰水呛在喉咙里，纪川伏在雪地里咳得瑟瑟发抖，她冻得嘴唇都发紫了。舒曼殊扶着她，伸手去扯她满是冰碴的衣服。纪川一把挥开，身体抖得讲不出话。

舒曼殊脱下披风，一壁道："你必须把衣服脱了，不然你会直接冻死！"他单手扣住纪川的手腕，顾不得她反抗一把将衣服撕开，瘦骨伶仃的肩膀露了出来。

"舒曼殊！"纪川双手被扣，早就冷得没有气力，眼看舒曼殊要将她剥得精光，急得张口便要啃在他的手背。

舒曼殊一手捏住了她的下颚，低声道："你怕什么？都是男人脱光了又有什么？难道……"探手去解她的腰带。

纪川浑身上下结了冰一样僵硬，抖得连一句完整的话都讲不出，咬得牙齿咯咯作响，道："舒曼殊……你敢……我就咬死你……"

舒曼殊猛一用力便扯开她的腰带，在拉开她衣襟的一瞬间，身后忽有人喝道："舒大人！"

他一惊回头，便见陆长恭急勒马在眼前，翻身而下一把推开他，同一时间扯下披风罩在纪川身上。

动作快得让人措手不及，反应过来时，陆长恭已经将纪川裹了严实，抱在怀里。

"陆督主……"舒曼殊满脸的不爽，却冷笑道，"真是好快的身手啊。"

陆长恭一张脸寒到极致，连平日里的客气恭维都没有，抱着纪川转身便走。

不远处是赶来的顾小楼、止水和子桑，瞧见纪川嘴唇发紫，披头散发地湿了一身，眼角处还一颗颗往外渗着血，脸色都吓得发白。

"你……你没事吧？"顾小楼小心翼翼地跟在旁侧。

陆长恭一瞬蹙眉，低喝道："找辆马车和棉衣，立刻。"

顾小楼慌忙应了一声，撒腿便跑。

山林里寒鸦掠过皑皑的白雪，纪川睫毛上都结了细小的冰霜，抬眼看陆长恭，小心翼翼道："督主……舒曼殊什么都没看到，他……他没看出我是女的……"

陆长恭没应声，只是加快了脚步。

"真的……"纪川怕他不信，忙又道，"他真的没发现……"

陆长恭一眼瞪下来，低喝道："离他远点！"

纪川被吼得一瞬间呆住，督主似乎很生气……第一次见他这么吼人，纪川抿了嘴点头，不敢再出一声。

一路疾走出山涧，陆长恭搭眼瞧见不远处正往这边赶来的马车，大步迎上去拦下。

车夫慌忙止了马，还没等开口问，陆长恭便将纪川塞入马车随后一跃而上。

车内的两人愣住，陆长恭也微微一愣，车内的不是别人，正是赶来的端木微之和荣阳。

只是一愣，陆长恭随后便道："下去。"

端木微之反应不过来。

陆长恭抬眼蹙眉，重了语气又道："下去。"

荣阳扯了扯端木微之，他一瞬发怒："陆长恭，你好大的胆子！"

"微之，不要逼我动火。"陆长恭一眼望过来，眉蹙深深，幽暗的眸子一瞬压过来，让端木微之一蒙。

"微之，不要闹得太过，你该很清楚我的底线在哪里，也该很清楚我纵容你胡闹并非是因为你是皇帝。"陆长恭语气极冷，是不动声色的冷，"别忘了是谁将你送上这个位置，你如今还奈何不了我。"

那话就像刀子，直抵心肺，端木微之白着脸，抿得唇线死紧，一句话都讲不出来。

陆长恭一眼扫到荣阳："留下披风，人下去。"

荣阳看了一眼端木微之，瞧他闷声不吭的模样，脸色青白咬着嘴唇，将披风解下，挑帘而出。

端木微之紧随而下，忙解下自己的披风给她裹上："阿姐当心着……"

"拿开！"荣阳闪身避开，冷笑，"圣上您是千金之躯，荣阳怎么担待得起。"她猛地回头，一双眼睛里是再没有的厌恶，"我从未想过在你身边也要受这样的气，你不是皇帝吗？你不是权倾天下吗？你不是说过再不让我受半分委屈吗？这天下我再没有见过像你这般窝囊的了！"

荣阳转身离开。

端木微之站在雪林里，提着手中的披风追上去："阿姐……"

她连头都未回。

端木微之愣在了原地，恨不能将手中的披风攥碎成灰，他是皇帝，权倾天下，万人之上……可马车从身边驶过时，他什么都做不了，只能站在深至脚踝的大雪里，不可抑制地发抖。

荣阳说得对，他是这天下最窝囊的人，除了发脾气什么都做不了，连最想保护的人都护不了。

舒曼殊走到他身后道："圣上，你该回宫了。"

"我不回去！"端木微之眼圈发红，"回去能做什么！还不是像个木偶一样任人摆来摆去！"

舒曼殊叹气："这么多年都熬过来了，如今我都来了，你还在怕什么？"

端木微之一瞬不瞬地看着他，睫毛扑动，是啊，他费尽心思在一品楼等了那么久，如今舒曼殊顺利进京，就在他身边，他还怕什么……

"更何况……"舒曼殊眉眼轻敛，笑道，"我的摇光小帝姬就快要到京了，你知道怎么做的。"

侍从牵马过来，端木微之翻身上马，回头对舒曼殊道："你会帮朕的，对吗？"

舒曼殊撩袍单膝跪地："虽不能誓死相随，但我愿倾全力，辅佐你，只要你给我举世荣华。"

端木微之极满意地笑道："朕就算分你半壁江山又何妨。"抬手扬鞭策马，嗒嗒而去。

看他的背影彻底消失在山林里，舒曼殊才起身，身后有人闪上前来，恭声道："公子要找的人已经接进京了。"

舒曼殊道："今夜我就要见到他。"

房中的炉火旺得人发汗，噼啪噼啪响个不停。

纪川裹着棉被坐在塌上，看着陆长恭忙忙碌碌地添置炭火，一声都不敢吭。

直至青娘熬好姜汤，推门而入，她才松了一口气。

陆长恭自始至终都未讲一句话，直至姜汤喝完，他放在锦凳上，"咯噔"一声之后，才开口道："阿川……"

"我错了督主……"纪川很果断地认错，"我给你丢人了，惹麻烦了，闯祸了，下次遇到皇帝一定打不还手骂不还口……"想了想又忙补道，"再遇到舒曼殊我也绕着走，还有骑马我也会去学……"再想也没什么了，抬头小心翼翼地问，"能商量一下，只体罚，不扣俸银吗……"

陆长恭撑了额头笑出了声："既然你知道后果，为什么还是要乐此不疲地犯错呢？"

"不能赖我！"纪川不服，"今天真不赖我！我本来没想招惹他的，可是他偏说狐狸是舒曼殊先抓到的，胡说八道！顾小楼可以证明，明明就是……"

"行了行了。"陆长恭摆手止了她的慷慨陈词，揉了揉额头，"你若是乖乖听话，就不是纪川了。"

烛火煌煌下，他面色好了不少，纪川一脸奉承地笑道："督主，您不生气了？"

陆长恭不答她，起身在柜子里取出一件簇新的小袄："试试合不合身。"

纪川接过，三下五除二地套上，喜道："我以为一个月就两套衣服！"

"是两套。"陆长恭过来细细地替她穿好，笑道，"这个从你俸银里扣。"

"督主……"纪川心肝一抽，随后又敛下眉眼看他，沉默了半天，忽然没头没脑地抿嘴笑，"就算你不给我银子，我也乐意待在这儿。"

手指一顿，陆长恭抬头看她。

她忙认真道："我是说真的。"

八、往昔噩梦

真像。

她望过来的眼睛晶晶亮亮，像是……星辰，望着你时，悲喜全在眼里。

陆长恭伸手遮住她的眼睛，呼吸在肺腑乱了节奏，用极轻极轻的声音道："对不起……我所欠的，只有慢慢还给你……"

"督主？"纪川不明所以。

刚巧有人叩门。

"督主。"门外站着的是侦缉队的小胡子蔡关，他略微躬身，"舒曼殊离开了舒府，往千叠山去了。"

陆长恭点头。

"要派一队人赶去吗？"蔡关又问。

陆长恭眉头略紧，若有所思地想着什么，身后纪川忽道："督主我去。"他回过头，瞧见纪川手忙脚乱地穿上筒靴过来。

"派我去吧。"纪川提好靴子，一壁道，"就当是将功补过。"

陆长恭略微沉默，随后便道："好，你和蔡关两个人去，不要打草惊蛇，看看舒曼殊到底想要做什么。"

"好。"纪川干脆应了一声。

纪川和蔡关赶到千叠山时，四处一片死寂，什么马车什么舒曼殊，连半个人影都没有。

蔡关先前留在此处监视舒曼殊的另一名队士，迎了出来：

"队长。"

"人呢？"蔡关拧了眉头，"让你跟的人呢？"

队士单膝跪地，吞吐道："我跟着那辆马车到这里，就……不见了……"

"不见了？"蔡关一把攥起他的衣襟，"娘的，你居然把人跟丢了！"

纪川道："分头找人。"她将大刀束紧，转身掠入山林。

林中积雪未消，晃在清白的月色下，细细的银光一片。蔡关带着他的人沿着山林里的马车痕迹寻过去，却发现密密匝匝越寻越混乱。

纪川索性顺着他们相反的方向，一路过去，在一处岔道停住。

这是山涧极不容易被发现的一处小径，一侧是崖壁一侧是深渊，狭窄路滑。她记得白日里被烈马撞进来的就是这条小径，最前面是个山谷，有一片湖泊。

她略微迟疑，窜入了山涧。

有一星星的火光一闪而灭。

有人轻笑："何必这么紧张，我已经让人驾车引开他们了，再者便是他陆长恭发现了又如何？"

是舒曼殊的声音。纪川停在山口，小心翼翼往里瞧，果然湖泊旁的雪地上站着两个人，一个是舒曼殊，一个罩着重黑大斗篷，背对相立，看不清楚。

那黑斗篷的人捻灭脚边的火折子，口鼻掩在围帽之下，闷声闷气道："还是小心些好，我现在不方便跟他硬碰。"

纪川一愣，那声音发哑，尾音一丝丝的高挑尖锐，是隐约的熟悉，却又听不真切。

"曼殊公子。"那人微微闷咳，"你这么急着找我来，是有什么事？"

舒曼殊轻笑："倒算不得什么大事，只是想问清楚一些事情。"

"什么事？"

舒曼殊转过眼来，看那人，眉眼含笑正对着纪川，他道："关于纪萤。"

枝杈上的积雪扑扑落下来。

纪川慌忙缩回，胸口咚咚震响。

山谷里一时静了下来，她听到一声声闷咳，压在心肺里，听到那人哑着喉咙问："曼殊公子想知道些什么？"

"全部。"舒曼殊语调平平，"纪萤到底是什么人，长什么样子，你是否真的确定她来了京都？这些我全都要知道。"

那人总是有一声没一声地闷咳，在寂静的山谷之中异常突兀。

"曼殊公子为何突然问起这些？"

"这你不必管。"舒曼殊蹙眉，"你只需告诉我，纪萤是不是真的来了京都？"

"是。"

"那她可会武功？"

那人掩口咳了两声，才道："原先我以为她只是一身蛮力，并不会什么武功，却不知那小蹄子从哪里偷学来的……几乎要了我的命。"

"她使什么兵器？"

"她重伤我时，用的是刀。"

舒曼殊一瞬缄口。

那人忙又问："曼殊公子可是有那小蹄子的下落了？"

舒曼殊没有答话，反问："你为何如此肯定，纪萤会来京都？"

那人冷笑："那小蹄子会来京都找一个人，一定会来。"

"哦？"舒曼殊诧异，"是谁？"

那人开口，刚要讲话，忽听身后一声细响，一瞬回头。

纪川紧贴着崖壁，每一寸的呼吸都慌乱地战栗着，她听到舒曼殊疑惑地叫那人："怎么了？安公公。"

她在那一刹那呼吸骤止，脑袋一片空白，转身便跑，碰得山涧积雪扑簌簌落下。

舒曼殊眉心一蹙，猛地掠身而起，噔噔几个跳跃追到她身后，一把扣住她背后的大刀。

纪川惊慌失措地回头，雪色之下，脸色苍白如纸。

"纪川？"舒曼殊一愣。

只是愣怔间，纪川已经解下大刀，抽身而逃。

他想追，人影已经跌跌撞撞地转出山涧，只余下手中的一把大刀，插在雪地中。

"是什么人？"身后那人裹紧黑斗篷追了出来。

舒曼殊看着雪地里一排凌乱的小脚印，扬了扬嘴角："我想我很快就可以确定了……"

纪川要逃。

她像疯了一样狂奔回东厂，跑去西院，将自己所有的东西都打包起来，又慌慌地奔去东院厢房，几乎是跌撞着扑进屋子。

青娘惊得一愣，陆长恭不在，只有她一人在收拾屋子。

纪川脸色煞白地冲进来，什么都不言不语，直接扑到床下，翻出她藏好的几包银子，由于太过慌乱，起身时膝盖撞在床沿上，"咚"的一声闷响，痛得她一个趔趄。

"副队长！"青娘赶忙过来扶她，"您这是怎么了？这么急着找银子做什么？"

纪川顾没回答她，推开她拖着几袋银子，一瘸一瘸地往外走，刚到门口堪堪撞上要入门的陆长恭。

陆长恭伸手扶住她，看她脸色白得吓人，手中又提着几袋银子。

"怎么了？我听蔡关说，你急急忙忙地回来了，脸色怎么这么差。"

"督主……"纪川鼻尖额头冒了细密的冷汗，心脏几乎要跳脱而出，她像是惊弓之鸟。

陆长恭淡声问："出什么事了？"

纪川"扑通"一声跪下，眉睫都颤得慌乱道："我要走了……督主，我不能留在这儿了，我要逃……督主，他来了，他来抓我了……"猛地抬起头，眼睛里有晶莹的泪珠子滚了下来。

陆长恭一瞬发愣，她来东厂那么久，大伤小伤经历了那么多，从未见她掉过眼泪。

陆长恭蹲下身子，捧起她的脸："谁来了？阿川，告诉我谁来了你怕成这样？"

纪川慌乱地抬眼，看着陆长恭，拼命地摇头。

"阿川。"陆长恭扶住她的脖颈，逼她直视自己，"这里是东厂，你很安全，没有人可以伤到你，告诉我谁来了？"

纪川看着那双沉沉静静的眼睛，一点点平缓下来："安公公……他……他来了。"

陆长恭眉间细微一蹙，下一瞬又松开，伸手抱住她，用轻缓的力道拍着她战栗的后背："阿川，你既然入了东厂，这条命就是我的，没有人可以拿走。"他伸手去拿她手中的包裹，她却依旧攥得死紧。

陆长恭轻笑："你要逃去哪里？哪里可以逃得掉？再者……你不是想见从善公子吗？就这么走了？"

纪川一愣。

陆长恭示意她放手："你忘了，入东厂之前答应过我什么？"

服从与忠诚。

纪川松开了手。陆长恭扶起她，拍了拍她的后背："你吓坏了，去睡一觉吧，一觉醒来什么都好了。"

青娘过来扶她。

她忽然一把攥住陆长恭的衣袖："我知道纪萤在哪里，你们不是都想找到她吗？只要你能保证我的安全，我就告诉你。"

陆长恭一愣，顺着她细白的手指一路往上，望到她的一双眼睛时，忽然觉得失望。她在和自己谈判，用她自身的利用价值和自己做交换，她还是不信任何人，不信陆长恭会真的救她。

陆长恭禁不住叹了口气，淡声道："这东厂里的任何一个人我都会尽心看护，不为其他。"

陆长恭大步出了东院，转入议事厅，对满堂等着他的队长道：

"小楼、止水、子桑你们带队去封锁京都之内所有出路，任何人等都不许出入。"

顾小楼等三人领命。

他又道："环溪，你和明岚亲自去搜查，这京都之内每一寸都要仔仔细细地找过。便是将整个京都翻过来，也要将他给我找出来。"

"督主。"沈环溪蹙眉上前，"是要找……"

"东厂的前任督主，安思危。"

众人一惊，陆长恭却笑出了声："这么多年了……他老人家总算是自投罗网了，我该怎么招待他呢？"

半夜里忽然下了雪。

她安安静静地躺着，却睁着眼睛，死活都不愿意合上。

天将将亮透之时，她便翻身而起，直奔到门口，一路疾跑出了东厂。

舒府里新栽了一院子杏树。

纪川闯进来时，舒曼殊正在树下清理积雪。

"真巧，还想着过会儿去趟东厂给你送东西呢。"舒曼殊撂下手中的铲子。

纪川直瞪着他："舒曼殊，你想怎么样？"

舒曼殊擦了擦手笑道："进屋坐坐？我有好东西给你看。"

纪川抿嘴看他，几步跨进了屋子，又问："你到底想怎么样？"

桌子上放了一口青瓷圆肚的浅沿水缸，里面是金鱼，旁边靠着她的鬼头大刀。

舒曼殊敲了敲水缸，示意她过来。

"来瞧瞧这是什么新奇玩意儿。"

纪川不上前，他忽然一把扯她过来。

纪川猛地甩开他。

舒曼殊轻笑："你怕什么，我又不会吃了你。"

舒曼殊抬眼看她："这是圣上昨儿赏的金鱼，寻常里见不到。"

他探手入水波之中，素白的手指在金鱼之间衬得生出光来，"我听太后讲，被流放边境的纪大人……很喜欢金鱼。似乎纪大人的夫人，就叫红鲤……"

"舒曼殊！"纪川猛地抬眼看他，白着脸色道，"你想怎么样就直说，我知道安公公在你这儿……要怎么样你才会放过我？"

舒曼殊拿起素白的帕子，擦了擦手，才道："我想知道你到底是谁。"

纪川睫毛颤了颤，忽然抬手解开衣服将上半个身子赤条条地暴露在冷风陡峭的屋子里，看着他道："我是纪萤。"

窗外细细的冷风吹进来，冷得她在舒曼殊的目光之下难以自控地颤了一下，像是窗外孤立无援的枯梅。她轻轻攥紧了手指任由舒曼殊打量着自己的身体，如同打量她隐藏许久的身份。

舒曼殊看着她瘦骨伶仃发颤的身子呆了一下，他从没料到她会如此坦诚赤裸裸站在自己面前，像是孤注一掷一般，那样轻轻颤抖着的瘦弱肩膀让他不忍多看一眼，上前轻轻地替她拉好衣服。

"舒曼殊……我知道你们是一伙的。"纪川在他手臂里战栗着，伸手抓住了他的手臂，"你也想知道那个秘密吧？那你就杀了安公公……"

她发现自己的喉咙是抖的，几乎要哽咽，忙闭了口，缓了一下才又开口道："我不能被他抓住……只要你杀了他，我就把我知道的都告诉你。"

舒曼殊低头看着她素白的小脸、狠到骨子里的眼睛，忽然笑了，她像一只没有任何原则的小兽，只为了活着，什么都可以出卖，包括她自己。

他一把捏住她的下颚，贴近唇齿间道："我爱极了你这样的眼神，恨不能将人生吞活剥了一样……你放心，只要你乖乖听我的话，我什么都可以满足你。"猛地伸手环住她，一口咬在她的嘴唇上。

纪川身子僵了一下，抓在他手臂上的手指一紧想要推开他，却在那一瞬间又硬生生忍了下来，慢慢松开手指闭上了颤抖的眼睑，任由他吻着，这是她的活路，为了活下来她什么都愿意做。

舒曼殊感觉到她眼睑颤得厉害，手指和脊背紧紧绷着，轻轻抚了一下她的背，笑了一下松开她。

她慢慢睁开眼，眼神冷得像刀子："这样就够了吗？不用上床？"

明明喉头在哽，眼睛红了，她却依然不肯服软。舒曼殊看着她，手指在她背上轻轻柔柔地抚摸着："不用逞强，你迟早是我的。"

她盯着舒曼殊像是被看穿一般忙又侧开眼，伸手打开他环在腰上的手，擦嘴道："别忘了你答应我的。"

她匆忙扛起桌边的大刀，转身逃似的就走。

舒曼殊忽然问："你为何不去求陆长恭救你？我想他很乐意。"

她在门槛顿了步，却没有回答。

"你不信他？"舒曼殊问，"还是……你不想拖累他？"

纪川的心头跳了一下，是不相信还是不愿意拖累督主？她说不清楚，或许都有。

她将大刀系好，不回头道："我只信我自己。"

舒曼殊触着嘴唇忽然笑了，他越来越喜欢这个随时会咬人的小野兽了，不知道安思危那个老东西是怎么调教出来的……

纪川偷偷溜回东厂，刚进东厂舒曼殊就送了一份大礼来。

一辆马车停在东厂外，车下立着个随从，瞧见陆长恭几人出来，略一拱手："陆督主。"

陆长恭眉眼落在马车之上，笑道："不知舒大人这是哪门子把戏？"

那人近前一步，恭恭敬敬地对陆长恭身后的纪川行了一礼："纪川队长，我家公子说非常满意您的'厚礼'，特地命我送来这个，小小心意权作还礼。"

顾小楼轻声一笑，双臂环胸道："纪川，你什么时候给舒大人送了份儿厚礼啊？"

纪川脸色一白，慌忙看陆长恭，解释道："督主，我什么都没有送，我……"

"知道了。"陆长恭语气极淡地应了一声，"以后再说。"

那人敲了敲马车："抬下来。"

马车内有人应是，车帘一掀，有两人抬了个黑布包裹的细长东西出来，放在石阶之下。

那人抬手又行一礼："纪川队长、陆督主，那小人便告辞了。"

陆长恭点头，看着那辆马车疾驶而去，眉间一紧："小楼。"

顾小楼应声上前，拔出腰间的佩剑，剑尖一划一挑，黑布"刺啦"一声由头开到尾，有极腥臭的味道满溢而出。顾小楼掩鼻退开一步，吃惊地看着黑布之内的东西。

"这是……"

一具男尸，脸色青白，眉心有一道窄细的伤口，似乎死了有几天，并未腐烂。

陆长恭上前，足尖彻底挑开黑布，瞧着尸体眉心处的伤口，道："阿川，你看看认不认识。"

纪川到跟前，仔细瞧了瞧："好像是……是在一品楼要杀皇帝的那个头头。"

"是吗……"陆长恭若有所思地瞧着纪川，一点点蹙了眉心，"这可真是份大礼……阿川，舒曼殊对你还真是阔绰得很。"

"督主！"纪川扑通跪下，却无从解释。

陆长恭俯身沉声问："阿川，你什么时候学会骗我了？"

陆长恭挑起她的下颚迫使她抬头，直视那双眼。

"你该知道，我最容忍不得背叛与欺骗。"陆长恭松开手，转身入了东厂，"将尸体抬进来。"

那具男尸的后背上有个刺青。

尾巴，三条相接的尾巴，似乎未画完。

那是杀手组织——九尾的标志。

"九尾"这个组织，是在十几年前曾让先皇下严令剿灭的一个杀手组织，其标志便是狐尾，几等杀手文几尾。据说满九尾的杀手只有九个，其中一个就是止水。

止水出身"九尾"，加入东厂之后才脱离那个组织。

"要找止水来吗？"顾小楼试探地问，"这事儿可以让他插手吗？"

"有何不可？这次非他不可。"陆长恭转身到书案前，提笔写了什么，不抬头，"小楼你和止水两个人去，他知道该怎么找到'九尾'，这次我们去做趟买卖，不动兵刃。"将纸笺叠好封在信封中，递给他，"找到接应人，将这封信给他，就说我要买这个人的命，价钱随意开。"

顾小楼接过，摸不着头脑："督主要杀谁？"

身后纪川忽然几步到跟前："我也去。"

陆长恭笑容一顿。

她转到陆长恭面前，撩袍跪下："督主，我真的没有背叛你，有些事我不能讲，但我可以用行动证明。"

顾小楼忍不住插嘴："督主，纪川有那心也没那胆……肯定是舒曼殊那浑蛋的离间之计……"

陆长恭不讲话，看着纪川，过了很久才叹出一口气道："起来吧。"

他们在天光大亮之时，策马出了京都，顾小楼带着纪川、止水打马在前，一路向南而去。

在天擦黑之际，他们落蹄在一间山野小酒馆前。

纪川往里瞧，酒馆里除了歇脚的，再无其他招呼客人的小二，小楼牵马上前。

"掌柜呢？"止水问。

有零星的枯花朵兜兜转转地从头顶飘下来，抬头就瞧见，楼廊上铺满迎春枯藤的老木美人靠旁，有个女子探出了头，鬓发蓬松，一双惺忪的眼，像猫。

"要打尖就交钱,要住店就上楼,找我干吗?"她打了个哈气,"老娘不卖身也不卖艺。"侧身就要重新躺回美人靠中。

止水蹙眉道:"你就是绿蚁?"

掌柜的一顿,眯眼打量他。

"我们是消灾的。"止水又道。

那女子一眯眼:"小二,给他们开两间上房,最贵的。"

天色彻底沉下来之时,忽然起了大风落了雪,吹得窗户门板咣当当直响。

顾小楼顶好窗户,坐回桌旁,看着止水低声问道:"你确定'九尾'接应的人就是这个掌柜的?"

"四哥怀疑我?"止水不满地皱了眉,"我在'九尾'时,大部分买卖都是由千面手绿蚁接应的,就在这悦来客栈。"

顾小楼嘻嘻哈哈一笑,拍了拍他肩膀道:"走,下楼去看看,纪川那小兔崽子也不知道睡了没。"起身开门出去,却见纪川慌慌张张地跑过,喘息不定。

"你怎么了?"顾小楼一把扯住她,瞧她肩头发间落了零零星星的雪花,诧道,"你出去了?"

纪川点头。

他越发诧异:"你这么晚了出去做什么?"

"转转。"纪川闪身又要跑过。

顾小楼伸手拦住她,蹙眉道:"你又做什么亏心事了,老实交代。"

"没有。"纪川抬头看他,又匆匆敛下,"我就是顺手捡了一只……"

"野猫?"顾小楼猜测。

她摇头:"女人……"

房门"咣当"一声被踹开,顾小楼看到缩在床上的人打被子里露出一双水汪汪的眼睛,可怜兮兮地看着他。

是个小姑娘,瞧着和纪川差不多大的年纪,一双眼睛跟浸了水的葡萄似的，娇娇怯怯地看着顾小楼。

"你是谁？"顾小楼问她。

她怯生生地看了一眼纪川，抿了抿嘴，不开腔。

"你叫什么名字？"顾小楼又问。

她依旧不答话。

顾小楼回头："你在哪儿捡的这个哑巴？"

"就在外面。"纪川指了指窗外，"刚才我去关窗就看见她在下面让我救她……"

"所以呢？"顾小楼咬牙，"你就突然善心大发，吃饱了撑的捡了她上来？"见纪川不吭气，他不由得头疼，指着床上的小姑娘，"你知道她是什么人吗？身世来历？是不是有什么仇家追杀？你贸然捡她回来，是嫌事不够多吧？"

"哪那么麻烦。"纪川抬头看着小姑娘问，"喂，你叫什么？"

小姑娘小声道："小摇……"

"你被什么仇家追杀，或者你是遗孤，有很多麻烦吗？"纪川又问。

她摇了摇头："我有母亲……不是遗孤。我是来京都找大哥的，半路遇上了坏人，走散了……"

"你看。"纪川道，"有什么麻烦的，就是顺手把她带进京就行了，反正我们也是要回去的。"

"你还要带她回京？！"顾小楼按了按跳动的眉心，"纪川，你在哪儿捡的，还送回哪儿去，马上，立刻。"

纪川欲言又止。

小摇插嘴："我给过钱了，你不能把我丢出去……"

"闭嘴！"纪川蹙眉喝她。

顾小楼气极反笑，"呵"的一声道："纪川啊纪川，你迟早死在钱眼儿里！"

纪川小声说："我需要钱。"

顾小楼恨得牙根痒痒，楼下却传来一阵吭当当的声响，他闪身到窗下，开窗瞧见楼下酒馆外不知何时停了数十匹马。

顾小楼开门，就瞧见止水在门外："怎么回事？"

止水道："楼下来了一群人，闹开了，好像是要找什么人。"

顾小楼道："下去看看。"

楼下桌椅倒了一地，店门大开，冷风夹着冷雪呼啸着卷进店来。大堂里清一色站了一排劲装黑衣人，刀剑锃亮，来势汹汹。

店小二呼天喊地，把掌柜的叫了出来，她披了外衣立在楼梯之上，眉眼惺忪打量："这是什么排场？"

堂下当头的黑衣人道："掌柜的，我们找个人，一个十五六岁的小姑娘。"

顾小楼瞪了一眼纪川。

"老娘这是酒馆。"掌柜的道，"要么打尖，要么住店，要么赶紧滚蛋！"

堂下的黑衣人道："那就得罪了。"拔剑便要上前。

纪川在楼上刚要拔刀，被顾小楼按住。

顾小楼道："看爷的。"转身立在楼阶之上，将怀里的蛟龙腰牌掏出一递。

楼下的刀剑顿时止住。

"东厂的？"黑衣人瞧着腰牌蹙眉，"敢问这位是……"

顾小楼挑眉笑道："东厂四番队顾小楼。"

黑衣人一愣。

顾小楼又道："也敢问诸位是哪一路的？"

黑衣人看着他拱手道："既然四队长在此，那便告辞了。"干脆利落，之后带着一对人马呼啸而去。

解决得太过顺利，连顾小楼都有些摸不透。

纪川诧道："就这么走了？"

纪川收了刀，刚要转身回房，店小二忽然拦住了他们。

"爷，您几位留步，"店小二点头哈腰道，"我们掌柜的请三位过去。"

纪川三人刚进去落座，掌柜的便开门见山道："说吧，三位大老远赶来想干什么？"

顾小楼坐好看她："这么说姑娘是绿蚁？"

绿蚁不看他，反瞧着止水笑："那这位就该是大名鼎鼎脱离组织的九尾止水了？"

止水一扬唇："正是老子。"

"绿蚁姑娘。"顾小楼打断话题，从怀里掏出一封信笺，递到她手边，"我们督主想请'九尾'杀个人，价钱随意开。"

绿蚁瞧了瞧信笺，笑道："什么样的人，居然用得着我们动手？"她打开信笺，薄薄的一页一行，却看得她面色变幻不定，将信纸重新装好推回，"对不住，这单生意我们接不了。"

顾小楼一愣："为什么？"

"不为什么，接不了便是接不了。"窗台上有只黑猫，"喵"的一声跳进来，窜在绿蚁怀里。

绿蚁拍了拍它的脑袋道："三位请回吧。"

顾小楼忙道："绿蚁姑娘，督主吩咐了，这趟买卖只要你接了，无论成与不成银子分文不少。"

"不是钱的问题。"绿蚁道，"这天下没有比陆督主这趟买卖更难接的了。"

黑猫一抖身子，纪川蹲下身子，伸手弹了一下它的鼻头，它一抖身子打了个喷嚏，有些愤怒地瞪圆了眼睛看着纪川。

"绿蚁姑娘……"

"你叫我姑奶奶也不行……"绿蚁头疼地蹙眉。

纪川忽然扯了黑猫的耳朵道："你最好还是接了。"

绿蚁一愣。

纪川忙着挑逗黑猫，不抬头道："督主出来前跟我说，如果你不接就烧了你的店，我估计你也逃不了，东厂里的可不是什么好人。"

绿蚁果然面色一僵。

黑猫终于不堪其辱，一爪子挠在纪川手背上。

血珠子登时溢出，她疼得龇牙，猛地伸手攥住黑猫的脖子，抬手扔出了窗外，只听一声闷响，随后传来一声拔高了调子的惨叫。

几人趁着雾气小雪的早晨动身赶回京都，一路奔波到天色落黑时差不多才到，可荒村野地间也寻不到落脚地，便盘算着连夜回京。

好巧不巧，小摇却发了烧，烧得浑身滚热。

顾小楼将她抱下马，看她烧得实在是不行："先找个地方，她吃不消了。"

纪川心急如焚，找了一间破庙将她安顿下来，伸手摸了摸她的脸，热得烫手，禁不住道："会不会烧傻啊？"

顾小楼和止水捡了些干柴生了火，没好气道："烧傻了也是你负责，吃饱了撑的，要钱不要脸。"

纪川一心全在小摇身上，焦得坐立不安："现在怎么办？这附近也没有大夫啊……她可不能有事……"

"活该。"顾小楼撂了一根干柴在火堆里，"她死了，你就是杀人凶手。"

纪川霍然起身，看着外面黑下来的天色，道："要不然我出去找找，看有没有人？"

顾小楼横腿拦住："得了得了，你老老实实待在这儿，这荒郊野外的去哪儿找活人？我和止水赶回京都带大夫过来，你看着她。"

纪川点头："你快点。"

顾小楼叹气道："你就是个麻烦精，真不知道哪辈子欠你的。"他招呼止水出门，翻身上马，又忍不住回头吩咐，"你别乱跑，这附近指不定有什么玩意儿，就老老实实地待在庙里等着我们。"

纪川异常乖巧地点点头："明白。"

顾小楼和止水一窜而去。

纪川回头看着火堆旁的小摇蹲到她身旁看着她。

"你忍一忍啊，我辛辛苦苦把你带到这儿也不容易，你还没给我钱可不能有事……"

小摇嘴巴动了动，极轻微地说了句什么。

纪川听得不是特别清楚，俯下身将耳朵贴过去，听到她难受地说道："冷……"

纪川抱着她坐到火旁，尽力让她暖和起来，又握住她的手暖了暖："怎么样？还冷吗？"

小摇眼睫轻颤，热滚滚的泪珠子便吧嗒吧嗒往下落："我要大哥……不要进京，不要进京和亲……"言语混乱得让人听不明白。

纪川嘟囔："不进京你怎么找你大哥？"

小摇猛地一愣，茫然地看着纪川，忽然掩着面哭出了声："怎么办……怎么办，进了京就再也回不去了……"

纪川听不明白，刚要开口讲什么，忽然一把捂住了她的嘴，同一瞬间将火堆扫灭，抱着她闪身躲在破庙的门后。

庙外有马蹄声，越发近了，勒马停在了庙前。

有人诧道："奇怪，方才这里还有火光的……"那声音好像就是之前在客栈抓小摇的黑衣人。

"进去看看。"有人翻身下马，跃到庙中，瞧了瞧还有星星火焰的柴火，"火刚灭，估计走不远。"疾步出了庙门，上马喝道，"分头追！"

马蹄声响起，一点点消失在大雪里。

纪川松开了她的嘴："走了……"话未讲完，胸口处忽然一痛，整个身子僵住了。

穴道被封住了，小摇立在面前哭着看她："对不起……"

纪川盯着她道："你最好快些放开我，刚才那些人是抓你的吧？他们找不到你很快会再回来，没有我谁帮你？"

小摇拼了命地摇头，什么话都没有，只是不住地轻声道歉。

在她将衣服和纪川对换之后，纪川才明白她打算做什么。

小摇打腰上解下一个小小的锦盒，锦缎被包裹着，系在了纪川的腰上，而后伸手去摸纪川腰上的东厂令牌。

"别动！"纪川动弹不得，眼睛却瞪得发光，"你要是敢拿我的令牌，我一定杀了你！"

她吓得一颤，小心翼翼地探手继续去解，不敢抬头道："对不起……我要进京找我大哥……"猛地扯下，将斗篷由头罩着纪川，"等我找到大哥，一定让他来救你……对不起。"她快步跑出了庙。

之后脚步声渐行渐远，直至没有声响。

过了不知道多久，庙外马蹄声又起，杂而多。纪川听得出来，不是顾小楼，还是那一群要抓小摇的人。

有人下马奔进了庙里，看到她："果然有人！"而后摸了摸她腰间，触到那个小锦盒时眼睛一亮。

纪川先抢道："我不是你们要找的人。"

那人一刀割下她腰间的锦盒，利落地抖开，一枚小小的白玉兽头印掉了出来，当嘟嘟砸在脚边。

他弯腰捡起，笑道："就是她！这回错不了了！"

庙外有人道："要不要带回去给队长看看是不是她？"

"看什么，准错不了！"那人抬刀架在她脖颈之上，"要不然带她的脑袋回去，宁可错杀也绝对不能再跑了。"

纪川刚想开口讲什么，庙外一支冷箭激射而来，擦着她耳侧钉在身前那人眉心上，鲜血喷涌了一面。

她脖颈一痛，那人握着刀跌倒在香鼎之上，在她脖子上划出一道血口。

身后起了厮杀声，很混乱，纪川听着刀剑声渐渐止息，有人到她身后，蹲下身捡起了脚边的白玉兽头印，重新装回锦盒之内，系在她腰上。

她看到一张不认识的脸，却认得他的衣服——锦衣卫。

"姑娘，圣上命我接你进京，得罪了。"他抬手一掌砍在纪川脖颈上。

纪川只觉眼前一黑，就没了知觉。

山林里忽然有寒鸦飞过，叫声惊心，吓得小摇捂了耳朵，拼了命地往前跑。她不知道跑了多久，跑到了哪里，只晓得往前往前，离破庙越远越安全。直到身后风声忽紧，一把刀飞来钉在她的脚尖前，惊得她踉跄跌倒。

有人在身后闷声咳道："阿萤，你还要逃去哪里？你以为有舒曼殊替你撑着，我便不敢将你怎么样吗？"

细雪霏霏，红墙托银雪。

贴身侍卫候在殿外，端木微之刚下朝便疾步迎出去。

"圣上。"侍卫跪地行礼。

端木微之鼻头冷得微红，呼哈间一团雾气："找到人了吗？"

侍卫不抬头道："回圣上，已经接到锁烟殿中。"

端木微之迫不及待地便往偏殿跑："去通知舒曼殊，就说人朕已经接到了……"

眼前人影一晃，一人拦在之前。

端木微之没站稳，一头撞在红袍之上。那人伸手扶住他，和气笑道："你太心急了，怎么也不同我讲一声。"

"舒曼殊……"端木微之站稳身子道，"朕接和你接有什么不同？只要人平安接到就是了。"

舒曼殊俯身低声道："您不是怕我对您还藏着掖着吧？"

他面色一红，有些发恼地推开舒曼殊。

"朕怎么知道你会不会突然改变心意。"打从得到消息，摇光帝姬在半路失踪，他就一直不安心，舒曼殊的心思他摸不透，与其等舒曼殊将人送来，倒不如自己先主动。

舒曼殊始终笑盈盈地看着端木微之，肩头银雪细细。他从来都认为端木微之不过是个骄纵惯了的小孩子，可打从端木微之暗中联系他，笼络他，甚至为了避开陆长恭的眼线刻意在一品楼闹得沸沸扬扬，直到如今来看，是真的小瞧了端木微之。

"既然你已经来了，就一同去看看她吧。"端木微之拨开他，朝前走着，"说真的，朕非常担心她是不是真如你讲的那样好看，朕可不想日日对着个丑八怪。"

舒曼殊轻声笑道："您将心放在肚子里，并非曼殊夸口，若论容貌，摇光丝毫不输荣阳公主。"

端木微之不满道："在朕眼里，这天下再没有比阿姐好看的女子。"

他只笑，不再答话。

锁烟殿原是空着的，端木微之几日前便命人收拾了出来。

端木微之同舒曼殊径直入了大殿。

侍候的宫娥跪下行礼："奴婢叩见圣上。"

端木微之急着往里瞧："摇光帝姬呢？"

"奴婢刚为帝姬净了身。"

舒曼殊抢了一步近前，瞬间愣住。

软榻之上，陷在重重锦被之中的人并不是摇光⋯⋯

端木微之也到了榻前，诧异地叫了一声："她是⋯⋯"重紫的锦被中，躺着个瘦骨伶仃的女子，浓黑的发，苍白的脸，死死盯着他们，很熟悉可他又不敢确定⋯⋯

舒曼殊脱口道："纪川？"

"纪川？！"端木微之大惊，"不可能！这明明是个女的⋯⋯"话出口却又不能确定，这张脸，这个表情，这双眼睛，确确实实是纪川，可是纪川明明是个男人啊。

纪川不见了，连同那个小摇一起不见了。

顾小楼赶到时只瞧见庙外的一具具尸体，什么都顾不得打马回了京都。

不过片刻工夫，陆长恭一行人落蹄破庙之前。

沈环溪翻身下马，横七竖八的尸体中有禁军的，还有黑衣人，顾小楼认得那黑衣人是在悦来酒馆里遇到的一行人。

"是抓小摇的人。"顾小楼心头乱成一片，"会不会这群人将纪川也一起抓走了？"

"不会。"陆长恭下马，到尸体前，看着细细查看尸体的沈环溪。

沈环溪眉头紧皱，对陆长恭点了点头。

陆长恭蹙眉道："是百春的人。"

东厂第一番队的队长，也是第一个跟他出生入死的兄弟。

"老大？！"顾小楼疾步上前，掰过尸体的脸，惊道，"不可能，这明明就是那天酒馆里的人！"

陆长恭一眼望过来，眉间阴沉得让他不敢言语。

陆长恭沉声道："你们救的是什么人，知道吗？"

顾小楼心头一跳，不敢开腔。

陆长恭转身上马，道："回东厂！"

一行人马不停蹄地赶回了东厂，陆长恭匆匆入府，在议事厅之中远远地瞧见一人白衫，背向而立。

"百春。"

那人回头，细长的眉眼，高束的发，冷若冰霜，瞧见陆长恭撩袍跪下。

陆长恭一把托住他："不必多礼。"

冷百春低眉道："百春有负所托，没能完成任务。"

"回来就好。"陆长恭扶他起身，一路牵他落座。

他却执意站着："督主，摇光帝姬可能已经入京了……出了点意外，我派去追截她的人，到如今都未归队。"

"我知道了。"陆长恭撩袍落座。

冷百春不回头，冷声道："小楼。"

顾小楼应声入厅，不敢抬头："老大……"

冷百春抬手一巴掌落在他面上，道："跪下。"

顾小楼撩袍跪下，听他又道："你在酒馆救过一个女子？"

"有……"

他又问："你可知当日去悦来酒馆找人的一行人，是谁？"

顾小楼闷声道："当时不知道，现在知道了……"到现在才想明白，当日为何一亮腰牌那一行人便识趣地离开了，是怎么也没想到是自己人，不由得闷道，"既然是自己人，为什么当时他们不说……"

"是我让百春不要走漏风声的。"陆长恭道，"你知道这几个月来，我让百春暗自执行的是什么任务吗？"

顾小楼不晓得，他只知道冷百春忽然带队出了京城，极隐秘的，没人敢问。

陆长恭合眼道："截杀摇光帝姬。"

顾小楼心头一跳，猛然想起纪川救的小姑娘叫小摇。

"百春精心部署了那么久，全数败在你们手上。"陆长恭睁开眼，盯着他问，"是谁救的人？"

顾小楼低头："是我。"

陆长恭蹙眉道："等找到阿川，一起算。"抬眼看着沈环溪，"派人去问了吗？"

"已经回来了。"沈环溪挥手将候在门外的蔡关唤进来。

蔡关跪地，回禀道："我派人去城门和宫中打探过了，说是四队长回京后，确实有一队禁军秘密出城，回京后送了一人进宫，是什么人……属下不能确定。"

陆长恭挥手让他退下，沉思片刻，起身道："备轿进宫。"

锁烟殿之中，端木微之挥退侍候一干的宫娥，只余下他和舒曼殊，蹙眉道："你说纪川本来就是女人？"

那个凶神恶煞空手搏杀了霸下的纪川居然是个女人？

舒曼殊点头。

他还是不信："怎么可能，东厂之中从来不收女人！"

"所以她女扮男装。"舒曼殊伸手解下纪川腰间系着的小锦囊，掏出那枚兽头玉印，叹了一口气。

端木微之道："那你说，朕如今该怎么办，下令去找摇光帝姬？"

"是要下令，不过不是下令找摇光。"舒曼殊轻笑，第一次瞧见这么安安静静的纪川，竟是出奇地……弱不禁风。

舒曼殊道："而是下令接摇光入京。"

端木微之不解："人都未找到，接谁入京？"

舒曼殊握起纪川的手，笑道："这不是人吗？"

"她？！"端木微之走到榻前，一双眉紧皱，"舒曼殊，你玩什么把戏？"

舒曼殊起身："圣上，如今在找摇光的可不止我们，别忘了还有陆长恭，我想他是千方百计都不会让摇光入宫的。"

"所以呢？"端木微之皱眉，"朕宣告天下摇光帝姬已经进宫，好让他放松戒备？他会信吗？"

"不会全信，却也不会全不信。"舒曼殊把玩着手中的玉印，"只要不让他见到纪川，他就会分神在这边，那摇光就会安全很多。"

端木微之点头。

舒曼殊掀了眼帘又道："我先将纪川带回去，拖到找到摇光为止。"

殿外忽有宫娥道："圣上，陆督主求见。"

殿外闹闹哄哄，陆长恭硬闯入殿。

端木微之坐在正殿，眉心一蹙，问道："陆长恭，这一大早你来做什么？"

陆长恭行礼，回道："臣新得了一只幼豹，想着圣上喜爱，特地送了来。"

"真的？"端木微之迎过去，"带朕去瞧瞧。"

陆长恭却不行动，只是瞧着内殿道："这锁烟殿不是空了许久吗？怎么圣上突然有兴致到这儿来了？"一壁往里走。

端木微之忙道："里面什么也没有！"

"是吗？"陆长恭脚步未停几步到跟前，伸手挑开了帐幔，不禁愣住，床榻上没有人。

"朕说了什么都没有。"端木微之冷笑，"陆督主不会是特地来找什么的吧？"

陆长恭收回手："圣上多虑了。"

端木微之双手负后："长恭是要找摇光帝姬？方才是在这儿，不过刚刚随舒曼殊出宫去了，可惜了，你早来一步还可以瞧见。"

"是吗？"陆长恭轻笑，"那改日臣送些补品过去。"

"不必了。"端木微之凑过来，眨眼道，"朕怕你毒死她。"

舒曼殊带纪川回了府，将她安置在自己的卧房里，伸手解了她的哑穴，她闷哼一声，一口咬住舒曼殊拂在她脖颈上的手。

疼得舒曼殊蹙眉，他不由得咬牙道："你再不松口，我可就要动手了……"

她依旧咬得死紧。

舒曼殊低头，一口咬在她的锁骨之上。她浑身一颤，登时松了口，怒道："舒曼殊！"

舒曼殊笑盈盈地望着她："你打招呼的方式似乎太特殊了点……是在挑逗我吗？"

纪川一口唾沫吐了过去。

他闪躲不开，吐了一脸，脸色一沉，松开她的下颚。

纪川笑道："舒曼殊，还玩吗？"

舒曼殊瞪过去看她一副随时恭候的模样，又忍不住笑了："这么对你的盟友可是不对的。"

她不吭声，舒曼殊摇头苦笑道："是摇光换了你的衣服？"

她蹙眉："你怎么知道？"

舒曼殊无奈地笑了："她是我看着长大的，心里的那点小心思再没有比我更清楚的人了。"摸出袖子中的兽头玉印，"知道这是什么吗？"

纪川看了看："玉的？"

舒曼殊压了压眉心："你下一句是想问我值多少钱吗？"

看她的眼睛果断一亮，舒曼殊捏了她的脸，笑道："倾城都换不来，这是南夷象征，她居然将这个都给了你，看来是真的不想进京。"

"你是她大哥？"纪川蹙眉，"果然有什么大哥就有什么妹妹，坑蒙拐骗，装可怜。"

舒曼殊起身，在柜子里找着什么，不回头道："她本性并不坏，只是……平素里娇惯坏了，受不得委屈，同你不一样，她除了装可怜骗人之外，没有办法自保。"

她忽然不出声了，许久许久，舒曼殊回过头见她敛着眼睫闷声不吭，取出一只小药瓶坐回榻前："怎么不说话了？"

她不吭声，舒曼殊摸不着头脑："我说错了什么吗？"

纪川眼睫一掀，看着他不忿地道："我手疼，解开我穴道！"

舒曼殊将小药瓶中的药丸倒了一粒在手中，递到她嘴边："吃了它就给你解开。"

"这是什么？"纪川蹙眉，"毒药？"

舒曼殊失笑："我怎么舍得害你呢？"托住她脑袋塞进嘴里，"快些吃了。"

纪川被硬塞进去，吞下去后不住地咳嗽。

舒曼殊伸手解开了她的穴道。

她在一瞬间跃身而起，刚下地，浑身便被抽空了一般双腿一软便要跌在地上。

舒曼殊伸手抱住她："药效真快。"

一零星的力气都没有了，纪川抬头瞪着他，道："你给我吃的是什么？"

舒曼殊抱她上床："你放心，不是春药，不过是些软骨散而已。"

"舒曼殊！"

"不用这样咬牙切齿。"舒曼殊半躺在她身侧，单手托腮看她，"在摇光回来之前，我们还要相处不短的时间，你要开始习惯我。"

圣上一道皇榜昭告天下，南夷帝姬摇光入京，盛礼相待。

帝姬暂住舒曼殊的府邸，在一夜间，舒府内外戒备森严，连小厮丫鬟都不得随意出府。

不少的官员想去拜望帝姬，一律被拦在外，只说是帝姬千里迢迢而来，水土不服，近日来身子不舒服，概不见客。

纪川这两日都被灌了软骨散，整日待在房中，连下床的力气都没有，吃喝拉撒全靠侍婢侍候，她被囚禁过很多次，却没有一次像现在这么无助。

她靠在榻上，吃力地伸手将榻边的锦凳掀翻，喊道："我要见舒曼殊！"

片刻之后，舒曼殊推门进来，手中端了一碗粥，笑道："片刻不见就想我了？"

舒曼殊吹凉清粥喂她。

纪川躲开："你们什么时候找到人放我回去？！"

舒曼殊认真地看着她，问道："我对你不够好？你为什么总想要回去？"

纪川几乎想都未想脱口道："东厂里有督主，有顾小楼，有我的弟兄们，就算每天跟刻薄鬼沈环溪吵架都比这里好千万倍……"

她猛地抬手将旁侧的粥碗扫到地上。

舒曼殊看着纪川道："我说过，你要习惯我，你以为找到摇光我就会放你回去吗？你做梦。"

门外有人敲门，婢女在外道："公子，有人找。"

"让他滚，我现在没空。"他盯着纪川不回头。

房门却被推了开，有人冷笑道："舒曼殊，你好大的架子，连朕都见不得你了？"

舒曼殊猛地回头，就瞧见立在门外的端木微之和荣阳，眉间不由得一蹙："她怎么来了？"

端木微之牵了荣阳进屋："朕都告诉阿姐了，阿姐是自己人，我不想骗她。"

荣阳冲舒曼殊弯眉一笑："你们放心，我会保密的，绝对不会说出去！"

端木微之有话同舒曼殊讲，先一步出了卧房，舒曼殊随在身后，临出门前又不放心地回头看纪川。

荣阳坐在榻前，瞧着舒曼殊笑道："舒大人还担心我吃了她不成？怎么就不担心她发起火来吃了我呢？"

舒曼殊轻笑道："公主说笑了，比起她来，我觉得您更可怕一点。"

荣阳笑容一冷，看着他出门，猛地回头瞪向纪川："原来你是女的？若非亲眼所见，我还以为微之哄我呢。"

纪川觉得不自在，想要向后挪，却被荣阳一把扣住肩膀。

"你讨厌我？"

纪川眉头一拧，只觉得她的指甲一寸寸收紧抠进皮肉里。

荣阳又笑道："我也非常非常讨厌你，从第一眼见到就开始讨厌，有增无减。"手指细微地拂过纪川的眉眼脸颊，"真是搞不懂，舒曼殊为什么会喜欢你这种货色。"

"你想知道吗？"纪川肩膀疼得皱眉，咧嘴又笑，"床上功夫啊。"

荣阳面色一红，一耳光甩在她面上："下贱！"

那一耳光极用力，"啪"的一声脆响，纪川跌靠在床沿之上，脸颊火辣辣地疼，却抬起眼看荣阳笑道："可他舒曼殊偏偏就喜欢下贱货色。"

荣阳脸色一红，一把抓起纪川的头发扯到眼前："你还真是跟你娘一样下贱！"

纪川浑身一颤，惊道："你认识我娘亲？"

荣阳笑了："当年名震京都的头牌花魁红鲤，我怎么会不知道？"低声轻笑，"纪从善是你哥哥吧？"她的手指托在纪川脖颈之上。纪川脸色一瞬白透，忽然怕极了她。

荣阳却笑得怡然自得："你怕了？这才刚刚开始，等随我回了宫，我再慢慢招待你。"

书房中冷得人打战。

舒曼殊放下茶盏："您要带她回宫？"

端木微之捧着热茶暖手。

"是啊，朕想还是将她带到宫里安全点。"

"您真的这样想？"舒曼殊问他，"我并不觉得皇宫对于陆长恭来说是什么难入之地。"

端木微之道："陆长恭确实不把朕放在眼里，不过你忘了，再过几日是太后的寿辰，照规矩摇光帝姬非露面不可，你打算怎么办？"

太后寿辰以摇光的身份非出席不可，可是如今的假摇光要怎么出席，他确实还未想到。

端木微之笑了："朕早就想好了，太后寿诞是在大后天，朕今日便接纪川入宫，就说提前入宫陪陪太后，到寿诞那日便说她偶感风寒，不能出席，这样礼数人情俱到，两全其美。"

舒曼殊迟疑。

他又道："太后那边你放心，朕自然不会让纪川和太后碰面，等在寿宴过后朕便命人将她送回来便是了。"

"法子倒说得通。"舒曼殊蹙眉，"只是……"

"有什么好只是的？"端木微之满脸不悦，"有朕在你还有什么不放心的。"

舒曼殊笑道："我只是担心纪川那样的性子，您招架不住，她的药性散了再出什么岔子。"

端木微之打怀中摸出一只白玉小瓶："朕自有法子。"

端木微之同舒曼殊回了卧房，荥阳正坐在榻侧喂纪川喝粥。

端木微之上前催促道："行了行了，快些收拾收拾带她入宫。"

"入宫？"纪川惊诧，又看舒曼殊，"你们不是要找到摇光入宫吗？要我入宫做什么？"

舒曼殊俯下身，轻声道："乖，只是去几天而已。"声音一压，极低极低道，"你若是不想去就开口，开口说你想留在这里。"

"舒曼殊……"纪川刚开口。

荣阳便断了她的话："舒大人千百个放心,我会照应纪川妹妹的。"

纪川一把打开他伸过来的手,瞪着舒曼殊道:"不用你好心,我在哪里都能活下去。"

他缓慢地直了身子,嘴角一扬:"也是,我忘了你一向野生野长,再恶劣都能顽强地生存下去。"

窗外冷风灌入,纪川手指一分分攥紧。

这一路怎么入的宫,怎么到的大殿,又是身在哪里,她服了迷药,晕乎乎的一概不知,只是听到荣阳吩咐一干宫娥退下,殿门合上的轰隆声。

荣阳坐在侧榻上道:"长春,把她的衣服统统扒下来,只留亵衣。"

有人应声,小太监长春走到纪川跟前,利落地将她的衣服一件件脱下,只余了亵衣亵裤,将她甩在光可鉴人的地板之上。

荣阳又道:"给她醒醒神,我有话问她。"

长春转身端来一盆清水兜面泼下。

纪川只觉呼吸瞬间一滞,鼻腔唇齿里溺满了冰凉的水,呛在喉咙里咳得浑身战栗。

荣阳到她跟前,足尖挑起她的下颚笑问:"舒服吗?"

纪川冻得嘴唇青紫,荣阳挑过她的脸,让她往大殿一侧瞧。

小火炉之上烧着一盆水,翻滚沸腾,她甚至听到嘟嘟翻腾的声音。

荣阳蹲下身。

"我有些事情想要问清楚,你知道该怎么做吧?我听说前些日子陆督主派你出了趟京都,你在悦来酒馆救了摇光,对吗?"

纪川死咬着咯咯打战的牙关,浑身发僵。

她又问:"陆督主派你去做了什么?"

纪川始终一言不发。

荣阳眉眼一矗："我再问你一遍，陆督主派你去悦来酒馆做了什么？"

她一字不说。

荣阳恼道："长春！"

长春应声，垫了布将小火炉连同滚沸的热水端过来，放在纪川眼前。

热气袅袅之中，荣阳轻笑，坐回侧榻一字字道："既然你还不愿意讲，那就怪不得我了。"眉眼一抬，"长春，将她的右手丢进去。"

"是。"长春上前，扯过她的右手猛地按入沸水之中。

热气之中，滚水之内，她冻僵的手指在沸水之中一点点有了知觉，一点点发热，发烫，直至灼烧，她拼命地想抽回手，却使不上半分力气。

"暖和吗？"荣阳在白烟之后问，"要不要试试每一寸皮肤都煮熟的感觉？"声音一凛，"陆长恭派你出京做什么去了？"

浑身上下没有一处不在战栗，纪川抬眼看见冷光闪闪的银盆沿，忽然听到殿外有宫娥慌张道："陆督主您……您不能进去，公主在沐浴。"

"是吗？"陆长恭的声音清清冷冷地传进来，"那我便等着。"

荣阳霍然起身，矗眉低声道："将她另一只手也放进去！"

长春来扯纪川的手，纪川猛地一头撞上了银盆棱沿。

当啷啷的银盆翻滚，沸水猛然浇在火炭之上，腾出一片呛鼻的烟雾。

荣阳惊得掩了口鼻。

蒸腾的烟雾之中，荣阳看到纪川摇摇晃晃地站了起来，额头鲜血直流。

纪川抖得厉害，一步一晃地往大殿之外去。

荣阳喝道："长春，你还愣着干什么？把她捆起来！"

长春慌忙上前去抓纪川。

纪川抬手一簪子刺了过来，"刺啦"一声便划开了他的前襟，惊得他跟跄退了数步躲开，下一瞬殿门被人霍然推开。

冲天的白光透进来，晃得人眼前一盲。

纪川睁着眼却什么都看不清，只瞧见一片白光中人影晃动，有人到她跟前，她下意识地挥了簪子刺过去。

手腕被扣住。

"阿川，是我。"

"督主……"她的精神瞬间一散，手中的簪子叮当落地，浑身骨头也散架一般，身子一软瘫跪在地。

一双手撑住了她，她嗅到陆长恭衣襟上极淡的香味。

陆长恭道："没事了没事了……"

她再撑不住昏了过去。

似乎下雪了。

她睡得不安稳，总是听见娘亲在她耳边念叨，不要爬树，不要偷偷溜去摸鱼，也不要和村头的小木鱼打架……

她动了动，右手和脑门疼得她哼哼。

娘亲忙问："很疼吗？"

她又哼哼一声，娘亲叹了口气："怎么总是这样不听话……这样一身的伤，你知不知道我有多心疼……"

什么野生野长……舒曼殊不知道她娘亲有多疼她，看不得她受一丁点伤，常常被她吓得坐在床边哭。

他们都不知道，她娘亲有多疼她。

九、陈年旧事

真的下雪了。

纪川醒来发现伤口都包扎好了，不知什么时候回了东厂，依旧是陆长恭的卧房，只是陆长恭不知道去了哪里。

纪川披上衣服出门，瞧见漫天的大雪，回廊不远处有火光，她过去便瞧见陆长恭立在火盆旁。顾小楼提着一个包裹和酒坛子，一脸纠结地问："督主，这样好吗……纪川要是知道了，会砍了我的。"

"你若是再啰唆，我现在就可以砍了你。"陆长恭眉间紧蹙，"烧了。"

顾小楼缩了缩脖子，抬手将包裹丢了进去，又去砸酒坛。

火舌吞吐，那包裹和酒坛纪川越看越眼熟……

"啪"的一声酒坛砸开，有零零碎碎的银子铜板和银票滚了出来，纪川心头猛烈一跳，大喝一声："顾小楼！"

"不关我的事！"顾小楼忙道，"是督主让我这么干的……"

纪川哪里还顾得上他，她存的银子，眼看瞬间就成了灰，手忙脚乱地去捡。

陆长恭沉声道："放手。"

纪川一愣。

他又道："若是你还想留在东厂就放手。"

"督主……"纪川不愿起身。

陆长恭一把拉起她，将她手中抓的银票夺过，抬手丢进火盆。

火苗明灭之间，一把灰烬。

纪川在那一瞬心疼肉跳，鼻子一酸眼眶就红了。

陆长恭抬脚将火盆当啷啷踢翻，沉声道："将这些都埋了，扔了，不要让我再瞧见。"

顾小楼瞧纪川一眼，溜溜地应了退了下去。

漫天大雪之中，陆长恭负袖回房："阿川跟我回房。"

她闷闷地应了一声，跟了过去。

回房后，陆长恭坐在桌前，等她进门，开口道："知不知道我为何这么做？"

纪川点头，又摇头。

陆长恭很少没有笑："今日，我再为你立一条规矩，不可贪财，除了我给之外，谁的钱都不许收，明白吗？"

纪川点头，却又不甘地说："可是这些银子都是我……挣的。"

陆长恭缓了语气道："阿川，这次的教训还没有吃够吗？你以后想要多少银子直接去跟环溪讲，他会给你的。"

纪川猛地抬头，眼睛通红却又遮不住喜悦。

陆长恭捧过她的脸，瞧着她额头的伤口，叹气道："怕是会留疤的……"

纪川忙道："没事，一点点而已。"

"女孩子家家留了疤总是不好的。"陆长恭低头看她，"若是你爹纪惠景瞧到现在的你，怕是会心疼死吧？"

纪川一惊，愣怔地看着陆长恭："督主知道我是……"

"我早就知道你是纪大人的女儿纪萤。"他将额头抵在她的额头之上，轻声道，"阿川，有句话我一直想要同你讲……虽非娇生却也想要惯养。"

手背忽然一热，陆长恭睁眼瞧见纪川眼泪珠子止不住地往下掉。

纪川伸手抱住他的脖子，道："督主，让我一辈子都跟着你好不好？"

这一觉睡得沉又久，纪川再醒来时正午都过了，药性散得七七八八，除了脑袋发涨发蒙，倒是精神了不少。

一夜的大雪，遍地银白。

陆长恭在外堂的桌案上写着什么，听见声响抬头，笑道："怎么不多睡会儿？"

纪川爬起来凑过去，瞧见白纸黑字上满满的一页，好奇地问："督主在写什么？"

"写信。"陆长恭放下笔，将满满一页的字指给纪川看，"你认得这些字吗？"

纪川摇头："小时候娘亲教过几个，不过后来都忘了。"伸手摸了摸墨迹未干的字体，指尖一点点的墨，"写的是什么？"

陆长恭看着她不答反问："想学吗？"

"写字？"纪川看了满页小字，忙摇手，"看着都难，学了也没什么用处，不要学。"

陆长恭略微一顿，随后又笑道："知道这信是写给谁的吗？"

"谁的？"

"写给纪大人的。"陆长恭提笔在信笺头封写上"纪惠景"三个字，"我告诉他你很好。"

纪川一愣，懵懵懂懂地看他："写给……我爹的？"看他点头，惊骇不已，"可是我爹不是已经死了吗……"

陆长恭轻笑："可以烧给他，就像冥币一样。"看她睁圆了眼睛，又问，"想学吗？"

纪川慌忙点头，陆长恭将笔递给她，拉她到桌前，攥着她的手，在一页白纸之上一笔一画地写下一个字，道："萤。纪萤的萤。"

纪川惊奇不已，提着笔道："这个就是萤字啊……真好看。"拿手指在桌上比画，细细瞧着笑问，"这是什么意思？"

"暗飞萤自照，水宿鸟相呼。"陆长恭低头笑，"是非常非常美的一个字，也或许纪大人只是觉得你的眼睛像流萤。"

纪川似懂非懂地点头。

陆长恭放下笔，道："阿川，你以后想要怎样的生活？"

她一脸的迷茫，陆长恭又道："重新开始好不好？不用再杀人，不用再拼命，我会为你请一位先生，教你识字画画，回到原本你该过的生活，没有什么副队长纪川，你是纪小姐……"

纪川一愣。

他继续道："若是纪大人还在，一定希望你如此，安安稳稳地做纪家小姐，待到年满及笄，找户好人家托付，生儿育女，一生平顺……"低下头，拢着纪川的散发，"我所能做的，只是将这些亏欠你的全数补上。"

纪川眼睫一掀，猛地看向陆长恭，刚要开口讲话，有人叩门。

"督主。"是沈环溪。

陆长恭开了门，沈环溪偎在他耳边低低讲了一句什么，陆长恭眉间一蹙，反笑道："哦？这次居然不是来闹的。"

沈环溪又道："还有，您吩咐要请的教书先生来了，在西院书房候着。"

应了一声，陆长恭回头对纪川道："穿好衣服，让青娘带你先去见先生，我随后就到。"

也不待纪川讲什么，他就随着沈环溪出了房门。纪川追了两步，青娘打门外进来，笑眯眯道："以后我该叫您小姐了吧。"

纪川张了张口什么都没讲。

一路上，沈环溪都欲言又止，陆长恭在前笑道："想讲什么便讲。"

沈环溪一脸茫然："督主，您真的要让纪川恢复女儿身？就因为她是纪惠景的女儿？"

陆长恭叹道："就因为她是纪大人的女儿……环溪，这些年来我一直安心不下，我欠纪大人的，也欠纪夫人的，更欠从善和她的，如今我所做的，只是想把该属于她的还给她……这样，我良心会好受些。"顿了顿又苦笑，"更何况，她是纪川……在不晓得她是纪茧之前，我已经认定她是东厂的人。"

沈环溪不再说话。

议事厅之中，端木微之正襟危坐。

陆长恭进来，略微行礼："圣上突然驾临，可是为了……"

"朕来是为了太后寿诞之事。"端木微之开口断了他的话，对纪川一事闭口不提，只道，"太后想到太清宫一趟，你带人亲自护送。"

陆长恭略诧："要东厂的人？"他记得端木微之一向用锦衣卫。

"怎么，有异议吗？"端木微之不耐烦地道，"太后想让你陪着。"

大雪不消，融融的积雪银白一片。

纪川随青娘一同去西院，半道青娘忽然想起特地备的小暖炉落在了房中，便让纪川先行，她重新折回去取。

纪川一路行到西院，刚要转入拱门，回廊处有人叫她。

纪川回头便瞧见立在梅树下的舒曼殊，正笑盈盈地走过来。

"你的额头……"舒曼殊伸手要碰，纪川"啪"的一声打开。

"你来做什么？"

舒曼殊攥着手腕笑道："在生我的气？"

纪川转身便走，他忽然闪身上前，拦在她眼前。

舒曼殊扣住纪川的腰，在她开口挣扎之前先道："安公公找我了。"

纪川浑身一僵。

他道："摇光在他手里，他要用摇光来换你，我这次来就是要和陆督主商量，将你借给我用一用，你猜……他肯是不肯？"

"他不会。"纪川抬手猛地一肘子捅在他的腹部，痛得他闷哼一声松了手。

纪川退在拱门之下笃定万分道："督主不是你。"转身便走。

舒曼殊在身后道："他会的。我跟你打赌，他一定会将你交出去。"

厅里添了炭火，舒曼殊挑了帘幔进来。

陆长恭没有抬眼。

端木微之先道："舒曼殊，你不是有话同陆长恭讲吗？"

舒曼殊将一封信笺递在了桌面上："陆督主还认得这笔迹吧？"

陆长恭瞧了一眼，眉头皱紧："这是……"

"安思危那老东西送来的。"舒曼殊靠在椅背之中，"摇光在他手里。"

陆长恭眉头未松："这些和我有什么关系？"

"他要我用纪川去换。"舒曼殊抬眼道，"我想跟陆督主借用一下纪川。"

陆长恭笑了："不知道舒大人这是在求我？还是用圣上来压我？你觉得我会用阿川来换摇光帝姬？"

"会。"舒曼殊毫不犹豫地道，"你一定会。因为你做梦都想要抓住安思危，这样大好的机会，你怎么会舍得放过？"

他的眸子果然一暗。

舒曼殊继续道："只是借用而已，我怎么会舍得让纪川落入安思危那个老东西手里？只要纪川做饵，我救回摇光，你抓住安思危，各取所得，何乐而不为呢？"

纪川被困在书房，趁着先生不注意跟着顾小楼偷偷溜了出来，刚要一块去喝酒，却瞧见青娘急匆匆地走过来。

"您怎么在这儿啊？"青娘急忙来牵她，"督主到处找您呢！"

陆长恭在议事厅里等她。

纪川进去："督主……你找我？"

陆长恭瞧见纪川笑着招手："到这儿来。"

纪川过去，坐在他旁侧："督主找我有什么事？"

他神色凝重了起来，沉默良久才道："阿川，安思危在找你，我想……你帮我。"

纪川心口突突一跳，眼皮一抖："你要用我去换摇光，对吗？"

"不是的，阿川。"陆长恭捧起她的脸，让她瞧着自己，"我不会用你去换任何人，这次只是想让你引出安思危，我要擒下他。你也很明白，他在一日，你一日不能安稳，我虽有私心，但我也想你再无忧虑。"

他又道："我和舒曼殊都部署好了，在确保你不会出半分差错的情况下，才做的决定。"

他跟她仔仔细细地解释，缓慢又耐心，顿了许久才问："阿川，你是信我的，是不是？"

纪川掀了眼皮看他，点了头："你要我怎么做？"

陆长恭眉头一松，却又叹了口气："我原本准备了一肚子的话来说服你……"

"我喜欢你啊。"纪川认认真真地看着他，"我喜欢督主不是随便说说的，我可以为督主去做任何事，只要你说，我就去做，赴汤蹈火，万死不辞。"她讲得直白又毫不知羞，一双眼睛一瞬不瞬地看着陆长恭。

这些话……被她讲得信誓旦旦，一瞬间就让陆长恭发了愣，他缄默许久，才开口道："阿川喜欢我？"

纪川笃定地点头。

他又问："那你知道什么是喜欢吗？"

纪川道："喜欢就是喜欢，我讲不出来，但我真的很喜欢督主，这天下除了我娘，我最喜欢的就是督主。"

陆长恭忽然苦笑。

纪川忙道："那你说什么是喜欢？"

"喜欢啊……"陆长恭想了想，握着她的双手合抱在一起，"喜欢就是你看到那个人，心就会躁动不安，像是捉一只蝴蝶，这样包在掌心里，它会扑棱扑棱地拍打翅膀……慌乱得没有章法，难以自制。"

"心里放了只蝴蝶？"纪川不解，伸手摸了摸自己的心跳，又要去触探他的胸口。

陆长恭一把握住，不自在地起身，道："你早些休息吧，明日我将部署解释给你听。"

他撩袍出了大厅，余下纪川一人愣怔在原地，伸手按在胸口，眉间微蹙。

喜欢是见到你，我心里像藏了千百只蝴蝶扑动翅膀，乱得没有章法……

陆长恭顿步在梅树下，小心翼翼地伸手触在心口，那里有突突的跳动声。

安思危约在太后寿诞那天的百里亭之外。

陆长恭和舒曼殊都会派人事先埋伏，可是安思危太过谨慎，为了避免他发现，一干的兵卫全都候命在京都外，只有舒曼殊带着纪川前去。

纪川禁不住插口："不是督主带我去吗？"

陆长恭刚要张口答话，舒曼殊先笑："太后寿诞之日，陆督主还有更重要的事情去做，你再嫌弃，也只有我陪你去。"

陆长恭侧头瞧见纪川的眼睛，忙道："我会安排环溪、小楼、止水全数带队过去，你不必担心。"

纪川抿嘴点了点头。

舒曼殊将信号烟火撂在桌面上："麻烦陆督主通知你的手下，看到这信号烟火，就立即赶来，晚一点，我和小阿川可就说不定会怎么样了。"

一厅再无人讲话。

连着两日的安排部署，一切妥当。

纪川在那天夜里失眠了，睁着眼睛看床幔飘飘荡荡，星星火炭燃在火炉里，拨开床幔道："督主，你睡着了吗？"

"没有。"陆长恭应声，听见噔噔噔的脚步声，坐起身便瞧见纪川赤着脚跑到他榻边，还未等他反应过来，纪川便钻进了他的被子里。

纪川趴在被子里看他："督主，我想跟你说说话。"

陆长恭轻笑："说什么？"

"什么都行，我就想听你说话。"纪川挤在被子里，动弹个不停，"督主，你就跟我讲讲你以前的事情。"

"我以前……"陆长恭笑容轻淡，"太久了，都忘了……"

"怎么会？"纪川诧异，"你都还记得我爹，怎么会都忘了。"

陆长恭让她安分下来，淡声道："你爹是我极好极好的朋友，我们年轻时引为知己，我了解他，就像他了解我一样……"

"你们是怎么认识的？"

"怎么认识的……"想想都好笑，年少时自命风流，自以为才气样貌，哪一样都不比人差，听闻京都之中的纪家公子惠景如谪仙一样，便心有不服。

当初心高气傲，却在见到纪惠景时自惭形秽。陆长恭到如今都常常想，若是没有入京，没有见到纪惠景，也就不会有后来的事。

他不会和纪惠景深交，更不会留宿纪府，那也就不会遇到她。

不见不恋，如今他或许在江南，或许在乡间，为官从商，或者只是个小小的教书先生，千百种可能都不会落到如今的境地。

也就不会有如今的东厂陆长恭。

"督主？"等了半天没有答话，纪川碰了碰他，"你原先就叫陆长恭吗？长恭……这个名字很奇怪。"

陆长恭回神淡笑："不是，长恭是先帝赐的名，事事长恭顺……是这样的意思。"

"那督主原来叫什么？"

陆长恭顿了顿，片刻后才道："生白，陆霜字生白。"

"陆生白……"纪川喃喃，"真好听。"

那是多少年之前的旧事？

也是这样大雪的夜里，他立在银雪之上，梅花树之下的女子，笑吟吟地问他："你叫什么名字？"

他心头喘喘，拱手答道："陆霜，字生白。"

她扑哧笑了，一树的花蕊纷落，像生光的细雪，她眉眼盈盈地望过来："陆生白，你想不想知道我的名字？"

他在入宫之后，再也没有人叫过他这个名字，包括她。

十、冬雪诀别

一夜睡得浑浑噩噩。

第二天，纪川早早起来，舒曼殊带着她直出京都，在马上低声对她道："我说过陆长恭一定会将你交出来，你输了。"偎在她耳侧笑，"这次要不要再赌一场？就赌你在最后能依靠的，只有我舒曼殊。"

百里亭周遭是一片油桐林，枯枝杈上满目银雪。

舒曼殊带她打马到时，已经有一辆马车停在油桐林里，两人下马，舒曼殊朗声道："安公公，人我已经带来了，还不现身吗？"

林中一阵笑声，闷闷噎在胸口似的。

纪川脸色顿时一白，看着林中不疾不徐走出来的两人。

"大哥！"摇光喊了一声。

安思危扣着她，对舒曼殊闷声笑道："曼殊公子还真是守约。"眉眼一递，瞧着纪川，"还不过来阿萤，难不成还要我亲自动手吗？"

像平地里起了寒风，切肤入骨，纪川在雪地里发抖不止，一只手落在了肩膀上，舒曼殊轻声道："不要怕。"

不得不迈步，她抬眼看着安思危，每一步都走得艰难。

安思危眼神示意，小随从箭步上前，猛地一扯，将纪川整个人扯了个趔趄，跌跪在安思危脚边。

手指一松，安思危手下的摇光像脱了线的风筝逃了出去，直扑到舒曼殊怀里，"哇"的一声放声大哭。

舒曼殊拍了拍她的肩膀，顾不得安慰她，将她抱上马，缰绳递在她手心里，低声道："不怕，你乖乖骑马回京，有人会接你，要快，不要回头。"

摇光泪痕未干点头道："那……那你呢？"

舒曼殊擦了擦她满脸的泪痕，笑道："我还有事要做，你要听话，快回去。"抬手一鞭抽在马上，一声嘶鸣，带着摇光绝尘而去。

身后，安思危捏起纪川的下颚，眉眼高挑："好大的本事啊，竟然让我千里迢迢找了你这么久。"

纪川眉睫都在颤，暗自伸手去摸袖口里的匕首。

"我可真要好好的奖赏你了。"安思危闷咳一声，对身侧的小随从道，"小春儿，押她上车。"刚要封她的穴道，纪川猛地抬手，寒光一闪，直刺安思危喉头。

安思危却早有准备似的，不躲不闪，一把扣住了她手腕，嘴角冷笑，猛地一扯，只听"咔吧"一声脆响，纪川痛呼出声。

匕首落地，安思危瞧着她道："那只手还想要吗？"

纪川额头渗出了密密的冷汗，跪在雪地之中，战栗如枯叶。

安思危刚要抓她入马车，忽听一声哨响，一缕青烟直冲空中，轰地绽出千万束火树银花，他心头一惊，瞪向舒曼殊。

抬手将信号烟火丢在一旁，舒曼殊冷笑："你是要现在就逃还是等人来抓？"

安思危瞧着半空的火树银花，却笑了："你以为你的人还赶得来？"

百里之外，烟火腾空，炸开之时，顾小楼翻身上马："三哥、六弟，我们出发吧！"

沈环溪点头，刚要上马，不远处有人打马疾奔而来，一路高喊："督主有旨！东厂番队火速入宫救驾！"

积雪覆盖的油桐密林中，响起清脆的击掌声，瞬间山丘之间应声拥出一众白衣刀剑客，将舒曼殊包围严实。

安思危闷咳道："曼殊公子，我这老东西还是分得清轻重的，我不想与您和整个南夷为敌，但并非就没有准备。"

舒曼殊扫了一眼那些剑客："安思危，你不是妄想凭这些小喽啰拦住我吧？"

安思危将帕子掩了口鼻笑道："我这些舞刀弄枪的小角色怎么动得了曼殊公子，只要缠得住您，我就满意了。"他伸手扯起纪川，小春儿忙掀了车帘幔子。

舒曼殊蹙眉道："你走不了，两里地之外全是锦衣卫，半刻钟之后，东厂的人会赶来接应。安公公，陆长恭可是很想念你啊。"

安思危又笑了："不知道这会儿，宫里动手了没有？"他从怀里掏出一封信笺，信封背面的右下角有个小小的红印。

纪川一下子就认了出来，这封信是陆长恭让他们交给绿蚁的那封杀人信。

"这封信曼殊公子估计不熟悉，但阿茧该很眼熟吧？"安思危将信笺打开，在纪川眼前抖开。

那些字她并不认识，可字体她是再熟悉不过的，是陆长恭亲笔所写的那封，她不知道这封信怎么会落在他手里。

安思危问她："很吃惊？要不要公公我念给你听听信上写的是什么？"

纪川抿着嘴，脸色煞白。

不远处忽然响起一阵疾驰的马蹄声，她顿时心口一松，几乎慌张地循声望过去，却在看清来人时，愕在了原地。

"顾小楼？"舒曼殊眉头一紧，看着顾小楼单枪匹马地冲过来，忙问道，"怎么只有你一人？东厂的其他人呢？"

顾小楼在大雪里脸若冰霜，急切地看着纪川，恼得咬牙不答话，拔剑道："要什么其他人！凭我顾小楼今天就是死在这儿，也一定宰了姓安的老东西！"

安思危抬手让一众白衣刀剑客护在他身前："刺客入宫，东厂的人全部被调遣入宫护驾了吧？不止东厂，还有曼殊公子部署在两里地之外的锦衣卫。陆长恭这是作茧自缚。"他倏地抬手，将手中信笺弹指甩给舒曼殊。

舒曼殊接过信笺低头看到上面短短的一行字。

顾小楼凑过来，瞧见一惊："这是……督主要绿蚁杀的人？"

信笺上写的是——万金相酬，买上一位雇主，要杀端木微之的买主，命一条。

陆长恭居然用这样的法子来找出一品楼刺杀端木微之的主谋，他要买那人的人头。

安思危笑道："曼殊公子应该很清楚那人是谁。"

舒曼殊当然清楚，因为在一品楼端木微之被刺杀之后他就已经暗中在调查了，从死的刺客身上一路调查到九尾这个组织，费了些手段才找出这个要刺杀端木微之的人，这个人不是旁人，正是端木微之心心念念的阿姐——荣阳公主。

"曼殊公子一定很好奇我怎么会知道'那个人'是谁？"安思危咳了一声笑道，"因为很不凑巧，'那个人'能找到九尾来刺杀小皇帝是老奴我亲自牵的线。"

舒曼殊眉头一紧，他还在奇怪荣阳堂堂一个公主怎么会认识"九尾"这种佣兵杀手组织，原来……竟是安思危替她出的主意、介绍的人，安思危其心阴毒令他发寒。

安思危又道："我这个老东西与那'九尾'还是有些交情的，所以在顾小楼他们刚刚离开客栈我就看到了陆长恭的这封信。"

他笑得阴狠："陆长恭自作聪明想用这样的法子找出刺杀小皇帝的真凶，可他没料到那个人居然是深宫里的人，这是老天爷都在帮我，我只是顺水推舟地告诉'九尾'，今日东厂锦衣卫会动用重兵来围剿我这个老东西，宫中戒备薄弱正是他们进宫动手的好时机，他们怎会不趁机入宫？"

顾小楼惊诧："你是说宫中的刺客是'九尾'的人？"

安思危冷哼一声："我猜如今'九尾'已经闹得宫中大乱了吧？

陆长恭那般重感情，他为了纪扶疏……如今该叫太后了，陆长恭为她什么都舍得，怎么会撇下她的安危来救你呢？"

安思危的手指落在纪川头顶，纪川浑身发颤。

舒曼殊沉声道："安思危，我真的小看你了，你居然反将了陆长恭一军。"

安思危只是冷笑着抚摸着纪川颤抖的头，逗弄小狗一般对她道："死心吧小纪萤，你的督主不会来救你的。"他扣了纪川便要上车。

舒曼殊猛地跨前数步，抬手扣住一白衣刀客的手腕"咔"的一声折断，夺下他手中的大刀脱手掷了出去。

"纪川！"

寒光一闪，直朝安思危的手臂而去。

安思危仓皇地松开了纪川闪开半步。

纪川在那一瞬跃身而起攥住大刀，足尖在车前一点凌空翻身后跃，退开数步落地，抬手一刀砍了眼前一人。

舒曼殊被一群白衣剑客围住，举步维艰，扬声对纪川道："你听到了没有，没有人会来救你了，要活着就自己杀出去！"

"阿萤！"安思危没料到她敢反抗，怒道，"乖乖跟我回去，你知道惹怒我的下场！"

左手腕脱臼使不上半分力气，右手满掌心的水泡，裹在纱布之下，碰触便疼，纪川抬手，用牙齿将纱布解开，将刀柄绑紧在手心里，盯着安思危道："跟你回去你会让我生不如死，对吗？"

"只要你乖乖听话。"安思危缓了神色伸手，"阿萤，你知道我想要什么，只要你乖乖告诉公公，我会好好疼你的，过来。"

"我不知道！"纪川忽然浑身颤得厉害，紧攥着大刀就要冲过去拼命，却被人猛地拦腰一抱带在了怀里，那手臂又紧又牢。她一抬头就撞上了顾小楼低下来的眼睛，意气风发。

"逞什么强。"顾小楼抱着她颤抖的腰，胸口里涨出无数的波涛汹涌，却只是将她在怀里抱了一抱，笑了一声对道，"有你顾爷爷在轮不到你逞强，交给我吧。"

顾小楼忽然侧身踢开一个冲杀过来的白衣人，顺势将纪川往舒曼殊身边一推，喝道："带她走吧！"纪川的衣袖在他的手指间划过，他手指紧了紧却又松开。

走吧。

纪川一个跟跄摔进了舒曼殊的怀里，一回头就看见顾小楼大喝一声挥剑单枪匹马地冲杀了过去。

他头也没回地喊："照顾好她！剩下的交给你顾爷爷！"

"好！"舒曼殊单手环住她的腰，带在怀里退开数步，对纪川道，"先走，退到京都里。"抱着纪川跃上马，剑柄猛地一拍马，长鸣而起。

纪川又回头喊他："顾小楼！"

"少啰唆！"顾小楼一剑荡开喝道，"跟他走吧！"

一路狂奔，纪川大半个身子都被血浸透，神经却是紧绷着的，右手发抖，血红的绷带将大刀捆住。

舒曼殊猛一催马，直奔到城楼之下，却勒了马。

城门紧闭。

舒曼殊翻身跳下马，对城楼之上的兵卫大喝道："开城门！我是锦衣卫总指挥使舒曼殊！"

城楼之上有兵卫探头下来瞧。

舒曼殊扯下腰间的令牌："令牌在此，还不速速开门！"

那兵卫一瞧令牌，赶忙跑了开，不多会儿，叫来了头头模样的军卫。

身后安思危的人渐行渐近，舒曼殊大恼，扬手将令牌掷上去，怒道："看清楚了，开城门！"

令牌当啷啷落在脚边。

军卫头头捡起，一脸为难道："舒大人，不是小的不开门，是圣上刚刚下令，有刺客入京，要封锁所有出口，没有圣令不得通行……"

舒曼殊心头一沉："端木微之？他下的旨封锁城门？"

军卫点头。

舒曼殊喝道："我要见他！叫他端木微之来见我！"

军卫挠头道："宫里乱成一团，怕是圣上没有工夫见您……"

马蹄声逼在身前，安思危冷笑道："曼殊公子，您还是将阿萤交给我吧，伤了和气便不好了，而且……你看看这是谁？"

身后有人小声抽泣，颤抖着叫了一声："大哥……"

舒曼殊猛地回头，便见摇光被压在雪地里，惊得上前一步，安思危沾血的指甲便抵住了她的喉咙。

"曼殊公子。"安思危下马，抚摸着摇光的脸，"这人你是交还是不交？"

舒曼殊眉眼压得极重，一字一字道："安思危，你敢伤她一分，这大巽南夷都容不得你！"

安思危冷哼一声："到如今，我已经不指望您能善罢甘休了，我不杀她，听说这次入京曼殊公子是想让她同大巽和亲的？那我划花她的脸……"指甲一重，一道红印现在摇光眉心。

她疼得"哇"一声哭了出来："大哥……"

舒曼殊攥紧了手心，身后纪川忽然跃下了马，拖着大刀过来，只瞧着城楼之上的军卫喊道："我要见督主！"

军卫一愣："你是……"

纪川道："东厂六番队纪川，求见督主！"

"这……"

"我要见陆长恭！"纪川执拗地盯着军卫，"他一定会见我的，你去跟他说纪川要见他！"

军卫有些为难，迟疑许久却还是点了头，转身下了城楼。

纪川攥了刀柄回头，瞧着安思危，眼神晶亮道："来吧。"

安思危一愣，她亮得发光的眼睛望过来，真真让他吃了一惊，不由得笑道："你以为陆长恭会来救你？阿萤你太不自量力了，在陆长恭心里，世间没有什么能抵得过纪扶疏，你居然会妄想陆长恭抛下她来救你？做梦！"一抬手，白衣刀剑客蜂拥而上。

123

纪川拖刀上前。

舒曼殊想上前帮她，安思危却扣了摇光喉咙提地而起，她一声声哽咽，让他一步都迈不开，只看着纪川提刀穿梭在刀光剑影之中，动作越发缓慢。

安思危手指忽然一动，一枚小小的钢球弹在纪川的右腿，她闷哼一声，踉踉跄跄跪在地，同一瞬间左右两把刀光斩下。

舒曼殊手指发颤，闭上了眼睛，只听到极静极静的刀切入皮肉的声音和纪川的一声怒喝。他睁开眼，纪川被压在地，一手抬刀隔挡，一手攥住了刀刃，皮肉翻卷。

她一声不吭，像一只不要命的野兽，咬牙死力攥着刀刃将握刀那人拖倒，趁势翻身而起，脚踝却猛地一痛。

安思危一个钢球打得她皮开肉绽。

她脱力栽倒在雪地之中，背后登时有刀砍来——

她始终没有喊舒曼殊帮她，尽管这一刀会要了她的命。

舒曼殊攥得手指"咔咔"作响，再忍不住夺下一剑，挺身上前，剑刀刺穿白衣人心脏的同时，他听到摇光的痛呼声。

他抬头便瞧见，摇光白生生的面上血迹横流。

"大哥！"

他再不敢看，单手提了纪川后退，咬牙道："你看清楚，我今天为你舍弃的，这是你欠我的！"

他们一路退到城根，纪川抬头看到城楼之上之前离去的军卫头头回来了。

军卫头头一脸为难地说道："小姑娘，陆督主说他现在没时间……"

只一句话，她浑身的伤口一瞬撕开似的，由手指抖到四肢百骸，大刀"哐当"一声落在地上，她像是被抽空一般扑通跪了下来。

"纪川！"舒曼殊想冲过来，安思危忽然抬手，将摇光甩了过来，他堪堪接住，被撞得退了半步，只觉眼前一花，再看向安思危时，安思危已经擒住纪川上马。

安思危扣起纪川的下颚，一点点加大力道，说："死心了吗？你说公公我该怎么罚你好呢？"

漫天的风雪，触目所及的白，土褐色幡子被冷风鼓动得猎猎作响。

小春儿勒马在幡子下，哈手捂着冻僵的耳朵对车内人道："公公，雪下得太大了，不如我们今儿就在这儿歇了吧？"

车内闷咳声起，一只干白的手挑开了帘幔，瞧了一眼马车旁的小客栈，略有迟疑。

小春儿忙道："这离京都已经远着了，再者大雪封路往前都不好走了，我瞧这雪一时半会儿也停不了，便在这儿喝口热汤歇歇也是好的……"

安思危便也点了头，因纪川满身是血，拿了件斗篷裹上她让小春儿抱了进去。

纪川被捆了手腕在床脚。

安思危脚尖挑起她的下颚道："好好听公公的话，这天地之大，哪里都容不下你。"

纪川张口刚要答，安思危却没给她机会。

"你是想说陆长恭容得下你？"安思危万分好笑地看她，"阿萤啊，你居然还没有死心？你忘了在城根儿下，陆长恭说什么吗？他说他没时间。"

纪川所有的话都枯竭在喉咙口，半天才闷声道："我还有我大哥……"

安思危仿佛听了天大的笑话："一个从未见过，只听过名字的所谓大哥？阿萤，你活下去的理由还真真让我吃惊。"

纪川抿着嘴一言不发。

安思危神色缓和不少，道："阿萤，其实公公也不想为难你，你只要乖乖地告诉我，你娘将小太子送到了哪里，我就放了你，甚至还可以送你进宫去找你大哥。"

纪川眉睫一掀,定定地看着他。

他道:"乖,告诉我小太子被你娘送到了哪里?"

"我不知道。"纪川看着他,"我什么都不知道。"

一耳光甩在她面上,五指红印。安思危扯起她的头发:"当年你娘临死之前明明告诉了你,你当我是瞎子?"

纪川一言不发。

"阿萤,你了解公公我有耐心得很,不怕你不讲。"安思危看着她,"你不是功夫了得凭着一把大刀就得到陆长恭的赏识了吗?"

他笑道:"那不知我将你的手筋挑断,成了废人你会不会安生点?"

纪川猛地抬头。

安思危对身侧的两名白衣刀剑客略微示意,两人上前左右按住了纪川。安思危起身,手中捻出一把细小的小刀蹲在了纪川的眼前:"就让公公我亲自……侍候你。"那小刀轻轻在纪川的腕子上一抹,刀尖往纪川的手腕中一探一挑,那筋脉只是眨眼间就被生生挑断,如断锦之声。

纪川一声惨叫,惊得在房外偷瞄的店小二腿一软,手忙脚乱地奔下了楼。

阿萤……

她昏昏迷迷间听见有人叫她,睁开眼是暗暗幽幽的夜,有一盏灯在头顶吱吱呀呀作响。

她抬头,一点温热的液体落在脸上,伸手一摸,满手的血红,头顶吱吱呀呀晃动着个赤裸女人。

浑身的鲜血,被吊在刑架上,整个身子被鞭子抽得鲜血淋漓,滴答滴答地落着血。

她吓得张口想喊娘亲,那女人却直勾勾地盯着她问:"你是谁?"便紧抿了嘴不敢吭声。

安思危在旁边扯着她的头发迫使她仰起头,指着那女人问:"她是你娘吗?"

"我根本不认识她！"那女人抢先一步否认。

安思危便笑了，温声对她道："你也不认识这个女人吗？"

她慌张地抬头看那女人，再忍不住猛地推开安思危，"哇"的一声哭了出来。

安思危扯过她，尖刀抵在她喉咙口，问那女人："纪夫人，你当真以为我看不出来？"尖刀一凛，贴在她肌肤上，"我再问你一遍，你将小太子送到了哪里？若是不讲……我也让小李子在她身上练练凌迟的刀工！"

"不要！"那女人顿时慌了神色，"我说，我说，安公公我求你放了阿萤……"

安思危松手："早如此也不必受那份苦了。"

"你放我下来……"女人极安静地道，"我只告诉阿萤。"

她记得那天夜里，娘亲亮晶晶的眼睛看着她，她不敢去看娘亲的伤口，小声哭得厉害。

娘亲将她搂在怀里，轻轻地拍着她的后背说："阿萤不哭，娘不疼。"

她"哇"的一声大哭。

娘亲捧着她的脸对她说："阿萤，你忘了答应过娘什么吗？不能哭，你哭了娘会心疼，爹也会心疼……"

她却止不住，她怕极了，这天地里她看不到光。她问道："娘亲……我们会死吗？"

娘亲搂着她："不会，阿萤你要好好活下去，你还要帮娘去看你大哥，娘还没来得及看他婆媳妇呢……"

"那娘亲呢？"

娘亲忽然就不讲话了，一把将她搂在怀里，放声大哭。

她从没见过娘亲哭得这样大声，一声声道："我的阿萤……我的阿萤，以后娘不在了，谁来看护你……"

我的阿萤，我的阿萤……

安思危催促娘亲快讲，娘亲在她耳边极低极低地说了一句什么，又看着她，仔仔细细地道："娘同你讲的话，你要记牢了，谁都不要讲……像娘一样，我不讲出来，他就不会杀了我，明白吗？"

她似懂非懂地点头，只要不讲，她就能活下去。

娘亲亮晶晶的眼睛看着她笑，她不知道娘亲手里什么时候多了一把小刀，直到娘亲用那把小刀自尽在她面前……

她在那天夜里忽然一无所有，除了一个与她无关的秘密，什么都没有了。

她抱着这个秘密一直活到如今，几番生死都没有讲过，因为娘亲要她活下去，她要帮娘亲找到大哥，看他娶媳妇。

再难熬的夜里，她只要想到大哥，什么都无所谓了。

可如今，她在大雪的夜里，在血泊里抽搐四肢，忽然从未有过的颓丧，颓丧得像是死掉了一般。

她在昏昏沉沉间看到了顾小楼，看到了沈环溪，看到了止水，也看到了陆长恭……

她的大刀，她的东厂，她的兄弟们……今后都不会再有了。

除了杀人她什么都不会，如今她连杀人都不会了……她不知道，如果她没有手脚……

如果她没有手，这东厂还容不容得她？

如果她没有手，陆长恭还会不会要她？

她是那么那么喜欢东厂，那么喜欢他。

她似乎睡了一会儿，再醒来时她被放在了车厢里，马车动荡，一直在向前行，越发远了，远了。

不知道行了多久，马车忽然停住了，安思危蹙眉挑帘："什么事……"话未完便起了刀剑争鸣声。

她听见安思危万分诧异地道："我还真没想到，你会来救她。"

她心头突突跳动，几乎在一瞬开心得要疯了，这巨大的欢喜将她的整颗心脏涨得满满的。

她不能动弹，看着安思危跃下马车，一阵的刀剑鸣响，不用看，不用确认，她都能猜到是谁。

她就知道陆长恭一定会来救她，像以前一样，无论她在哪里，闯什么祸，他都会在最需要的时候出现。

马车外的厮杀声渐渐止了，不知道谁说了一声"不要追了"，之后再没有声音。

她顿时慌了，拼了命地往马车外挪，喊道："督主我在这里！督主……"

一双手挑开了车帘，漫天的大雪苍白一片。

那人沉默片刻后道："可惜我不是你的陆督主。"

她忽然就傻住了。

"怎么是你……怎么是你……"怎么是你舒曼殊。

舒曼殊站在车厢外，满腔的火却在看到她时，什么话都讲不出来了，他见过很多次伤痕累累的纪川，但没有一次像如今这么重。

这漫天的大雪里，舒曼殊不忍心再看她，解下斗篷将她严严实实地裹好，小心地抱出马车，低声道："纪川，跟我走吧，京都之中已经容不下你了。"

纪川恍若无闻。

舒曼殊抱着她上马，将她环在身前的斗篷里，对身旁的随侍道："暮雪，我带她先行一步，你带着摇光随后。"

"公子。"暮雪略有迟疑，"真的要回南夷吗？您好不容易才入的京，如今要为了她放弃吗？"

舒曼殊蹙眉："如今摇光还能入宫吗？我没想到她这样不愿意进宫……我需要时间重新计划，端木微之也需要时间成熟起来，我们都小看了陆长恭和太后，再者……陆长恭是不会让我进京的。"他打马刚要行，衣襟忽然被一只小手轻轻扯住了。

纪川在斗篷里抬眼，安安静静地看着他："带我回东厂。"

舒曼殊一愣："到如今你还不死心吗？你还在指望陆长恭？他根本是想借着你将我打回原形……"

她不松手，也没有波澜，依旧安安静静地看着他。

"带我回东厂。"

"纪川！你不要痴心妄想了！你在他心里根本什么都不是……"

纪川松开手，再不看他，挣扎着便要跃下马，他一把按住她，一腔的怒火便要吼出来，纪川却眉睫一颤，眼睛里泪水滚滚而落，砸在了他的手背上。

她小声道："我不死心，除非他亲口说不要我了，亲口说。"

舒曼殊张口想讲的话全数被堵在喉头，一个字都吐不出，只是掉转马头，一鞭抽下。

一路疾驰到城门下，城门却依旧是紧闭的。

舒曼殊勒马在城下，立刻有守城门的军士道："怎么又是你？舒大人，陆督主下令了，不准你进京。"

纪川轻声道："放我下马。"

舒曼殊抱她下马，撑着她站在雪地里。

纪川抬眼，对城楼上的军士扬声道："东厂六番队纪川求见陆督主。"

军士顿时纠结："小姑娘，你怎么又来了……陆督主不会见你的，就为了不让你和舒大人入京，城门这几日都不得开，出入都要严令……"

纪川道："我只要见他一面，你让他来亲口跟我说。"

军士对身边的小兵使了个眼色，小兵立刻点头下了城楼，一路跑去东厂。

不多一会儿，小兵便回来了，身后跟了一个人。

纪川在城楼下瞧见一角蟹青的衣袖，军士慌忙回身行礼，喊道："督主！"

那衣袖被风拉扯着，片刻之后城楼之上站出一个人，长身而立，眉目重重。

纪川扑通跪下，在雪地里眼眶发红："督主，我……"

"你走吧。"陆长恭仿佛浮在云端，漫天的大雪，他站在暮色沉沉之中。

纪川愣在原地。

纪川听到他的声音，轻飘飘没有重量："今后你与东厂再无瓜葛，是生是死，你都不必回来。"话音落，人便转身而去。

舒曼殊上前扶住她道："他是真的不要你了。"

"陆霜陆生白！"

陆长恭在楼阶之上顿了脚步，他听城门之外，纪川一字字道："谢谢你让我尝过凌迟之苦，从此以后，这天下再没有纪川……"

他伸手扶住积雪满堆的城墙，低头笑了。楼下有凤辇停着，他笑得指尖发抖道："你满意了？如今你满意了……"

他低下眼去，那漫天的大雪之中，凤辇之旁有个少年人跪趴在积雪之上，单薄的身子瑟瑟发抖，一把刀就架在那少年的脖子上。

"现在你可以放了从善了。"

凤辇之中，太后轻轻叹了口气，惊得跪在雪地上的少年浑身一颤。

"长恭，哀家并不想与你走到这一步，只怪你对不该动心的人动了心。"

陆长恭一步一步走下楼台，站在那凤辇之前，声音冷得像把刀子："你答应过我，只要阿川永远离开京都，你就放了她和从善。"

"是，只要她再不回来，哀家就饶了她。至于从善……"太后摆了摆手，让那侍卫将刀收回，"他依旧得随哀家回宫，只要你肯继续替哀家办事，哀家绝对不会伤害他。"

跪趴在地的少年在一瞬间吓得将脸埋在雪地之中哭了起来，他怕极了，怕极了。

陆长恭蹲下身子轻轻抚顺他颤抖的脊背低声道："从善不怕。"

那少年便抱住他的手臂躲在了他的身后。

太后在凤辇之中又叹了一口气："长恭，若是没有纪从善和纪川，你怕是早就远走高飞离开我了吧？你为纪川所做的，是为了赎欠纪家的罪，还是……你真的对她动了情？"

陆长恭抱紧发颤的纪从善，看着漫天的大雪没有答话，也许最开始是为了赎罪，后来……只是为了阿川。

他只希望他的阿川走得越远越好，替他远走高飞，为她自己活着，再也不要回来了。

暮雪皑皑，这触目所及的白，干干净净的天地，一切归于寂静。

舒曼殊打马一路向南，在出了京都地界时，纪川忽然在他怀里极小声极小声地哭了。

——"喜欢就是你看到那个人，心就会躁动不安，像是捉一只蝴蝶，这样包在掌心里，它会扑棱扑棱地拍打翅膀……慌乱得没有章法，难以自制。"

——"阿川，有句话我一直想要同你讲……虽非娇生却也想要惯养。"

元光九年，岁末。

十一、重回京都

元光十一年，腊月初八。

今年这场雪似乎下得格外大，三两日三两日的停停落落，到这日竟快要齐膝深了。

陆长恭醒得早，天未透亮便入宫早朝。

圣上近一年多缠绵病榻，身子一直不大康泰，朝中大小事多是太后和陆督主在料理。

他一早入朝，下了朝直接被太后召到了栖凤殿。

太后拥着狐裘小毯在侧榻上摆弄一束梅，瞧见他进来，笑道："哀家听说东厂里的梅树今年未开花便枯了，想你爱这梅，便特意差人在园子里剪了几支来，给你带回去。喏，你瞧开得多好。"

他道了一声谢，又问："太后可还有事？"一副不愿久留的意思。

太后拢了鬓发笑："倒没什么大事，只是想起还在家中时，这个节令总是一家人热热闹闹地围在一起吃腊八粥，如今一个人，想同你说说话而已。"

陆长恭略一敛身："不了，还有些事急着回去，就先告退了。"

太后叹气道："你我之间，非如此不可？"

他道："是你非走到今天这一步，不是吗？"

太后又叹道："哀家今日是有事同你商量。"

"太后是想说圣上的婚事吗？"

太后瞧他："是了，圣上过了今年便十六了，也不小了，是时候找个贴己的人了，再者也借着喜事冲冲病气。正巧，这岁末小晔国人京朝贺，同来的还有夜灵公主，哀家也瞧了几家，待到除夕一同入宫来热闹热闹，给圣上看看。"太后问他，"长恭可有合适的人选？"

陆长恭道："太后心里不是早有人选了吗？"

其实两年前舒曼殊和摇光帝姬进京，并非端木微之一人的意思，和亲之意，太后也有心思，只是未想到最后会闹得无法收拾，摇光帝姬又毁了容貌，只得搁置了。如今小晔国的夜灵公主也来了，不用讲明便猜得透是怎样的心思。

太后轻笑道："对了，这次一同来的还有南夷的摇光帝姬和舒曼殊……"

陆长恭眉间微动，太后又道："可惜了摇光帝姬已毁了容貌，不然她倒是再合适不过。"

陆长恭淡淡道："太后若无事，长恭便先告退了。"

太后点了点头，在他转身之际又补道："长恭，想知道她会不会来吗？"

脚步骤然一顿，陆长恭在大殿之中忽然笑了，不转身不回头道："太后的眼线不是已经禀报过，她早就成了废人不能动弹了吗？若是她会来，您怎么会留下她的命？"迈步出了大殿。

积雪满堆，街道上清扫不过，厚厚的积雪不易行车，陆长恭索性接了伞步行回东厂。

一路上深深浅浅的脚印，却没有多少行人，只到了千叠山附近，人满为患，远远瞧去密密匝匝的轻裘布衣围在猎场之外。

忽然记得今日是猎狐大赛，昨日夜里还听止水讲起了，要同小楼一起来，只是自从纪川被带走那次，他在大雪里把浑身是血的小楼救回来之后，小楼伤得险些废了，修养了整整半年才慢慢恢复，但那之后除了出任务以外，小楼再也没有握过剑。

陆长恭明白，对小楼来说，不能保护想保护之人的剑对他来说是多大的耻辱。

陆长恭撑伞立在人群之外，不知怎的，很想进去看看。

大雪覆盖的千叠山之中，处处是掠过的马匹，他就撑伞站在围场之外，身侧有碎语断断续续地传来。

"今年还不如去年了，都是一群脓包，没什么看头。"

"可不是，比去年还差，一年不如一年喽……"

"要我说最好看的就是前年那一届了，听说圣上都来了！还有东厂的人，那个背大刀的叫什么来着？"

"谁记得，早忘了……"

嘈嘈杂杂的声音再听不清，陆长恭一时间寥然无趣，收伞便要离开，不远处忽然哄乱挤成一团，有人娇喝了一声："让开！"

一匹马横冲入人群，马上一娇娇俏俏的少年扬手一鞭，"啪"的一声落在周遭，也不顾踩踏直闯入围场。

围场之中原本是止水占了上风，眼瞧着就要将狐狸猎到手，开弓刚要射一箭，冲进围场的那人却扬手一鞭抽落他的箭。

止水骤然回头，便见那人风一般掠过身边，拔出腰间的长刀，扬在手中笑道："给你爷爷我让开！狐狸是我的！谁敢跟我抢我砍死谁！"

陆长恭在围场外忽然愣住，扔了手中伞，转身便要入围场，人群中却有一人比他要快。

踩在众人肩膀上，一掠入了围场，夺下一匹马，直追过去。

止水听见马蹄声回头，惊诧道："四哥！"

顾小楼顾不得理止水，猛地一夹马腹，冲到那人跟前，一把夺过他的缰绳，马匹一声长鸣，惊得马上的少年慌张地抱住马脖子，怒火腾升，刚要回身给顾小楼一刀，便听顾小楼急切地喊了一声："纪川！"

那少年一愣，在马背上坐稳，抬头看着他，问道："谁是纪川？""啪"的一声打开他的手，"拜托看清楚再叫！我叫闻人夜灵，不叫什么川！"

顾小楼一愣，胸腔里呼啸的情绪一点点湮灭，不是她……

陆长恭顿步在围场之中，却莫名心头乱跳，手指触在胸口，乱得没有章法，猛地回头四顾，人群中，雪原中，那么多的人……她好像就在这里，看着他。

他茫然四顾，顾小楼还在愣怔间，身后的止水忽道："狐狸！"

一阵冷风掠过，只见人影一闪，白毛狐狸惨叫一声，被一人擒在了手中。

"狐狸是我的！"夜灵大怒，扬手一鞭抽过去，喝道，"把狐狸留下！"

那人一手擒狐狸，一手攥住抽到脸前的鞭子，猛地一扯，夜灵未挣脱半下便被扯下了马，扑身跌在雪地里，发箍碰落，头发散了一肩一面。

夜灵顿时怒不可遏，翻身而起，抓起长刀便向那人砍去。

那人却不与她纠缠，擒着白毛狐狸，闪身躲开，策马直奔向围场边缘的一辆马车，下马，在车外恭敬道："姑娘，狐狸已经抓到。"

车内人还没有应声，夜灵便披头散发地追了过来，提刀怒喝："哪里来的野小子！敢抢姑奶奶的狐狸！你知不知道我是谁？"

车帘被挑了开，幽幽暗暗的车内，探出一张面，狐裘围帽裹得严实，只瞧见一双眼睛安安静静的："不要跟我抢。"

夜灵莫名被噎得一呆，下一瞬却不服气地说："你算什么东西，也配跟我抢？有本事自己去擒这白毛畜生，使唤下人也不嫌臊得慌。"

车内的眼睛依旧安安静静的。

"你说你是谁？"

夜灵眉眼挑得高："小晔国的闻人夜灵，没听过吗？"

"哦？原来你就是夜灵公主？"车内人道。

闻人夜灵哼声冷笑："还不将狐狸快点还我。"

"暮雪。"车内人探出一只素白的手。

随侍将狐狸递给车内人，帘幔塞窣放下。

闻人夜灵蹙了眉，听车内"吱"的一声叫，再没有声音，片刻车内人道："还给你。"

帘幔挑开，车内抛出一物，夜灵伸手去接，触到的一瞬却惊得叫出声，丢掉了手中的事物，盯着满手的猩红脸色煞白。

掉在雪地中的，是一只开膛破肚的狐狸，白毛之上是腾着热气的鲜红，红得刺眼，在雪地上兀自抽搐。

"说了不要跟我抢。"车内人漫不经心地说，"暮雪，我们回去。"

暮雪应是，跃上马车，扬鞭要走。

顾小楼却打马过来，拦在了车前。

"姑娘，你这么做是不是太过歹毒了？"顾小楼扫了一眼脸色苍白的夜灵。

车内声音回答得不带一丝情绪："我予人歹毒，总好过别人予我歹毒。"

顾小楼呵笑出声："这是什么狗屁歪理？你爹娘是怎么教你的！"

车内有轻笑声，片刻之后道："你还是这么爱教育人。"

顾小楼一愕，身后有人道："姑娘！可否……出来一见？"

陆长恭眉目紧蹙，走过来。

车内忽然没了声音，陆长恭又道一声："姑娘？"

帘幔安安静静地摆动。

车内人顿了许久开口道："暮雪，还不走？"

暮雪忙应一声，扬手一鞭子策马而去。

马车一路出京，陆长恭没有追。

一夜梦境不断，他梦见有人站在大雪的梅树下看他，一声声叫他，督主，督主……

像很多次夜里惊醒一样，陆长恭发现空荡荡的屋子里，早就没有了她，那个眼睛亮晶晶的小纪川。

他听到炭火噼啪噼啪作响。

这夜，真的静得人心慌。

睁了一夜眼到天亮，陆长恭整装妥当，带了沈环溪一队浩荡出京，候了片刻，先前去迎接的卫队护着两队人马而来，礼杖队伍蜿蜒在后。

两辆马车，两侧各有一人骑马，红帘幔旁的是小晔国闻人总管，重紫帘幔旁是黑衣白马的舒曼殊。

陆长恭迎上前，还未开口舒曼殊便先一步笑道："陆督主，我们又见面了。"

陆长恭抬眼瞧他："曼殊公子，别来无恙？"

舒曼殊嘴角一扬道："两年未见，陆督主是比从前更老了些。"

一旁红帘幔被挑开，一人从车中跃下，一身的环佩叮当，瞧着陆长恭惊诧："原来是你啊！"

陆长恭敛身行礼："夜灵公主。"

这位公主正是昨日猎狐场上险些让他和顾小楼认成纪川的小公子。

闻人夜灵着了正装，发鬓上的璎珞步摇一阵叮咚，眉眼艳丽，咄咄逼人的美。

"公主……"小丫头忙过来扶她，想让她入车。

她却不耐烦："几步路而已，闷死了，我要活动活动走进去。"

陆长恭笑道："夜灵公主性子不喜拘束，我特地备了肩舆，请公主上舆。"

沈环溪招来珠玉肩舆，请闻人夜灵上舆。

陆长恭侧身又到重紫的帘幔下礼道："也请摇光帝姬上舆。"

内里有丫鬟打了帘子，舒曼殊下马，伸手扶住一只苍白的手轻声道："摇光，你若怕冷便不必出来。"

闻人夜灵好笑地冷哼一声："还真是娇气。"

"让夜灵公主见笑了。"舒曼殊笑，"都是被我娇惯坏的，同您比不得。"

摇光帝姬打马车里出来，重黑的斗篷，兜着围帽，围帽镶了一圈细细的白狐绒，一张小脸天山净雪似的白，衬出一双黑白分明的眼睛，晶亮亮地看着陆长恭笑："陆督主，没想到有朝一日你会亲自迎我入京吧？"

像大雪之中生出的精魅，剔透生寒，望着陆长恭的瞬间让他心跳骤止，暮雪纷扬，陆长恭看着她，竟一个字都讲不出口。

舒曼殊将她抱上肩舆，细细的银白狐裘斗篷包裹下只一双黑魅的眼睛露在外，看着大雪纷飞中的京都，看着这两年前紧闭着的，拒她于外的城门……

她回来了，曾经的纪川，如今她以摇光帝姬的身份，带着纪茧的仇恨，回来了。

扫街净道，一路上走得安安静静，闻人夜灵的肩舆在左，她在右，隔着摇晃的珠帘看着那些熟悉的飞檐屋宇一一掠过。

在到达落脚府邸门口时碰到了顾小楼和止水。

顾小楼迎到陆长恭身后，无意地扫了过来，她却有意地撇开了眼。

舒曼殊忽然扬了嘴角，低下头蹭在她的额头，细不可闻的声音说道："我教过你什么？要断就断个干净……转过身去。"

她又转过身来，蹙了细细的眉道："陆督主，你要我在这儿等多久？"

漫天的大雪，顾小楼胸腔里有什么东西一震，他惊愣地傻在原地，喉咙里都哑了一样，张口半天却没有声音。

闻人夜灵早便跃下了肩舆，伸手拍了拍顾小楼肩膀："喂，冤家路窄，我们又见面了。"

顾小楼却恍若未闻，抬步便要上前。

陆长恭按住了他的肩膀，沈环溪至身后拉住他，低声道："回去再说。"

陆长恭已然近前，拱手道："请诸位先在此处稍作休整，晚上圣上和太后会设宴相迎。"

陆长恭将两队人马安置在东西两院，刚刚安顿好，夜灵公主便吵着要见摇光帝姬。

舒曼殊抱纪茧过去，路上吩咐："这个闻人夜灵也会入宫，将来同在宫中少个敌人也是好的。"

纪茧冷笑："晚了，我已经得罪了她。"

舒曼殊抬眼，她凑过脸来眯眼笑："舒曼殊大人，你生气了？"

像一只坏透了的狐狸，舒曼殊抱紧她道："是啊，我现在很生气，怎么办呢？"

"杀了我啊。"她答得轻巧。

舒曼殊却无可奈何："你就是吃定了我舍不得下手才这么说……说不定哪一天我真的会杀了你。"

纪茧歪头看他："那我一定提前杀了你。"

抱着她到前厅门口，才放下，侍婢打了帘子，舒曼殊牵了她进厅。

闻人夜灵、陆长恭和顾小楼都在。

闻人夜灵瞧见纪茧入厅，便提了弓箭道："人齐了，我们走吧。"

舒曼殊微诧，瞧着弓箭问："这是要去……"

"雪地猎狐。"闻人夜灵握着弓箭，对纪茧冷笑，"娇滴滴的公主，昨天你抢了我的狐狸，今天我要和你比一场，就比谁先猎到狐狸。"

舒曼殊接口："抱歉夜灵公主，小摇身子差，并不会弓箭……"

还未讲完，纪茧开口问："赢了又如何？"

闻人夜灵随口道："赢了随便怎样都行。"

"随便怎样？"纪茧眯眼笑，"那叫输的那个人去死也可以吗？"

众人一愣，闻人夜灵也看着她笑眯眯的模样愣怔在原地。

纪茧依旧瞧着她笑："夜灵公主还要玩吗？"

"公主……"身后的小丫头怯怯地扯住闻人夜灵，她一把甩开，撑足了场面道："一言为定！到时候你别哭着求姑奶奶饶命！"挎了弓箭便往外走。

纪萤在回廊下招来了舒曼殊配给她的护卫暮雪，低低地说了些什么。舒曼殊走到她身侧，忍不住道："不要玩得太过火。"

她转过头来对舒曼殊笑道："不是说她会是我的劲敌吗？那我现在除掉她防患于未然，不好吗？舒曼殊大人。"

舒曼殊道："我是担心你身子吃不消。"

猎狐地点依旧定在千叠山。

纪萤和舒曼殊坐马车到时，闻人夜灵早就等得不耐烦了，瞧纪萤下了马车过来，抓过身旁的一张弓抬手丢给了她："你的。"

纪萤一时反应不过，伸手去接，接到手的瞬间却被力道撞得手腕一麻，一个趔趄跌在雪地中。

这让陆长恭、顾小楼连同闻人夜灵都是一愕。

看她跌在雪地里弓都拿不稳的模样，闻人夜灵嗤笑道："娇滴滴的小公主，你是不是连弓都没拿过啊？这副弱不禁风的模样，还要比下去吗？"

舒曼殊同陆长恭站在一处，却不上前扶她，他比谁都要清楚她的品性，她从来不是善类，怜悯、同情、搀扶都不适合她。

顾小楼上前想扶她，她却甩开，提了弓箭起身。

"哪匹马是我的？"

陆长恭示意顾小楼牵了一匹黑马上前，淡声道："公主……若是不善骑马可让小楼载你……"

"多谢陆督主费心了。"纪萤夺过缰绳，翻身上马，对陆长恭笑，"我几年前曾因不会骑马险些丧命，后来便学了，同样的错误我不会再犯第二次。"

陆长恭不再讲话。顾小楼抱了宽长包裹上前，递在她眼下："喏，你还是用这个顺手。"

她在马上一愕，看着那包裹下透出的一点点重黑铜兽头，指尖细微地发颤，抑制不住，怎样都不敢伸手。

"愣什么？"顾小楼索性将包裹抖开，是一把乌黑的鬼头大刀，他轻声道，"我替你收得好好的，纪川……"

纪川……

指尖猛地收紧，她扬手一鞭抽在马上，跃过顾小楼朝着闻人夜灵追了过去，声音远远地传来："一堆废铜烂铁而已。"

大雪几欲齐膝，马蹄奔跑不快，饶是闻人夜灵善骑射，几次也让狐狸逃脱，紧追在后，次次开弓上弦时，狐狸便像忽然受惊一般，跳脱而逃。

她索性勒马左右扫视，却寻不出古怪。

纪萤在身后追了过来，闻人夜灵也顾不得许多，猛地扬鞭追上逃窜的狐狸，不远不近，立马开弓，箭刚刚上弦，手腕处一痛，闷哼一声便丢了弓箭。

闻人夜灵霍然抬头，只瞧见白雪皑皑的山林里冷风呼啸，什么都没有，可手腕上却赫然出现被石子弹伤的红肿，忍不住诧异："怪了……"

纪萤却趁机超了过去，追着狐狸一路转入了横岔出来的小山涧。

闻人夜灵瞧着她消失，也迫不及待地追了过去。

将将转入不多会儿，山林中便听一声惊呼，之后是马蹄声慌乱……

山林里零落的寒鸦四散惊飞，一声声回荡在空寂的山涧。

闻人夜灵摔跌在雪地里，袖口衣襟里都灌满了雪，冰凉刺骨，右腿痛得痉挛。一只捕野兽的利齿夹子死死咬在她的右腿踝上，玄铁的利齿深入骨血。

不明白这样的山涧为何会有捕兽夹子，她只是跟着纪萤进了这山涧，马却忽然疯了一般将她摔下马，刚起身走了没几步便踩中了这该死的夹子，深吸了一口气，浑身冷得发战，右腿却渐渐发僵，动弹不得。

她抬眼看了看高崖耸立的四周，提声道："有没有人？"

"啪嗒"一声轻响，她转头便瞧见身侧的大树上一白衣人飞身而下，怀中抱着一人，轻轻巧巧地落在她身后。

她诧道："摇光帝姬？"

白衣人将怀里的纪茧放在地上，小小的身子，怀中抱着一只素白的小狐狸。

纪茧顺着怀中小狐狸的白毛："闻人夜灵，你输了。"

"狗屁！"闻人夜灵狠剜她一眼，"你使诈！苏摇光，你太卑鄙了！这些都是你布置好的吧？故意引我进来暗算我！"

"是又如何？"纪茧敛眉瞧她，"输了就是输了，你管我用什么法子。"

闻人夜灵气急。

"现在你可以去死了。"纪茧起身，刚要回头叫暮雪，却在转过身的一瞬间愣住。

暮雪被定在原地，身后几步之远立着的是顾小楼，不可思议地看着她，手中的鬼头大刀插入雪地之中。

她张了张口，终是什么都未讲。

"纪川……"顾小楼专注地看着她，"你什么时候变得这么恶毒？"

"我从来不是什么好人，杀人如麻，十恶不赦，你不是早就知道吗？"纪茧冷笑，"还有，我叫苏摇光，不是什么纪川，纪川早在两年前就死了。"

"你还在恨督主吗？"顾小楼忙近前数步，"督主当初赶你出京都是有苦衷的，其实……"

"够了！"纪茧退后，陷在没踝的雪地里，"那些冠冕堂皇的所谓苦衷已经不重要了，如今我过得很好，荣华富贵，锦衣玉食，我想要的都得到了，所以拜托你不要挡着我的道。"袖口中的小匕首飞速出鞘，纪茧猛地向闻人夜灵刺去。

"你不要执迷不悟！"顾小楼拔剑上前，扬腕一挑一刺，向着纪茧的手腕削了过去。

只听"当"的一声，纪茧几乎毫无还手之力，握在手中的匕首弹飞出去，她整个人踉跄后退数步慌忙捂住了手腕。

顾小楼一愣，她的指缝里有血透出。

"你……为什么不躲开？"

纪茧扬头笑："我故意的，东厂四队长对南夷帝姬大打出手，还伤了人，你说圣上会给你定个什么罪？"

顾小楼指尖一紧，几乎是痛心疾首："纪川，你太让我失望了……我做梦都没想到你会变成今天这副模样……"收剑回鞘，他跃过纪茧到闻人夜灵身前，蹲下身将她脚踝上的捕兽夹掰开。

闻人夜灵疼得轻哼一声。

他抱着闻人夜灵转身离开，再不瞧纪茧一眼。

等他走远，背影彻底消失在山涧里了，纪茧捂着手腕跌跪在雪地之中，埋头笑了。

终于……终于她曾经最亲近的人，都与她背道而驰，拔剑相对了。

她跪在雪地里不知道过了多久，眼底多了一双黑锻鞋尖。有人用狐裘包裹住了她，在她耳边问："后悔了？"

她抬头看到舒曼殊，将手腕缩在袖子里："是你后悔了吧？让我冒充摇光来大巽。"

舒曼殊抱起她道："怎么会，摇光的性子太弱，根本不适合来大巽，更不适合入宫。"他非常清楚摇光的性子，根本不可能帮他完成心愿，只有纪茧最合适不过，他看着她袖中的手，衣襟上却有零星的血迹，漫不经心道，"不疼吗？"

纪茧没应声。

他伸手在她伤口使力一按，听她倒抽一口冷气才松开手，摇头。

"教了这么久还是学不会喊疼装可怜……大巽有句俗语叫，会哭的孩子有糖吃，为什么不放软姿态告诉顾小楼你手脚早就废了呢？我想陆长恭知道了一定会内疚万分的。"

纪茧抬眼看定他："舒曼殊，我从来都不需要人可怜，不管是从前还是现在。"

舒曼殊微愣，她已经挣开他的手臂，踉跄跳到地上，在极深的雪地中，一步步走得吃力。

忽然，他忍不住笑了，原来她一直都有她的骄傲啊……仅存的一零星骄傲。

十二、覆水难收

入宫时，雪下得正大。

闻人夜灵盛装华服，一身的环佩琳琅，衬着飞扬的眉眼艳艳，将大殿中的一众闺秀碧玉压了下去。

她原本是备有歌舞的，可惜脚受了伤，只行了礼便落座，满脸的不甘。

圣上抱恙没有到场，太后正坐高堂，陆长恭候在一侧，满殿的烛火如昼。来的多是朝中忠臣携带女儿，脂香鬓影，争奇斗艳。

舒曼殊携了纪萤入殿上前，盈盈拜在殿中。

太后微诧：“哀家听长恭讲，摇光帝姬面上的伤已经大好了？”

纪萤一身素衫，襟口袖口襄了细细的狐绒，发丝高束得一丝不苟，将一张脂粉未施的小脸托了出来，像天山净雪似的，偏那唇涂得艳，妖红一抹，红唇白面，相衬两心惊。

“是大好了。”

太后愣住，瞧着她的眉眼，竟说不出的面熟，一时却又想不起在哪里见过，半天，才摆手让舒曼殊和她落座，笑道：“真真是个小美人坯子，连哀家都瞧痴迷了。”

舒曼殊虚让谢礼，带她落座。

之后入殿拜见的便是重臣之女，多是些含着羞碧玉的闺秀小姐，模样生得讨喜，落落大方。

片刻后就开了宴。

夜宴欢欢，推杯换盏，用到快尽之时，歌舞又起，满殿大多是各怀心思。

纪萤坐得腿乏，瞧也无人留意她，便扯了扯舒曼殊的衣袖，低声道："我出去一下。"

舒曼殊扣住她的手腕："去哪里？"

"撒尿。"

舒曼殊松开手腕轻声吩咐道："差个宫娥带你去，莫要四处乱跑。"又将斗篷递给她，"夜里风大，你又吃了酒，仔细些。"

纪萤接过，由个小宫娥引着悄悄退出了大殿。

烛火一跳，陆长恭瞧了一眼，也悄悄跟了出去。

宫中入夜便都掌上了灯。

她出了殿便让小宫娥在原地候着，自个儿随意地下了回廊，在百乐池旁停住了，猛地回身。

"陆督主不在大殿侍候太后，跟着我做什么？"

陆长恭顿步在身后，背影里灯火重重。

"阿川，离开这里……"

两年之后，他在重雪的天地下同她说的第一句话，也是离开。

他道："离开皇宫，离开大巽，也离开舒曼殊，我可以送你走得远远的，这里不适合你。"

"你凭什么说这些？"纪萤莫名其妙地大恼，"我凭什么相信你？陆长恭，你是想说这些都是为了我好，对吗？"

他哑口无言，那句"我做的一切都是为了你好"再讲不出来……冠冕堂皇，他所做的一切一直以来全是自以为是。

"我凭什么要领情？"纪萤攥紧了手掌，"你们所有人都有苦衷，都逼不得已，凭什么一句为了我好，我就得全部领情？"

陆长恭站在那里看着她在雪地里兀自发抖，只能低低说出一句："你若想救你大哥就离开这里……"

纪萤僵了一下："我大哥……你什么意思？你可以救我大哥？

你……你可以救我大哥吗？"她上前一步。

陆长恭伸手轻轻落在了她的头顶，轻声道："给我些时间阿川，现在你立刻离开京都，剩下的交给我。"

纪萤在那手掌之下禁不住发抖："我要见我大哥。"

"离开这里。"陆长恭只是重复着叹息，"等时机到了，你一定会见到你大哥。"

"什么时机？我要等多久？"纪萤抬头看他，"你要我等多久？"

她听到陆长恭极绵长地叹道："我不知道……"

"啪"的一声脆响，纪萤打开他的手一字字道："陆长恭，你以为我还会像几年前那么好骗吗？我不需要你的时机。"她转身离开。

陆长恭忽然开口："阿川……你到底想要做什么？"

她幽幽转过头来笑了："我要做什么？我要我大哥，我要荣华富贵，要权势滔天，我要这天下再没有人敢欺辱我，我也要你陆长恭后悔当初不要我。"

她在灯影之下走得毫不留情，余下陆长恭愣在原地。

她转过石桥，在看不见光影看不见陆长恭的昏暗角落里，蹲在雪地中号啕大哭，她是那么那么喜欢陆长恭，那么那么喜欢东厂，喜欢到他的一句话就可以将她这两年所有努力，所有的防备，瞬间瓦解……

她哭得发抖，身后却忽有脚步声，她惊慌失措地回头。

"谁？"

那人似乎一惊，看着眼前白衣素雪，满目泪水晶莹的纪萤愣在了原地。

她慌忙抹了眼泪，蹭得口脂花了一脸，道："你……你敢说出去我就杀了你！"

那人"扑哧"笑了，一袭月白长衫的少年，灯光太暗太暗看不清样貌："是你先吵到我了。"

这夜里没有光，幽暗下的细雪扑落得一地生白，她跪在雪地里转过头来，惊慌失措得像一只兔子。

他几乎可以听到怦怦的心跳声，夜色里几乎看不出眉眼，只瞧见一个小小的瘦弱女子，她用袖子胡乱擦着满脸花红的口脂，他忍不住又笑了。

"笑什么！"纪萤有些手足无措，撑了身子就要起来，腿却麻得厉害，一只手伸到了眼前扶住她。她上下打量他一番，光线太暗，看不清楚长相，只隐约觉得眼熟，他手里提着个大灯笼一样的事物。

他眨了眨眼："除了哭声什么都没听到。你还说了什么吗？"

纪萤近前一步恐吓道："你要是敢说出去，绝对活不了两天！"

不远处灯影晃晃，有脚步声过来。

他忽然就蹙了眉，低声道："别说你看见过我！"闪身便躲进一侧的假山之中。

有宫娥在不远处挑灯喊道："有人在那儿吗？"

"这……"纪萤刚张口要答话，口鼻忽然被人一把捂住，不待她反应便被人连拖带扯地拉到了假山之内。

少年捂着她的嘴，几乎贴在她面上，卷长的眉睫扑闪扑闪。

"嘘。"

灯影一暗，脚步声渐渐远了，待到彻底消失在夜里，少年才松了一口气轻轻拍了一下纪萤的脑袋，忍不住笑了。

"你真是坏心眼……"

"你是谁？"

他瞧着纪萤，看不清脸却又觉得莫名其妙的眼熟。

"你猜。"

"幼稚。"纪萤打开他的手，退出了假山。

雪似乎小了些。

他想叫住她，可她走得飞快，眨眼就消失在细雪中。

纪萤穿过白玉桥，忽又回头。

"小摇？"回廊下有人挑灯望过来。

舒曼殊挑灯过来："去了哪里？让我好找。"他走到跟前瞧见她的脸"扑哧"笑了，一手环了她的腰，"哪里冒出来的小狸猫？"

被笑得莫名，纪萤伸手去摸自己的脸，摸了一手红口脂。

舒曼殊扯了袖口，低头为她擦脸笑道："你这副样子，端木微之瞧了怎么会喜欢呢？"

纪萤冷笑："你不是早就和他勾搭好了吗？只要摇光帝姬入宫，她是什么样子重要吗？"

"如今不同了。"舒曼殊挑起她的下颚，"如今多了个闻人夜灵，太后似乎很喜欢她。"

"所以呢？"

"你要乖乖听话，不能出差错。"舒曼殊牵了她的手，"我明天要到东厂一趟。"

纪萤抿嘴不吭声。

舒曼殊反倒问："不问我去做什么？"

"你会告诉我吗？"

"自然。"舒曼殊将她的手塞进袖子里，"你知道，我对你没有抵抗的能力，只要你开口，我从来都拒绝不了。"

"恶心。"纪萤漫不经心地讽刺道，又问道，"你要去东厂做什么？"

舒曼殊低头偎在她耳侧，轻声道："想不想知道荣阳在东厂待的这两年，如今是什么样子？"

纪萤蹙眉："荣阳公主在东厂？"

舒曼殊直起身来笑眯眯地看着纪萤不答话。

清晨醒来雪倒是停了，舒曼殊习惯了早起，天透亮便去了东厂，待到回来时正午都过了，纪萤却才起来。

他进来时，纪萤正坐在榻上发呆，看到他便问："你见到荣阳了？"

舒曼殊倒了一盏热茶道："见到了，也弄清楚了一些事情。"啜了一口，他仔仔细细地看着纪萤，"阿萤，我想有些事情与其让别人告诉你，倒不如我直接讲给你听。"

他表情严肃得让纪萤诧异，她好笑道："你和荣阳有一腿了？"

"你知道两年前陆长恭为何赶你出京吗？"他突地问了这样一句，让纪萤的笑容凝在唇边："他有苦衷是吗？我知道。"

舒曼殊松了一口气："你不知道，他其实是……"

"是为了我好，我知道。"纪萤道，"至于这中间的原因我不想知道，你也不必说了。"

舒曼殊惊诧莫名："你不想知道？"

纪萤耸肩笑："为什么要知道？你希望我知道后感激涕零，然后原谅他？"

他叹道："我怕你恨我。你总会知道的，我宁愿亲口告诉你，就算你有心回到陆长恭身边也是愧疚于我的。"

"回不去了。"纪萤似乎在笑，"再也回不去了……我讨厌极了，所谓为我好的大公无私，舒曼殊你不是喜欢我吗？若是有一天你也护不住我了，不用为我好让我离开，请你和我一起死吧。"

请你和我一起死吧。

她伸出手臂环住舒曼殊的脖子道："爹爹为了我和娘亲好，自作主张地离开了。娘亲为了我好，自作主张地死在我面前了。督主也是为了我好，我被抛弃被驱赶，都是为了我好……舒曼殊，你会和我一起死掉吗？"

"会。"舒曼殊抱她在胸口，闭眼道，"若有一天我留不住你了，我会和你一起去死。"

外面的雪似乎停了。

舒曼殊离开后，这门窗都封死了的屋子里就又重新恢复了死一般的寂静，静得荣阳发慌。她靠在榻上，看着墙壁上密密麻麻的划痕，忽然掩住了脸，再忍不住地尖叫出声，像疯了一样。

她是真的快要疯了，她被关在这不见天日的屋子里多久了？久到她都不记得自己长什么样子了，她几乎要以为会死在这里。

可是舒曼殊来了，门开时的光让她惊恐起来，舒曼殊说，微之会来救她，很快的，只要她乖乖配合。

她会的，只要能出去她做什么都可以，死在这里她怎么会甘心，她还没有报仇，没有让那些害她的人生不如死，纪川……纪川……

她在那天夜里，昏昏沉沉地做了个梦，她梦到了很久很久以前，大雨的夜里……

也是这样静的夜里。

这么大的荣阳殿中静极了，没有光亮，没有声音，只有她一人。

陷在重重锦罗软被之间，她出了一身汗，昏昏沉沉地忽然看到了母妃。

母妃染满红蔻丹的指甲一把扣住她的下颚，掐入血肉。

"贱人！你怎么还没死？"

她怕极了，张口叫了一声"母妃"，母妃却一耳光扇得她扑倒在地。

母妃恶狠狠道："谁是你母妃！我的孩子早被你这个小贱人换走了！你根本不是我女儿！就是你这个贱种换走了我儿子！你将他弄到了哪里？"

那眼神似要将她生吞活剥了一般……

她猛地惊醒，攥着身下的锦被一阵阵急喘，她睁大了一双眼瞪着屋顶，窗外似乎还在下雪？

她不能死在这里，她要害她的人不得好死，是纪川的母亲毁了她的一生，她也要亲手毁了纪川的一生。

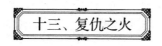

十三、复仇之火

初初放晴那日一早，太后差画师给夜灵和摇光连同几位重臣千金画了像，拿给皇帝瞧。

宫娥扶太后入内，瞧见端木微之在榻上干咳，忙上前顺了顺他的背："吃过药了吗？微之。"

端木微之扯过帕子，掩住口，咳得越发止不住。

"怎么总不见好。"太后接过宫娥递来的茶水，给他漱口，顺了半天才缓过一口气。

端木微之靠在榻上，脸色灰白："母后有事？"

太后"哦"了一声，挥手让宫娥将画卷捧来，展开一幅，笑道："那日宴会你没来，哀家特地命人将几个可人的丫头画了像送来给你瞧瞧，看有没有中意的。"展了一幅递在他眼下，艳丽之色呼之欲出，"这是小晔国的夜灵公主，哀家瞧过，人比这画上还要出色几分，极是讨人喜欢。"

端木微之瞧了一眼，盛装艳丽，国色逼人。

"可中意？"太后仔细瞧了他神色，又补道，"小晔国虽非什么强国，却与云泽大都交好，如今也是……"

"母后中意便是了。"端木微之断了她的话，满脸倦色地侧过身躺下，"我乏了。"

太后眉心压了压，将画卷收起，又展开一幅，细细瞧着，画中居然只着了三色，黑墨白纸，素笔勾勒，可那鬓边一朵海棠红，咄咄惊人的艳，画中的女子像一只小小的狐，卧在宽大的椅背之中，眉角眼梢皆是倦色，让她心惊，是摇光帝姬。

"你若是不喜欢，那便再挑，南夷大都的摇光帝姬也是不错的，只是……"太后顿了顿，"哀家不大喜欢她，小小的姑娘，没有半分娇憨，心机太重，可南夷女帝无子，只有这一个女儿，将来南夷都是她的。"

端木微之连看都没看那画。

"母后既然已经决定何必来问我？"

太后蹙眉："哀家知道，你心里还是放不下荣阳。"

"那又如何？"端木微之苦笑，"微之要以大局为重，母后为重，天下为重，不是吗？"

太后看着端木微之消瘦的脊背，良久道："她想杀了你，哀家怎么能让她待在你身边？"

端木微之忽然转过头来，一双眼沉若寒潭："我心甘情愿。"

太后再讲不出话，他又问："母后爱父皇吗？母后可有曾经爱一个人爱到一往情深，不知所措吗？"

她无言以对，哑口无言。她爱过的，在意过的，能在心里找到的，只有那么微不足道的一个影子。

她年少时爱荣华，步步艰难地站在与天子比肩的地方时爱这江山、这天下，如今呢？

她以为自己是爱微之的，为了他做什么都可以，应该是这样的。

端木微之在烛火下看她，早不是她以为的小少年了。许久许久，她才拢了微之的发道："舒曼殊方才来找过哀家，他说……希望荣阳能陪着摇光帝姬一同入宫……"话便至此。

端木微之伸手攥住她的手指，松出一口气笑道："谢谢母后。"

翌日，天气分外好。

原本今日摇光帝姬和夜灵公主要入宫，可是一大早舒曼殊就带着纪萤出了府。

马车一路东驶，在东厂停下。

舒曼殊说是去接一个人。

"谁？"纪萤问。

舒曼殊还没答话，东厂内便有一人火急火燎地跑出，顿步在石阶上看着纪萤。

顾小楼。纪萤落地，看见他之后又有几个人追了出来，止水、子桑。

她错开眼，舒曼殊将她的手环在手臂间，牵着她往里走。她盯着舒曼殊的袖口，始终没有抬头，那一双双眼睛，如芒刺在背。

错肩而过时，顾小楼想张口叫她，府内却有人道："曼殊公子来得早啊。"

沈环溪迎了出来，拱手礼道："见过帝姬。"

纪萤没有看他。舒曼殊笑道："怎么没见陆督主？"

"对不住。"沈环溪有意无意地瞧纪萤一眼，淡声道，"督主近日身子不大好，夜里总是彻夜难眠，刚刚服药睡下了，还望曼殊公子见谅。"

"哦？"舒曼殊惊诧，"陆督主病了？怪不得昨日气色不大好，不知道可有大碍？"

"多谢曼殊公子，只是气血郁结，心气也不太顺畅，暂时无妨。"沈环溪摊手，"就由在下招待曼殊公子和帝姬吧。"

沈环溪请两人入府，舒曼殊却忽然侧头瞧纪萤："要不要给你些时间，去告个别？"他越过纪萤瞧顾小楼。

"不必了。"纪萤答得干脆。

顾小楼疾步过来："我有话要问你。最后一次。"

她立在那里纹丝不动，舒曼殊松开手，紧了紧她的斗篷："去吧，我让暮雪跟着你。"而后随着沈环溪入了演武厅。

直至舒曼殊的身影消失在视野里，顾小楼才大步上前，一把攥过纪萤的手腕，头也不回地拖她往西院去，却没料到她竟被拖得一个跟跄跌跪在地上。

"姑娘！"暮雪上前劈开顾小楼的手，托住了她。

顾小楼也吃了一惊，看着自己的手，又看她："你的手……"

"你有什么话就快问！"纪萤断了他的话，推开暮雪，"在这里等我。"抬步往西院去。

顾小楼惊愕愕地跟在她身后，直至她在梅树下停了步，转过头来，险些撞在一起。

纪萤退开道："你要问什么？"

顾小楼欲言又止："纪川，你的手……"

"不必你管。"纪萤抬头看着他，"你要是没有什么要问的，我走了。"

顾小楼忙道："你真的要入宫吗？"

"是。"

"为什么？"

"因为我喜欢钱，喜欢荣华富贵。"纪萤耸肩笑，"你知道的，只要给我钱，做什么都可以。"

身后一时安静了下来，在纪萤以为他不会再开口时，他忽然道："浑蛋。"

顾小楼几步跨到她面前："你还想骗我，你是纪川，除了杀人拼命连名字都不会写的纪川！除了东厂你还可以去哪里？"他伸手一把擒住了她的手腕，"纪川，我……我们一直在等你回来。"

这样冷的节令里，顾小楼却觉得浑身燥热，他一把环住她的腰道："纪川……纪川我一直……一直……"那话在唇齿之间，却再也讲不出来，千万斤般重。

他就那么抱紧她，一次又一次地欲言又止。

直到暮雪出现在拱门下，低眉垂眼打断道："姑娘，公子请您过去。"

纪萤推开他退了半步，轻应了一声与他擦肩而过，却再没有瞧他一眼。

他听到那脚步声越发远了，才用极低极低的声音道："都很喜欢你……"

她到大厅时，吃了一惊，没想到舒曼殊来接的人竟然是荣阳，也没想到不过两年未见，荣阳憔悴成了这副样子。

荣阳坐在一侧，局促不安，一身旧衣，头发稀疏，憔悴得像个疯子。

舒曼殊招手让纪萤坐到身侧，倒了盏热茶放在她手心里。

"暖暖身子。回去跟你解释。"

舒曼殊笑吟吟起身，让暮雪先带了荣阳回马车之上，而后牵了纪萤，出厅。

他们刚到门槛处，帘子忽被人一把掀开，堪堪撞了个正脸，两人都是微微一愣。

"陆督主不是抱恙在身吗？怎么好出来受风？"

陆长恭发丝未束，面色如纸，瞧着纪萤微微闷咳道："有几句话想同摇光帝姬讲，不知帝姬可否借一步说话？"

纪萤没有应声。

舒曼殊却笑了："今日要同摇光说话的还真真是不少。"低头看纪萤，"陆督主想同你说几句话呢……"

抬眼就对上舒曼殊似笑非笑的眉眼，纪萤淡声道："没有必要了，该说的早就说清楚了。"

陆长恭抬袖掩着口忍不住侧过身闷咳了起来。

沈环溪忙上前去扶他，他像是一夜间腐朽了下来，纪萤忍不住看他微微蹙紧着的眉头。

舒曼殊轻声笑了，牵着纪萤往厅外走："陆督主身子不大舒服，便不打扰了，多多保重。"

纪萤听到陆长恭突地在身后道："要提防荣阳……入宫后，万事小心些……"还有什么她没听清便被舒曼殊抱上了马车。

马车驱动。荣阳在其后的车内，纪萤依旧和舒曼殊一道。

入了马车后，舒曼殊便沉着脸不出声，纪萤也不出声。也不晓得过了多久，他忽然侧过头看纪萤："你心软了吗？"

纪萤莫名地看着他。

他又问："如果我让你杀了陆长恭，你会不会心软舍不得？"

纪萤微微蹙眉，答道："也许会。"刚答完，手腕一紧，整个身子被舒曼殊扯得打了一个趔趄，跌撞在他怀里。

舒曼殊捏住她的下颚："你应该知道我想听什么回答。"

"你也应该知道我不喜欢说谎。"纪萤笑道，"你不是喜欢听我讲真话吗？"

舒曼殊眉头压得重，却沉默了下来，片刻之后才又问道："顾小楼跟你讲了什么？"

"没什么。"看他还要再问，纪萤不耐烦地开口打断，"一声不响地带我来东厂的是你，让我去跟顾小楼讲话的也是你，如今问东问西的还是你，既然不放心就别带我来啊，你什么时候变得这么莫名其妙……"

舒曼殊一时愣住，许久许久松开她，靠在软垫上，撑着额头苦笑了起来："我什么时候变得这么莫名其妙……你是我的棋子，只是棋子，没有什么放心不下的……"

纪萤皱了眉头，岔话问道："你干什么要让我带荥阳入宫？不是让我勾引端木微之吗？端木微之那么喜欢她，你还让她入宫。"

舒曼殊撑住额头错眼看她："我什么时候说过让你勾引……端木微之？"

"不是吗？"纪萤诧异，"那你让我入宫做什么？"

舒曼殊忍不住笑了，道："媚惑君心这样高难度的任务，你怎么可能胜任……你只需要带着荥阳入宫，安安稳稳地待着照看好自己就行了，其他的事情我都已经安排好了。端木微之那里你也不必管，他不会碰你的。"他又耐心地解释了一句，"我接荥阳出来，让她以你侍女的身份入宫，她会对付端木微之，你不必担心。"

纪萤可有可无地应了一声。

舒曼殊继续同她讲："暮雪也会随你入宫，有什么事让他直接告诉我，你万不可硬拼硬碰，能在宫中生存下来的人都不简单，还有那个闻人夜灵……"

"我知道了。"纪茧不耐烦地打断了他的话。

舒曼殊无可奈何地叹了口气："你又嫌我啰唆。"

纪茧是在第二日随着闻人夜灵一同入宫的，带着她的侍女荣阳。

阴冷的天气里，舒曼殊在宫门之外，看着她一点点消失在飞檐重宇之中，忽然觉得安心不下。他从两年前牺牲摇光救下她时就已经开始为今日打算，整整两年的悉心照料，就是为了这日送她入宫，可是当看着她消瘦的身影被红墙绿瓦吞没之时，又莫名地……放心不下，他似乎动了真心……

一切都进行得顺利，纪茧同闻人夜灵都被册立为妃。纪茧被安置在熹华殿，闻人夜灵被安置在昭明阁，荣阳随着纪茧一同入了熹华殿，从早至晚的繁文缛节之后，纪茧被洗净上妆，落坐在软榻之上。

这深宫里静极了。

纪茧坐在煌煌烛火下，听见外面下雪了，今夜算是她大婚的第一夜，她得等着端木微之，从她入宫到现在端木微之都没有来见她一面。

窗外雪绵绵絮絮地下着，当值的宫娥，三两次地来为纪茧换手炉脚炉，始终都觉得她的手心里没有一丝暖气，瞧着夜越深越寒，终是忍不住问道："娘娘，可要奴婢差人去瞧瞧圣上可安寝？"

"不必了。"纪茧低头看着手心里的暖炉，不动声色地道，"你出去，荣阳也出去，全部都出去，我一个人等圣上。"

荣阳便和宫娥侍婢鱼贯退了出去，这大殿一下子就静了下来。

纪茧起身到窗下，伸手推开了雕花窗扉，细雪卷着凉风扑面吹了进来，寒得她打战，她瞧着茫茫的雪夜，抬手将手炉掷了出去。

这雪下了一夜，她也等了一夜。

第二日天色青亮，宫娥在殿门外唤了半天都没有人应声，推门进去时，却发现了昏倒在榻边的纪茧。

顿时，满殿慌乱。

片刻之后，太医便到了大殿，随后来的是太后和闻人夜灵，一番诊断，一碗热汤喂进去，纪茧慢慢转醒了过来。

太医回禀道："娘娘体质太羸弱，气脉不畅，加上受了风寒才导致的短暂昏厥，微臣开几副药，好生养着并无大碍。"

闻人夜灵忍不住小声嘟囔："还真是有够娇弱……"

太后对太医点了点头，又蹙眉看着跪了一殿的宫娥侍婢，喝道："一群作死的东西，侍候摇光第一天便让她受了寒，要是摇光有个好歹，你们一个个都别想活了！"

一殿的宫娥婢女慌张求饶。

哄闹之中，殿外的小太监入殿禀报，舒曼殊来了。

答话间，舒曼殊入了大殿，将将向太后行了礼，纪茧瞧见舒曼殊鼻子一酸，"哇"的一声哭了出来。

她伸出手去扯舒曼殊的衣袖，满眶的泪珠子往下掉，哽咽得接不上气道："哥……我要回家，回南疆……不要待在这儿……我要回去找母后……"

她突然放声大哭，让众人都不知所措。

舒曼殊忙上前，拍着她的背："没事了没事了，你瞧你生病把太后急得，快莫要说气话了。"

太后也笑着摇头哄道："小摇光这是受了谁的委屈啊？告诉母后，母后替你出气，可别再说什么回南疆的傻话了。"

纪茧抬起脸红肿着眼睛委屈道："我知道圣上不喜欢我……我昨天等了他一晚上，他没有来，连个传话的都没有来……"

太后蹙眉，看向身后的老太监温公公，略一示意，立刻有嬷嬷上前，一耳光抽在温公公面上。

温公公忙跪下："太后饶命！太后饶命……"

"你好大的胆子！"太后怒声呵斥，"在这宫中待了几十年是活腻味了吧？竟然连自己该干什么都忘记了！"

"太后饶命！"温公公叩头，"便是借老奴千百个胆子，老奴也不敢啊！昨夜圣上在闻人娘娘宫里安寝，老奴第一个就来了摇光娘娘这儿回禀……可在殿外遇到了荣阳公主……她拦下了老奴，说是她会告诉摇光娘娘……"又怕太后不信，咒道，"老奴若有半句扯谎，就叫太后脚尖生生碾死！"

太后没再讲话，将目光落在殿角的荣阳身上："荣阳。"

荣阳应声抬头："荣阳叩见太后。"

太后起身，缓步到她身前："你来向哀家解释一下。"

荣阳垂目低声道："荣阳并非……"

一记响亮的耳光便落在荣阳脸上。

荣阳被扇得扑倒在地。

太后喝声道："死性不改！将温安斋和荣阳带出去杖责一百！"

纪萤轻声道："母后……算了，荣阳姐姐一定不是故意的……"

荣阳霍然抬头瞪向纪萤，却见她天可怜见的满面泪痕，宽怀大度地道："母后，我不怪荣阳姐姐了，您就饶了她吧。"

太后松了一口气，转过身看着纪萤叹气。

"在宫里做人不能心太善。"

"母后……"纪萤求道，"就饶了荣阳姐姐吧。"

"你啊……"太后没奈何地摇头笑，"反正荣阳现在是你宫里的人，她和温安斋就交给你处置吧。"

纪萤眯了眼笑："谢母后。"

太后也没讲什么，只是嘱咐了几句好生养着身子，便带着闻人夜灵离开了大殿。舒曼殊恭送太后离开，转回大殿，便瞧见纪萤赤着脚坐在桌前，单手托腮瞧着荣阳。

纪萤挥手让侍候的宫娥和温安斋都退下，只留荣阳。

大殿顷刻落静，舒曼殊撩袍坐到桌前，忍不住笑道："你什么时候学会了装可怜这一招？你方才的一哭着实唬了我一跳，万一太后不吃你这招呢？"

纪萤讥笑："有人曾经教过我，会哭的娃娃有糖吃，装可怜谁不会。"她绕到荣阳身边，蹲下身子看着荣阳，"其实我还是跟你学的，荣阳姐姐，你大概不知道吧，我这人特爱记仇，有仇必报。"

荣阳抬眼望着她，冷笑道："纪川，两年没见你竟然还没死。"

161

"自然。"纪茧也笑，"大仇未报怎敢一死偷安，我发过誓，来日再见，我要让那些害过我的、背弃我的、恨不能让我去死的人，跪地求饶。"

荣阳呵地笑了："你做梦，你如今还不敢杀了我。"

"是吗？"纪茧从袖中拔出一把匕首，一刀捅进荣阳的大腿，看着荣阳疼得闷哼，握着刀柄一点点用力，"有时候活着比死了还可怕。还记不记得你曾经是怎么招待我的？"

沸水，热炭，荣阳险些废了纪川的手。

纪茧猛地将匕首拔出，听她一声惨叫，按住她的右手掌，抬刀刺下，却被舒曼殊一把扣住了。

"够了。"舒曼殊在她背后轻声道，"你现在动她只能让端木微之更讨厌你，这对你对我都不利……"

他不敢用力，怕伤了她经脉，纪茧霍然甩开，一刀扎下。

荣阳的惨叫突兀而起，鲜血溅了她一裙摆。

舒曼殊微怒，猛地扯她踉跄后退。

她脊背抵在桌子上，却笑了，看着荣阳道："我要杀你，谁也拦不住。"

舒曼殊压了火气："你使什么性子！该知道以大局为重……"

"那是你的大局！"纪茧陡然打断，"我的大局从来都是让那些人去死！"她要再上前，舒曼殊伸手拦住她。

挣扎间，纪茧忽听荣阳极低极低道："我知道纪从善在哪里……"

纪茧在那一瞬间愣住，纪从善，这个念了小半生的人，现在能见到了吗？

十四、寸步两方

薄薄的积雪一路银霜。荣阳带纪萤到了一处偏宫冷院之前停下。

纪萤停在拐角处，瞧着不远处的红墙灰瓦，蹙眉问："他……在这里？"

这是一个很老旧的偏殿，门前却守着许多兵卫，戒备森严。

荣阳道："若不信，你可以进去瞧瞧……"

纪萤又细细看了一遍，侧过头去看她："既然已经带我来了，也总是要让我相信才是，荣阳公主，麻烦你证明给我看，纪从善就在里面。"纪萤轻推搡她一把。

荣阳抿得唇线苍白，一言不发地转身走到小院门前。

守卫横刀拦下，当先的头领在宫中当差十几年之久，瞧是荣阳微诧道："公主？荣阳公主？"

"叫我荣阳，如今我已经不是公主了。"荣阳苦笑，"我要进去见纪从善。"

头领微微一愕，随后面有难色，问道："您可有太后的手谕？您知道的，没有太后的手谕，这长生殿谁都进不得……"

荣阳没再开腔，转过头去瞧纪萤，墙隅拐角哪里还有什么人影，只有一排纤小的脚印，一路离开。

纪萤回到熹华殿时，刚刚好撞上从殿内出来的陆长恭，两人都微微一愣。

陆长恭躬身行礼："陆长恭见过娘娘。我听说娘娘病了，怕是一时不习惯宫中生活，也想是侍候的奴婢不上心，就将东厂里还算伶俐的婢女带了来。"

他微微起身："来见过娘娘。"

殿中帘幔掀开，一个女子跪拜在她脚下。

"青娘见过摇光娘娘。"

纪萤心头一跳，后退半步，惶然立着。

陆长恭又道："青娘服侍我很久了，手艺不错又心细，想是侍候娘娘会妥帖些……"

纪萤手指有些发僵，张口道："不必了，我身边不缺奴婢。"

"娘娘若无事，臣便先告退了。"陆长恭行了礼，又对青娘道，"好生服侍娘娘。"之后转身离开。

夜深沉下来时雪还未止，温公公毕恭毕敬地来请纪萤过去，说是太后让她和几宫的娘娘一同过去吃些酒。纪萤在榻上，称病去不了，青娘带她告了罪，温公公便回了。

待到青娘送温公公回来时，纪萤已然换了一身利落的夜行衣，束了发，青娘不由得惊诧："娘娘，您这是……"

"我要出去一趟，片刻就回。"也不待青娘再讲什么，纪萤到窗下，推开窗低声道，"暮雪。"

一股冷风灌入，青娘只觉眼前一花，窗外不知何时凭空就闪进来一个人，同样的夜行衣，屈膝跪在纪萤脚边，恭敬道："姑娘。"

青娘再要讲什么，那名叫暮雪的男人已然抱着纪萤掠出了窗口，几个起落消失在雪夜之中。

纪萤被暮雪带着，几个起落便窜入了长生殿，正值交接换班时分，守卫松懈，暮雪轻轻巧巧地抱着她落在小院之内，放下了她。

院子里静极了，抄手游廊的旁侧是一串厢房，黑洞洞的，荒了许久的模样。

这荒败的迹象让她莫名紧张，她一路走过，终是在最侧角的小厢房里寻到了一束微弱的光。

纪萤到门外才发现，这间屋子都上了锁，门下，窗外，严丝合缝关闭着，挂着硕大的玄铁锁。纪萤伸手触到上面隐秘的龙鳞，那图案像极了安思危锁她的那条链子。

她站在门前忽然害怕起来。

"暮雪，如果……如果他和我想象中的不一样，或者他根本不认得我……"她有些无措地扶着窗棂，"他一定会问，你是谁？你是谁……我该怎么回答他？"

暮雪看着她手足无措的样子，屈膝蹲在她面前道："你可以告诉他，你叫纪萤，他一定记得这个名字，姑娘，你找了他那么久，他一定记得纪萤。"

"是吗？"

纪萤顿了顿抬起头，就瞧见薄薄的窗纸之上一道灰扑扑的影子立在窗下，屋内有人在看她。

有人在屋子里歪了歪头，问道："谁在外面？"

纪萤心肺在那一刹那抽紧，她听到自己胸腔里乱成一团的心跳声，她胆怯地后退了。

那一道薄薄的影子，几个字的句子，让她手足无措，几乎想要落荒而逃。

他一定会问：你是谁？

她该怎么回答……怎么告诉他，她为数不多的岁月里，他是她心里仅存着的光，她想过千百种的可能，竟然从未预算过见面第一句该怎么回答他。

屋内人伸手拍了拍窗户，又问："荥阳，是你吗？"

"姑娘……"暮雪扶着她的脊背，开口道，"不然，我们先回去？"

她刚要开口，院子外忽然传来一阵脚步声。

她听见有人道："开门！太后怀疑有人闯入了长生殿！"

她猛地回头，就瞧见门缝中透进来的光，那是……闻人夜灵的

165

声音。

一阵嘈杂声过后，传来了开锁的声响。

纪萤回头瞧了一眼窗纸上的人影，松手道："走。"

暮雪将她横抱而起，足尖一点掠到侧墙之下，刚要翻身上墙，大门忽地打开，门外的火光在一瞬间照入了一方院落，众人拥入，暮雪抬手用衣袖遮住纪萤的面，拔地而起落在青墙之上。

荣阳在那一刹那挤进来喝道："若是不怕太后严刑逼供纪从善你就走！"

暮雪的衣襟陡然被抓紧，纪萤止住了他，青墙之上，她居高临下地看着，火把下，积雪上，荣阳在前，闻人夜灵在后。

荣阳立在雪地里，看着她笑了，侧身对闻人夜灵道："娘娘。"

闻人夜灵心领神会地上前，将袖口中的一方小小的赤金令牌举在火光之上，冷笑道："将纪从善放出来。"

令牌在手，身后的侍卫慌忙领命上前。

回廊下没有光，纪萤听见铁锁打开声，她瞧见屋内灯火照出来在回廊下拉出一道修长的身影。

纪从善似乎在迟疑，跨出半步顿了顿，又慌忙收回。

开门的侍卫伸手扯住他，猛地一把将他拽出房门，绊在门槛处，摔在雪地之上。

暮雪觉得手臂一紧，低头看纪萤苍白的手指抓得死紧，眉目直勾勾地盯着扑倒在雪地上的那道身影，灯火下看不出色的衣衫，乌发散了一地。

荣阳缓步到纪从善身前蹲下，手指拂过他极长的头发，抬眼对纪萤笑道："你不是一直想要见他吗？今日我便成全你。"她拨开纪从善的发，捏起他的下颚，"从善啊，抬起头瞧瞧上面的是谁。"

纪从善在雪地里抬头，目光落在纪萤身上。

那是纪萤第一次见到他，在雪夜之下，他像这暗夜的大雪里滋生的鬼魅，羸弱、苍白、不真实。

纪萤看不清他的眉眼，只那眼里的光在雪地里望着她，很是阴暗……

不该是这样的，娘亲说大哥的眼睛像星辰，看人的时候眨啊眨的，是让人开心的。

督主也说大哥的眼睛像父亲，总是满怀希冀和明媚的，他该是意气风发的少年，或者……或者是她听说书人说过的翩翩如玉佳公子……

如今，他满是幽怨地看着纪萤，问道："她是谁？"

荣阳扶他起身，看着纪萤笑。

"对啊，你是谁？告诉他你是谁。"

纪萤缄口以默。

闻人夜灵却不耐烦地上前，厉声道："啰唆什么！抓下她再说！放箭！"

墙外一排弓箭手，在一声令下齐齐放了箭。

暮雪拔出袖中的短刀格挡，却怕伤了纪萤，将她面目用黑布遮住，放她在青墙之上，背过身挡住她，几刀砍下激射而来的箭，却感觉背后的纪萤极细微一颤，他慌忙转过身，纪萤便像脱了线的风筝一样跌在他怀里。

他瞧见纪萤肩膀上的箭，和一点点透出来的血。

纪萤却盯着院落内，握着弓箭的纪从善。

荣阳在他身后，手把手地教纪从善开弓上弦，然后再次指向纪萤，冷笑道："很心痛吧，纪川。"

那箭飞过来时，暮雪听见纪萤极低极低的声音道："走……"脚尖一蹬青墙，他抱着纪萤拔身掠入雪夜之中。

雪下得越发大了，迷乱人眼。

暮雪止住了纪萤肩膀上的血，看着她青紫的脸从未有过的担心，刚要疾步窜入熹华宫，却被她抓住了衣襟，不禁低头："姑娘……"

"不能回去。"纪萤伸手扯下面上的黑布，吐出一口袅白的气，慢慢呼吸，"荣阳一定料到我们会回去……不能回去……"

暮雪焦虑不安："姑娘，你现在必须找个地方休息……"

远处有人影急匆匆地打熹华宫奔出来。

暮雪刚要掠身离开，纪萤开口道："是青娘。"不禁抬眼，果然一路奔来的是青娘。

青娘小跑到她身边，瞧她满身的血迹，先是一惊，随后忙道："您……您现在不能回去，太后在熹华宫里等着您……"

暮雪顿时慌了神色，抱着纪萤手足无措道："我们出宫吧姑娘……去找公子……"

"不能让舒曼殊知道。"纪萤压着伤口，闭眼道，"他一定会杀了大哥……一定会……"

"那我们如今该怎么办？"

纪萤缓出一口气，先对青娘道："你回去，太后若问我去了哪里，你就说我人夜独自一人出去了，不知道。"

青娘应了一声，急急奔回熹华宫。

看她离开，纪萤又对暮雪道："去找端木微之。"

这偌大的深宫真的静得人胆怯，除却飞檐下零碎的铜铃声，余下的便是端木微之断断续续的闷咳声。

他在半梦半醒时听见殿外嘈杂的叫喝声，侍卫拔刀的争鸣声，似乎是有人夜闯菁华殿，他蹙眉坐起身，忽听窗下"啪"的一声轻响，有人推窗跳进来。

"谁！"

窗下一道灰扑扑的影子，瞬间窜到了眼前，端木微之来不及反应便被一只极凉的手捂住了嘴巴。

那人在眼前低声道："纪川……"

纪川？端木微之微微吃惊，舒曼殊是同他说过，这次入宫的摇光是假的，是纪川。他其实并不在意来的人究竟是谁，他要的只是南夷的兵力，舒曼殊的援助……

"别说话。"她的声音及微弱地浮在耳边，"我想你知道我们是一条船上的……我遇到了点麻烦……"

端木微之拨开她的手，轻声问："舒曼殊没说过还需要让朕替你收拾麻烦。"

"你必须护我周全。"她在他耳侧道，"我知道你和舒曼殊所有的密谋，要么你杀我灭口，要么保我太平不要落在别人手里……我吃不得苦，一用刑什么都招。"

端木微之的眉头一分分蹙紧："舒曼殊还真是调教有方啊。"他下了榻，取下桌案上的银烛台点亮，转过头来，"纪川，两年不见，别来无恙啊。"

烛火照亮两人的眉眼，几乎在一瞬间都是一愣。

"你……"

那夜，他在假山后见到的那个哭声惊天动地，满面口脂，像受了惊的兔子一样的姑娘居然会是纪川，那夜灯光昏暗，谁也没看清谁，他只是觉得莫名熟悉。

可他从未想到过纪川会哭，不过是两年，她居然变得那么羸弱……

她立在榻前，脸色青白，满身是血，也惊愕地看着他。

都没待两人反应过来，殿外已经有宫娥太监的声音，惊惊惶惶地传进来："太后……"

端木微之一愣，下一瞬猛地被纪萤一扯，手中的银烛台当啷啷落地，火苗跳动湮灭，他也被扯得踉跄跌倒在床榻上。

纪萤翻身到内侧，扯他上榻，一手扯他的亵衣亵裤，一手扯自己的，压低声音道："脱衣服！"

他反应不过，便瞧见纪萤手脚麻利地脱干净，将衣服丢在榻下，转过身来零星的微光落在她皎洁的肩膀上，他慌忙撇过脸。

纪萤却急得亲自伸手来解他的亵衣，只将亵衣剥掉，殿门便被打开了，盈盈的灯火照进来，再脱已然来不及了，纪萤拉他躺下，扯着锦被裹个严实。

"微之，哀家听说菁华殿中来了刺客？"太后随着持灯的宫娥慌慌张张走进来。宫娥将重重罗帐挑开，灯火跳入，太后抬眼瞧见榻前地上乱成一团的亵衣，顿了步。

"母……母后……你怎么来了？"端木微之有些惊慌，想起身，带起锦被，赤条条的脊背旁侧是纪萤一丝不挂的肩膀，慌忙扯了锦被帮她掩住。

随在太后身后的闻人夜灵登时惊道："苏摇光？"

纪萤躲在端木微之身后，慌得不敢抬头："太后……"

"你怎么会在这儿？！"闻人夜灵脸色发黑，几步上前，"你不是说生病了吗？"

太后伸手拦住了闻人夜灵，淡声道："既然圣上没事，便都回吧。"

"太后！"闻人夜灵大恼，还要再讲什么，太后一眼望过来，便只能没奈何地闭了嘴。

端木微之忙道："那儿臣便不送母后了。"

太后转过身轻声笑道："得了得了，儿子大了连娘都不陪了……"闻人夜灵随在她身后，一同出了大殿。

灯火一点点地消失在殿内，殿门轻轻关闭，之后，一切重新归于寂静。

纪萤撑不住陷在重重锦被之中，松了一口气。

端木微之禁不住侧过头瞧她，暗夜里看不清她的眉眼，只那么模糊的一道影子，让他又想起那夜假山后放声大哭的那道小小影子。

怎么都不像。

从前的纪川像个力大无穷的怪物，如今的纪川像个蛇蝎心肠的妖怪，她装病给宫中人下马威，对付荣阳，这些都和那夜蹲在雪地里纯白如纸的小姑娘重叠不到一起。

他有些发愣，纪萤忽然道："看够了吗？我和荣阳谁更有料？"

脸颊一下子烧到耳朵根，他慌忙起身下榻，取了袍子随意披上，又丢了一件袍子在她身上，撇开脸。

"不知羞耻！我……朕有什么好看的……"

纪萤披了袍子下榻，窸窸窣窣地摸索到滚在榻边的银烛台。

端木微之听见掀开香炉的声音，之后烛火滋滋燃起，光晕摇曳一点点亮了起来，他瞧见纪茧的影子晃在眼下，赤着一双脚走到跟前。他顿时后退半步，撞在灯烛台上，当啷啷一阵乱响，碰翻了一地。

他在灯火下红着脸，惊慌得不知所措。

纪茧"扑哧"笑了，举着灯火上前："第一次见不穿衣服的女人？"

他的脸登时烧得通红，猛地抬手推开纪茧，喝道："我……朕只是第一次见到你这样不知廉耻的女人！"

纪茧被推得抽了口凉气，压着肩膀半天没讲话。

端木微之等了良久不见她出声，不禁侧眼去瞧。

她单手攥着烛台，单手压着肩膀，抿得唇线青紫，额头密密麻麻全是汗水，似乎很难受。

端木微之再瞧自己手指上也全是殷红的血，顿了半天蹙眉问道："你做了什么？"

纪茧裹好袍子，对他笑，下一瞬忽然踉跄了下，一头栽倒。

端木微之慌忙伸手去扶，她就那么"咚"的一声栽在他怀里，昏了过去。

她像死了一样，端木微之第四次忍不住伸手探了探她的鼻息，还活着……

就在今天，他还怒气腾腾地想要去见识见识那个毒蝎心肠、不惜作践自己来污蔑荣阳阿姐的纪川，此刻她却昏睡在身旁，这种感觉太奇怪了。

纪川始终紧蹙眉头，端木微之好奇地伸手，小心翼翼地点了点她蹙紧的眉间，小声问："你……在想什么？"

袖口却突然一紧，低头是纪茧没有生气的眼睛望着他，泪水落得没有预兆，她就那么扯着他的袖子道："我是纪茧。"

端木微之僵在那里，她又道："我是纪茧……"她似乎做了噩梦，反反复复讲，我是纪茧。

端木微之看着她愣怔的眼睛，顿了良久，终是心软地开口："我知道……"

这话像解蛊的咒语，脱口落在地上，她忽然就安定了下来，松开他的袖子，重新一头昏迷在锦被之中。

雪一夜未停，她一夜未醒，他也一夜未眠，天快亮时趴在榻上浅眠了片刻，便又惊醒了。

宫娥在殿外候着他上朝，他瞧了瞧榻上依旧昏迷不醒的纪茧，起身将帐幔放下，吩咐宫娥："摇光还未醒，你们不必在殿里侍候，就候在殿外莫要让人来打扰摇光。"

宫娥应是。

这雪下个没完，他心不在焉地熬到退朝，坐在肩舆里挑开帘子问一侧的公公长福："长福，你知道受伤了该怎么治吗？"

长福忙凑过来，惶恐道："圣上，您是哪里伤着了？"

端木微之不耐烦地蹙眉："你答便是了。"

长福有些为难，大略总结道："将伤口清洗干净，上药包扎，然后少动莫沾水，好吃好喝地调理着，应该就可以了。"

端木微之若有所思地"哦"了一声。

他在轿中心不在焉地想着什么，肩舆忽然停了下来，长福在外道："圣上，陆督主求见。"

他打了帘子，陆长恭行礼："臣参见圣上。"

端木微之微诧："找朕有事？"

陆长恭淡笑道："并不是什么着紧的事，只是前几日答应帮摇光娘娘寻几支香，今日送来了却听奴婢们说，娘娘在菁华殿……"

是找纪茧……端木微之微笑道："摇光昨夜累坏了，还没起呢，你将香给朕吧。"

长福忙上前去接香，陆长恭站在原地看着端木微之，片刻之后将袖口中的香盒递给长福："还请圣上帮臣向娘娘带好。"

"自然。"端木微之轻微闷咳。

长福慌忙掩下帘子，道："圣上，这儿风大，咱回吧？"

他在肩舆中应声，陆长恭退到了一侧，看着肩舆一点点地擦肩而过，在大雪里渐行渐远，忍不住蹙起了眉。

方走没多会儿，肩舆又停了下来。

长福在外道："圣上，舒大人求见。"

端木微之耐不住一把扯起帘子，看着肩舆前的舒曼殊冷笑道："今日各位还真是清闲啊，一个两个都来瞧朕。"

舒曼殊立在肩舆前看他，直截了当地问："摇光在你宫中？"

端木微之笑了："原来都是来找她的……"

"陆长恭也来了？"舒曼殊蹙眉。

端木微之笑容不减道："比你早一步。摇光昨夜在朕宫中，累坏了，此刻还没起呢，曼殊有事吗？"

舒曼殊疾步上前，"啪"的一声撑住肩舆，直直地看着端木微之低声道："端木微之，你玩够了没有？"

端木微之拦住要上前的侍卫笑道："不是你派她进宫勾引朕的吗？第一次在假山后相遇也是你故意安排的吧？"

舒曼殊不解，却也没心思细问，一字字道："我说过别碰她，如果你还想我帮你除掉陆长恭，坐稳这江山！"

"我也说过别动荥阳！"端木微之恼道，"你以为我不知道纪川故意装病陷害荥阳吗！"

舒曼殊缄默。

端木微之忽然凑前，小声道："你放心，只要你真心实意地帮我，我怎么会伤害她呢。"

一侧的侍卫上前来请舒曼殊让开。

舒曼殊看了他一眼，负袖立在一旁。

端木微之心满意足地笑道："长福，回吧。"

这一路走得尤为漫长，临到菁华宫前第三次停下来，端木微之再按捺不住，不待长福报名，猛地掀了帘子喝道："朕倒要看看今日是……"在嘴边的话忽然就噎住了，他愣愣地看着跪在眼前雪地中的女子，半天才回神。

"圣上。"荥阳跪在雪地之中，抬起头对他笑，眼眶却红了。

端木微之霍然下了肩舆，伸手扶她起来，张口半天才道一句："阿姐……"

两年，他与荣阳整整两年未见，他几乎要忘记她长什么样子了，舒曼殊安排她入宫，端木微之要碍着太后，不能去见她。

端木微之瞧见她手上渗血的绷带："你的手……"

她撇过头肩膀一耸耸地哭了。

端木微之慌忙又问："阿姐……阿姐你这是怎么了？"

荣阳红着眼睛看定他，忽然之间泣不成声："她会杀了我的……她恨透我了，她说她会让我生不如死……"

端木微之一瞬间慌了神色："阿姐别怕，我在我在……"

她伸手握住端木微之的手掌，几乎恳求地道："微之，纪川回来了，她要杀了我……"

端木微之一愣，却看到她泪如雨下，心软地问道："你的手是她……"

荣阳点头："微之，我好想你……"她伸手环住他的腰，将脸贴在他怀里，"你会帮我杀了她，对不对？"

回到菁华殿，满地的狼藉，宫娥太监战栗地跪了一地，端木微之眯眼："闻人夜灵来过了？"

宫娥赶忙道："不过奴婢们没敢让闻人娘娘入殿，这才……这才……"

这才满地狼藉，端木微之料到了闻人夜灵会来闹，妒心那样重的女人怎么会容忍旁人得宠……他要的就是这种结果。

"去熬些补身子的粥来，再去母后那里将前些日子送去的血燕讨来，便说朕吩咐的，给摇光补补身子。"他转身入了大殿，又吩咐长福，"去将舒曼殊找来。"

端木微之挑开床幔，看见安安静静昏睡在锦被之中的纪萤，坐在榻边，他将袖口里的小药瓶取出，把玩在手指尖自顾自道："阿姐很讨厌你啊，她希望你死。"抬了眼帘看纪萤，手指一松，小小的白瓷药瓶落地，他轻笑，"我有些失望啊，这么久了……"

殿外长福报了一声："圣上，舒大人来……"话都没讲完，便听殿门被人踹开的声音。

舒曼殊几步到内室，一把扯开帘幔便瞧见了昏迷的纪萤和榻边坐着的端木微之，脸色越发沉。他到榻前，低喊了一声"阿萤"，榻上人依旧昏迷不醒，又瞧见她肩头渗出的血，猛地看端木微之。

端木微之起身坐到一旁："可不是我将她弄成这样，反倒是我救了她。"

舒曼殊一言不发，伸手扯开纪萤肩头的衣襟，瞧见血肉模糊的伤口已有化脓的趋势。他其实昨夜便听宫中的眼线来报，长生殿遇了刺客，而那里面关着的人，他也一直都知道是谁，本来打算瞒着纪萤的，却没想到她会不听吩咐擅自行动，更没想到暮雪会替她隐瞒。

端木微之道："别想着叫御医，这宫中耳目众多，不是母后的人，便是陆长恭的狗，若不是迫于无奈她也不会躲到我这儿来。"

舒曼殊蹙眉瞧了他："你叫我来一定是想好了从我身上讨些什么吧？"

"我只是不想再被动而已，你说会帮我坐稳江山，除掉陆长恭，可是一直以来你的计划、你的打算、你的步骤，从来都没有告诉过我，你只是告诉我下一步该怎么做……"他微微蹙了蹙眉，"这让我觉得，我像颗棋子……我非常不喜欢这种感觉。"

舒曼殊再没有讲话，沉默地看了纪萤一眼，眉头凝在了一起。

端木微之也不急，等他答话。

许久之后，舒曼殊道："能杀陆长恭的只有太后和纪萤。"

天色阴下来时，大雪却停了。

舒曼殊让自己的心腹假扮杂耍艺人入宫给纪萤疗伤，伤口倒是没什么大碍，只是她身子骨弱，有些发烧，一直昏睡不醒。

舒曼殊守着纪萤开口道："是要等我亲自抓你进来吗？暮雪。"

窗吱呀开了立刻又合上，一道黑影就在一瞬间掠进了殿内，跪在舒曼殊脚边。

"公子。"暮雪不敢抬头。

舒曼殊一脚便踹来，将他踹翻在地。

"你知道我的脾气。"

"属下知道。"暮雪低眉垂眼，"只要姑娘平安无事，属下即刻以死谢罪，不劳公子动手。"

舒曼殊坐在榻侧问道："是谁伤了阿萤？"

暮雪瞧了一眼端木微之欲言又止。

"是想让朕回避吗？"端木微之托腮笑道。

舒曼殊只好开口道："讲吧。"

暮雪道："是纪从善。"

两人都吃了一惊，端木微之却先一步脱口："不可能，纪从善根本不会武功，怎么可能打得过纪川？还伤了她？"

暮雪抬头道："射伤姑娘的是荥阳手把手让纪从善放的箭，姑娘……没有躲。"

端木微之顿时哑口无言。舒曼殊看着他冷笑："圣上，可不可以麻烦你管好你心地善良的阿姐？"

暮雪又道："公子，姑娘……姑娘怕是心里难受，她是不是不愿意醒过来了？"

舒曼殊没有讲话，他坐在榻侧看着纪萤，心里乱糟糟的。他宠了她两年，疼了她两年，也悉心教了她两年，可她心里的东西很少告诉过他，他们之间的关系，从来只有利益和利用，互为棋子。

可对于一颗棋子来讲，他似乎做得有些多了。

"公子？"暮雪试探性地开口问他，"还要用药吗？"

舒曼殊叹气道："不必了。去请陆长恭来。"

端木微之惊讶："你叫陆长恭来？来照顾她吗？舒曼殊，你什么时候变得这样伟大了？"

纪萤的目的单纯得近乎可笑，活下去，找纪从善。这几乎是她存在的意义。

如今，她存在的意义全数崩颓，瓦解成灰。

舒曼殊想，她现在需要的也许不是他，是陆长恭。

十五、我是纪萤

天色阴沉沉地压下来时，陆长恭入了大殿。

他瞧见昏迷在软榻上的纪萤时反而松了一口气，青娘昨夜讲得不清不楚，前因后果他也听眼线禀报得不清不楚，如今比他想象中的好多了，至少纪萤伤得不重。

陆长恭到榻旁伸出手想去探纪萤的额头却被舒曼殊抓住。

端木微之饶有兴致地托腮看着二人，暗涌的火药味，他恨不能两个人自相残杀的好。

陆长恭道："放手。"

舒曼殊盯着他，极缓地松开手让开一步，背过身道："陆长恭，阿萤只是暂时托你照看，她还是我的。"再没回头，大步地离开了大殿。

他恨不能纪萤一辈子不见陆长恭，却又要拱手奉上。他恨不能看着陆长恭的一举一动，却又一眼都看不得。

他在宫门前回头，看着暮雪之下的飞檐重楼，再一次确认他想要的是什么。

陆长恭熬了半碗清粥，喂她吃了些又吐了些，其间陆长恭听暮雪将因由同他讲了一遍，顿了下手："阿川……见到从善了？"

暮雪点头，却听他莫名地叹了口气。

陆长恭转过头对青娘道："环溪在殿外候着，你让他去长生殿一趟，将从善接去熹华宫，不要惊动旁人。"

一侧的端木微之却开口："长生殿没有母后的懿旨谁都进不去，陆督主莫非在那里也有耳目？"

　　"不劳圣上费心。"陆长恭难得沉下面，"微之，你不必再试探我了。这皇宫、这权势，甚至这天下，若是我有心想要，在几年前便是我的了，我之所以留从善在宫中，是因为我答应过一个人不再插手这件事。"

　　他答应过太后，绝不插手这件事，可是如今……他非插手不可。

　　"既然我从前没要，如今也不稀罕，除非有人一而再再而三地逼迫我……为了我想要看护的，我不介意颠覆这江山。"陆长恭一字字道。

　　陆长恭从怀中掏出一块白玉牌递给青娘："拿着令牌去给他，让他去长生殿接人。"

　　端木微之看着那白玉牌愣了一下："陆督主……去求母后了？"

　　长生殿没有太后的懿旨谁都不许出入，更不用说将纪从善带出来，这块白玉牌上雕龙刻凤，是太后的令牌。陆长恭已经几年不曾听令于太后了，他难道……为了纪茧去求了太后？

　　陆长恭没有答话，只是道："去吧，青娘。"

　　青娘点头退出大殿。

　　便谁也没有再讲话，直到天色暗下，青娘才回到菁华殿，将怀里取来的狐裘斗篷递给他道："三队长已经按照督主的安排将从善公子接到了熹华殿，都安排妥当了，督主可以带娘娘过去了。"

　　他要见从善，太后是不会不给他这个面子的。

　　他接过斗篷将纪茧裹得严实，抱在怀里叹了口气："你可以告诉我，让我帮你见从善，只是你如今已经不信我了。"

　　熹华宫里早换成了陆长恭的人，殿内殿外都静得出奇。

　　纪茧感觉有人抱着她，她听到有人轻声叫她的名字："阿川，你听得到我讲话，对吗？"

　　陆长恭的声音，那些声音都远远地飘浮着，听不真切。

　　"过来。"陆长恭叫了谁到跟前，窸窸窣窣地坐在她旁边，又跟她讲，"阿川，你猜猜他是谁？"

　　手腕被握起，她的手被放在一只冰冰凉的手掌里，那手掌挣扎了一下，最终还是老老实实地抓住了她的手指，有一点点的凉。

　　是谁？

　　陆长恭又问她："阿川，你猜猜他是谁？"

　　是谁？

　　"你找了他很久很久……"陆长恭在耳边絮絮叨叨地跟她讲，"你的一切存在，几乎都是为了他，你说过，每次活不下去时，总会想想他……"

　　"你知道他是谁吗？"陆长恭问她。

　　有手指擦过她的眼角，陆长恭低声问她："怎么哭了，阿川？"

　　当赖以生存的信念被全部否认，还要不要继续活下去？

　　她听见陆长恭对身前的人道："告诉阿川，你是谁。"

　　握着她手指的掌心动了动，她听见有人小声道："纪从善……"

　　她听到窗外细雪落下的声音，听到陆长恭对她讲："阿川，你有没有告诉过他，你是谁？"

　　像是天光大亮，她伏在陆长恭怀里，哭了。

　　"我是纪茧……"她在浑噩中抓住那只手不愿松开，一遍一遍地讲，"我是纪茧。"

　　这漫长的暗夜……

　　她不知道睡了多久才醒来。

　　"睡醒了？"有人影晃在光影之内，笑吟吟地问她。

　　陆长恭低头看着她，松了一口气笑道："是我，陆长恭。"

　　她愣怔地看着，良久良久……

　　"我……我记得……我哥在这里，他有跟我说话……"

　　"是在这里。"陆长恭扶她坐起身，"他一直都在，陪了你一夜，只是刚刚……"

　　纪茧忙问："他走了吗？"

　　陆长恭顿了顿，看着她轻声问："你想要见他？不论他是什么样子都想要见他吗？阿川。"纪从善如今这副模样，他怕阿川见了更伤心，所以他一再地不希望阿川见到纪从善。

他问得仔细，纪萤忽然愣住，张口半天却答不上一个字。她有些害怕，那个她心心念念支撑她活下去的大哥似乎……不是她想象中的那样。

她活下来是为了纪从善，入东厂是为了纪从善，贪财是为了纪从善，进宫依旧是为了纪从善……

如果，这些都被纪从善全部否定，她该怎么办？

陆长恭叹息道："没关系，我们可以慢慢来……"

"剩下的就不劳陆督主慢慢来了。"大殿被舒曼殊推开，他走了进来，"多谢陆督主照看阿萤，剩下的就不烦劳您费心了。"伸手一把揭开锦被，弯腰将纪萤强行抱起。

纪萤一惊，想挣脱，舒曼殊忽地沉声道："你最好乖乖听话，别惹我动火，否则我立刻让人杀了纪从善。"他面色难看得吓人，纪萤异常难得地安静下来，任由他抱着转身。

陆长恭横臂拦下："你要带她去哪里？"

"你怎么不让她亲眼看看纪从善如今是个什么样子？让她彻底死心也好。"舒曼殊抱着纪萤错肩而过，在殿口接过暮雪递来的狐裘斗篷将纪萤遮得严实，对立在殿外的人道，"走吧。"

端木微之在殿外盈盈转过身，对殿内的陆长恭笑了笑："陆督主可以向母后讨懿旨见从善表哥，朕当然也可以。"

陆长恭疾步上前："舒曼殊！你该知道纪从善他……是什么样子，你还执意要让她见？"那样的纪从善，只会让她更伤心。

"既然她想见，那就让她见。"舒曼殊转过头看他，"这是她自己选择的，后果要自己承担。"

舒曼殊抱着纪萤直接跨入了长生殿，在回廊下的那间房门前停下，将纪萤放下。

端木微之近前，将一枚青铜钥匙递给舒曼殊，他接过"啪"的一声就开了锁。

纪萤看到屋内人影晃动，有人小声问："谁……是谁？"

舒曼殊道："你想见的人就在眼前，你千方百计不就是为了见他吗，进去。"

纪萤抿了抿嘴，伸手去推门，半路却犹豫了。舒曼殊在身侧猛地一脚踹开门，越过她进了屋子，一阵的慌乱声，便听纪从善低低的惊呼声，下一瞬舒曼殊扯着他，抬手将他甩在回廊外的雪地中。

舒曼殊指着摔在雪地中的纪从善，道："纪萤看清楚，这就是你心心念念的纪从善。"他在背后一推，纪萤踉踉跄跄跪在雪地中，堪堪和抬起头的纪从善直面相对。

纪从善被吓得厉害，猛地向后一躲，在雪地里瑟瑟发抖地看着纪萤，眼睛一红，满眶的泪水打转，委屈又小心地道："我没有做坏事……我有听话……"

纪萤一愣。

他像只受了惊吓的兔子，缩在雪地里战栗不已。

"哥……"纪萤惊愣愣地伸手想拉他。

他忽然后缩，眼眶里的泪花滚滚而落，惊慌失措："我……我真的有听话，我没有闹，也没有要吃的……"

纪萤一瞬僵住了。

端木微之呵地轻笑，上前蹲在纪从善身边，伸手摸了摸他的头："从善表哥乖，你抬头看看认识她吗？"

纪从善小心翼翼地抬头看纪萤，摇了摇头，又慌忙点头，随后看端木微之的脸色，小声道："美人大叔带我见过……"

"那你还记得她叫什么名字吗？"端木微之又问。

纪从善抬头看纪萤："你叫纪萤。"

"纪萤，他是个傻子。"舒曼殊道。

他是个傻子。

纪萤颤抖得抑制不住，猛地回身一耳光甩在舒曼殊面上："你早就知道对不对？"

舒曼殊不答话，她肩膀一颤颤地笑了："你们都知道对不对？从头到尾只有我一个人不知道对不对？这是件多么可笑的事情，舒曼殊，你既然知道两年前为什么还要让我活下来？你既然知道在来大巽前为什么不告诉我？你明明知道我活下去是为了他，回大巽是为了他，入这皇宫也是为了他……"

舒曼殊不否认："失望了吗？"抬手指着纪从善，"对他，对我，对陆长恭，对这个世间失望到极点了吗？"

纪从善吓得向端木微之背后缩了缩。

舒曼殊在袖中拔出一柄匕首，丢在她眼前："我不是陆长恭，我没有时间陪你慢慢来，纪从善就是这个纪从善，天地就是这个天地，如果你觉得过不下去，生无可恋的话就死在这里，我会杀了纪从善给你陪葬。"

他低下头又道："如果你觉得不甘心，就将命借给我。"他伸手托起纪茧的脸，"我将这天地颠覆给你看。"

"我可以让纪氏一门昭雪平反，我可以让纪从善一世荣华，我要让你纪茧荣宠至上。"舒曼殊问她，"你的父亲、你的母亲，害了你纪氏一门，让纪从善变成如今这副样子的人，你不想知道是谁吗？"

纪茧抬头看他。

"纪茧，你那么多的报都没仇，怎么可以死在这里？"

她的父亲、她的母亲、她的大哥，她纪氏一门的大仇都还未报……

舒曼殊将纪从善推到纪茧跟前。

"他在皇宫中关了十几年，最卑微地活着，你不是曾想救他出去过好日子吗？如今因为他是傻子，你嫌弃他了？"

纪从善怕极了舒曼殊，瑟瑟发抖。

纪茧伸出手，他便惊恐地往后缩。

纪茧看着舒曼殊道："我要能经常见到他。"

舒曼殊终于松了眉头："好。"

十六、以茧自缚

打从见过纪从善之后，纪茧变得极为安分，安分得让人不自在。

这融雪的夜里，纪茧单独召了荣阳来。

大殿里暖炉烧得旺，暖烘烘的，纪茧累极了一般靠在榻上，抬眼看荣阳。

荣阳被她盯得莫名，立在那儿竟有些不敢抬头看那双眼。

"你很怕我？"纪茧若有所思，"我猜猜是为什么呢……"

荣阳十指交握："娘娘多心了。"

纪茧也不答话，只是让一殿的宫娥都退下，连青娘也遣了下去，这才疲倦地靠在软垫中，合眼道："暮雪。"

殿内"嗒"的一声轻响，一人单膝跪在了她脚边。

荣阳惊得后退。

"姑娘。"那人毕恭毕敬。

纪茧抬了抬下颚指了指惊愣的荣阳："交给你了。"

暮雪应是，起身走向荣阳，她都不及开口就觉眼前一花……

纪茧来菁华殿时端木微之已经就寝了，大殿里黑压压的，宫娥内侍都在殿外侍奉着。

青娘留在殿外，纪茧和一名随从入了大殿，没有点灯，回廊外的灯色从窗里筛进来。

纪茧穿过光线立在榻前，刚要掀床幔，内里有人冷笑道："你是来侍寝的吗？"

　　纪萤手腕忽然一紧，身体猛地被一扯，她绊在床榻上踉跄着倒在锦被中。

　　端木微之翻身压住她，眨着一双扑闪的眼睛看着她。

　　纪萤笑着伸手钩住他的脖子，一口咬在他的耳垂。

　　端木微之身子瞬间就僵住了。

　　纪萤仰头去吻他的唇，他却猛地推开，触电一般赤脚散发地跃下榻。

　　纪萤在床幔中咯咯就笑了，翻身单手撑着腮，笑眯眯地看着他："你怕了？"

　　端木微之一阵气恼："你到底来做什么？"

　　纪萤掀了眼皮看他："我想要知道一些事情。"

　　"什么事？"

　　纪萤道："关于我娘，关于纪府，关于我大哥还有荥阳的全部……你知道的，我都想知道。"

　　端木微之眉间一紧，眨也不眨地看着她："朕凭什么告诉你？"

　　纪萤也不答，只是对殿中一直立着的随从挥了挥手，随从上前，单膝跪下，怀中用斗篷裹着个什么。

　　纪萤道："我送圣上一件礼物，一件求而不得的礼物。"她伸手掀了斗篷，一张俏生生的脸露在夜色下。

　　端木微之一惊。

　　"现在圣上可以告诉我了吗？"纪萤笑着看他。

　　纪萤走时，这天微微透出了一点蟹青，他在大殿里站着，盯着床幔半天才伸出手，荥阳昏在榻上。

　　他坐在榻侧，低头唇瓣一点点地触碰她的眉眼脸颊。

　　"阿姐……阿姐……"他一路吻下来，唇瓣游离在她的锁骨之上，"你是我……求而不得的？"忽然便笑了，他伏在她的胸口，肩膀一颤颤地笑，"求而不得？这天下终将是朕的，还有什么是朕求而不得的？"

笑得太猛，胸口似一针针刺得生痛，他禁不住痉挛地咳了起来，一口血吐在荣阳的亵衣上，艳艳地红着，像极了两年前他替荣阳挡下那一剑时喷溅出的红。

两年前……两年前……那记忆触碰都觉得疼。

那天是为了什么才有的盛宴？他不大记得了，只记得漫天大雪里，阿姐笑吟吟地攀折下一枝绿梅，在雪地里笑吟吟地冲他摇了摇，银白的雪落了她一肩一发，好看得不得了。

他刚要走过去，斜刺里便冲出个宫娥提剑朝荣阳心窝刺去，他几乎连想都没想就冲了过去……

他替荣阳挡下那一剑后，就昏了过去，意识涣散时只听到哄乱的脚步声、喊叫声……再醒来已经是三天之后，胸口那一剑伤得极深，落下了病根，直到如今每每天寒时都会撕扯着肺腑干咳。

如果那名刺客没有被擒住，就不会有之后的一切真相。

刺客被擒，是"九尾"杀手，陆长恭却入宫请罪，直言不讳地承认杀手是他买通委派的。

在陆长恭将委派杀手的那封信笺呈上来之前，他从来不知道人心是这样深不可测的。

那张信笺上短短的写着一行字——

万金相酬，九尾上一位雇主，买端木微之人头的买主，命一条。

陆长恭要九尾杀的，正是当初在酒楼委派九尾刺杀端木微之的雇主。

而那日里，九尾剑尖所指的却是荣阳……

他曾经想过千百次，在酒楼刺杀他的主谋是谁，是陆长恭？舒曼殊？甚至可以是天下觊觎皇位的所有人，但怎么都不敢想，要他死的是荣阳——他想要用天下去保护的荣阳阿姐。

当初是不信的，他想不通阿姐为了什么恨不能他去死？他亲自去问了荣阳，荣阳近乎狠毒地盯着他，一字字地道："你娘欠我的，我恨不能毁了整个天下让你那个高高在上的母后跪在我脚边！还有纪川……整个纪府！"

她抠在掌心里的指节都发白了："你还不明白当初为何母妃死后我就被送出宫，软禁在尼姑庵吗？"

端木微之答不上，他只记得容妃在他幼年时就疯掉了，没多久便死了，之后荣阳也病了。

母后告诉他，荣阳是在白云庵中为容妃守孝，这一守便是好几年。

荣阳却笑了，笑得肩膀一颤颤地耸动："你不知道吧，我根本不是什么公主，什么容妃也不是我的母亲，我不过是哪里来的野种……"她歪头看端木微之，"很吃惊吗？你应该去问问你的母后，我是怎么入了这深宫！"

之后呢？

纪萤刚才是这么问他的吧？脸色没有什么表情，安安静静地听他继续。

之后他真的去问了母后，那次他伤得重，在风雪里纸片一样的人，偏偏拼着一口气非知道真相不可。母后实在是怕他伤了身子，最后拧不过他。

不过是一场司空见惯的宫廷之争。

当初容妃荣宠一时，身怀龙种之后父皇更是几次有意无意地透露出，若得皇子便立她为后的意思。

母后年轻时是怎样骄傲的人，她怎么会允许这样的事情发生。

也是天意注定，在容妃临盆的前天，纪夫人生了个女儿。母后在那天就已经做好了打算。容妃宫内宫外都换成了她的人。

容妃生产那天，上演了一出偷龙转凤的大戏。

母后用纪家的女儿换走了容妃的儿子。

"不可能。"纪萤在那一刻突然起身，脸色难看到极点，"你说换走容妃儿子的是纪家的女儿？如今的荣阳是纪家的女儿？"

端木微之不答话。

纪萤又问："那我是谁？"

这话他答不上，只是微微耸肩："朕也很奇怪，你和荣阳到底谁才是纪惠景的女儿？"

"你知道的只有这些？"纪萤不甘心地问。

端木微之默认不答，半天才道："其实你该去问陆长恭。"

纪萤一愣："陆……长恭？"

"你不知道吗？"端木微之好笑地看着她，"朕刚才没告诉你，这场偷龙转凤的大戏是你的好督主陆长恭和母后一起策划的，这世界上除了母后，怕是只有他最清楚了。"

纪萤心头有什么东西一瞬间收紧。

天际一点点地透亮，这宫里静极了。

纪萤还没有睡，只是抱着小暖炉靠在软榻中，半天忽然道："青娘。"

候在殿外的青娘忙入殿，行礼上前："娘娘有事？"

她道："我要见陆长恭，现在就要。"

青娘一愣："娘娘要见督主……该等到天亮后差人去知会吧？现在天尚未亮……奴婢也没有法子啊。"

"是吗？"她看定青娘，"陆长恭派你来监视我，你会没有法子联系到他？"

青娘慌张跪地道："娘娘多心了！陆督主送奴婢入宫是为了侍奉娘娘，并无……"

"得了得了。"纪萤不厌烦地道，"不论是监视还是侍奉都无所谓，我现在要见陆长恭，马上。"

青娘敛目应是退了下去。

夜色撑出青白，陆长恭急急入宫，却被早候着的嬷嬷拦了下。

"陆督主且留留脚。"嬷嬷满脸赔笑，"太后着急着找您呢。"

"现在？"陆长恭微微一愣，"嬷嬷可知是为何事？"

"老奴哪里晓得，太后吩咐让您快些到栖凤宫，焦急得厉害。"嬷嬷侧身让道，请他先行。

陆长恭有些迟疑地瞧了瞧手中的一包蜜饯，良久才道："那便走吧。"随着嬷嬷一路转东而去。

这天色越亮堂，她便越不安。

纪茧陷在软榻里想着什么，殿外忽起了脚步声，她抬眼就瞧见慌慌张张进殿的青娘，坐直了身子喜道："他来了？"

青娘近前"扑通"跪了下来，一脸的慌张失措，道："娘娘……太后来了……"

"太后？"纪茧跃下软榻，刚要再问什么，殿外侍奉的宫娥已经呼啦啦跪了一地，齐呼"奴婢叩见太后"。

再抬眼，太后已然入了殿，随她一同来的还有闻人夜灵，浩浩荡荡地入殿。

纪茧低眉向太后行礼。

太后却未让她起身，只是压了压眉尾，倦倦道："都先下去，哀家有些贴己话要同摇光讲。"

青娘便起身带着一众内侍宫娥退出了大殿，朱红的殿门合上，只余下了太后、闻人夜灵和纪茧。

太后微合了眼，面色倦倦地看不出其他情绪。闻人夜灵却先将眉峰一挑，开口道："你是谁？"

单刀直入的一句话，突兀得让人难以反应。

纪茧跪在地上掀了眼帘看她，满面疑惑："闻人姐姐这话是什么意思？"

"少装了！"闻人夜灵俯身瞧她，"你根本不是苏摇光。我就一直觉得你哪里不对劲，小时候我见过你，无论是样貌还是品性都和现在没有一分相似，先前还以为，只不过是你变了而已，但最近越想越不对劲，你根本就是假冒的！说，你到底是谁？有什么意图？"

暖炉中噼啪噼啪炸响，纪茧依旧跪着，忽然笑了："那姐姐还记不记得我幼年时有什么标记？比如胎记什么的。"

闻人夜灵一愣，这些却是从未听说。

纪萤又问："那可有什么证人证物？"

依旧对答不上。

"那姐姐觉得我是谁？又有什么意图？"

她接二连三的问话让闻人夜灵哑口无言，半句都辩驳不得。

半天，纪萤蹙了细细的眉，好不委屈地道："我晓得姐姐不喜欢我，但平白里这样诬陷我，欺君之罪，是恨不得我死？恨不得南夷与大巽交恶吗？"

"你……"闻人夜灵辩驳不过，一张面憋得通红。

"好了。"太后淡淡地扫过纪萤落在闻人夜灵身上，"你先下去，让荣喜将人带进来吧。"

闻人夜灵心有不甘地退了下去。

良久，殿门吱呀被推开，有小太监扶着一人入殿。

那人面上罩着黑布袋子，看不清容貌，一步步走得小心，好不容易到了纪萤身侧，小太监搀着跪了下来。

纪萤侧过头去看，一侧的小太监便起身将旁侧那人的黑面罩扯下，烛火噼啪一跳。

那人被光晃得拿手捂住了眼睛，细白羸弱的一双手，白得通透几乎可以瞧见隐约的小血脉。

纪萤瞧见他从指缝里透出的眼睛，受惊的兔子一般，那一瞬间就呆住了。

纪从善……

"纪萤。"

那一声喊仿若突透的天光，迷蒙中毫无预兆地晃在眼前，让她来不及做出任何思考便条件反射性地循着声音望过去，视线定焦在那双微醺的眉眼上，她慌忙低头，却被太后扣住了下颚。

"纪萤……你果然是纪萤……"

"我……"她张口想辩驳。

太后却迫她转过脸对着纪从善，问道："想要在他面前否认你是纪萤吗？"

纪从善透过指缝看她，那双眼里的光让纪萤张口讲不出话。

太后又道："哀家不管你是纪川还是纪萤，你最好老老实实地回答哀家的问题。"

太后松了手，坐回软榻问："是舒曼殊安排你假冒苏摇光入宫的？"

"不。是我杀了苏摇光顶替入宫的，舒曼殊在来大巽的路上才发现……无计可施才准许我冒名入宫的，他只是怕南夷和大巽联姻不成……"

"哦，是吗？"太后挑笑，"就这么简单？"

纪萤点头。

"那你又为何非入宫不可？"太后问她。

她低着头一言不发。

太后叹了口气："你为何还要回来呢？哀家并不想做得太绝……"

纪萤抬头，在蒙蒙光线下看不大清她的神色。下一刻，有小太监拎了一条鞭子进来。

太后问道："哀家再问你一次，你为何要入宫？和舒曼殊可有什么关系？"

她依旧一言不发。

极轻的叹息声后，太后手指轻巧落下，那小太监便一鞭子抽在她的脊背上。

纪萤便觉得脊背一疼，疼得她膝盖一软险些瘫倒在地，闷哼都未脱口，便听身侧有人万分恐慌地惊呼出声。

转过头便瞧见纪从善惊恐到瑟瑟发抖，慌乱地想要退开，小太监却伸手擒住了他，迫他在原地不得动弹。

小太监手腕一转，又一鞭子抽下，"啪"的一声。

纪从善怕极了，蜷在一旁，伸手捂着眼睛抖得不成样子，极小声极小声地哭了起来。

太后伸手去摸他的头，他一阵战栗，却不敢躲，半天瑟瑟道："我乖……"

太后颇为有耐心地又问："你为何要顶替进宫？"

纪萤额头上都是冷汗，额头贴在地板之上，脸色白得吓人。

"让他出去……"

太后忽然笑了："哦？哀家早就听人说你什么都不怕，死都不怕，如今没想到你居然会怕他看着你受刑。"

太狼狈了……她对这一刻厌恶到了极点。

"让他出去……求你了……"

"那就乖乖地回答哀家。"太后垂目看她，"你入宫是为了什么？"

纪萤额头抵着冰冰凉的地板，禁不住咯咯笑了："为了什么？为了拿回属于我的一切，为了荣华富贵，为了找到我大哥纪从善。姑母，这些理由足够吗？"

那双眼让太后愣住，黑白分明，像极了惠景年幼时。

"你不该回来。"

"你会杀了我。"纪萤一眨不眨地看着她，"我知道，你一定会杀了我，就像当初将父亲流放在外一样，绝不手软。"

太后眉间一蹙，眼神压下来，直勾勾的："两年前哀家为了陆长恭就已经放你一条生路，是你执意寻死。"

陆长恭……

纪萤抬头看她，满脸的冷汗。

太后冷笑一声道："既然你不领情，哀家也就不留你了。"

她刚要下令对纪萤动手，纪萤忽道："你不想知道我母亲临死前对我说了什么吗？关于某个人的下落，你最怕出现的那个人……"

太后凝眉看着纪萤，她早就听说安思危那个老太监抓了纪萤十年之久，就为了这个人的下落。

这天下怕是只有纪萤知道了吧？

纪萤忽然笑了，看着太后道："你不是一直在找'某个人'吗？我们来做个交易如何？我告诉你'某个人'的下落，你放了我，把我大哥还给我。"

太后盯着她笑道：“你总算是想通了，哀家要的不过是这个人的下落，你早点告诉哀家，你和你大哥怎会吃这么多苦？”她伸手摸了摸纪萤的头发，“这才是哀家的乖侄女，只要你告诉哀家这个人的下落，你要什么哀家都可以给你，包括从善。”

太后扶着小太监刚要出殿，忽然又转过身来道：“你是在等长恭吧？”

纪萤一愣，趴在地上看她，她笑得高深莫测。

“不觉得奇怪吗？你刚刚要见他，哀家就来了？”太后笑，“如果哀家说，是长恭告诉我你是纪萤的，你信吗？”

心口“咚”一跳，她在地上没有挣扎，只是有些发愣地看着太后。

直到太后消失在大殿，青娘冲进来慌张地扶起她。

陆长恭下一刻出现在殿门之外，漫天青光之下。

“阿川……”他伸手来扶她，她却避开了。

她道：“出去。”

他似乎有话在嘴边，却被她抬头望过来的眼逼了回去，阿川是恨他的吧……那眼睛里满满的都是恨。

“出去。”

他便什么都开不了口，吩咐青娘小心照顾，转身出了大殿。

青娘将一殿人都遣了出去，瞧了一眼独自蜷在角落里的纪从善，也顾不得打发他，翻箱倒柜地找了一兜子备用药，青瓷小瓶叮叮当当地倒了一地，蹲跪在榻旁，小心翼翼地给纪萤上药，瞧着她背后鞭伤又深又长，忍不住就红了眼眶：“下这样重的手……以后是要留疤了？”眼泪没忍住就掉了下来。

“几鞭子而已。”纪萤靠在软垫上喘息，能换来大哥和对自己有利的条件也是值得的。

她缓了半天又突然问：“青娘，陆长恭是先去了太后那里吧？”

青娘一愣，顿了手指抬头看她，良久良久轻声道：“姑娘不信督主？”

纪萤慢慢道：“我不知道。我很想信他，像从前那样，没有理由没有道理，就是相信他，每句话，每个字……可是青娘，我怕了。”

怕了，再也没有勇气全身心地去信任，去喜欢一个人了，只一次就用尽了一辈子的力气，失去不起了。

青娘看着她，再忍不住道：“姑娘，督主从来不曾对不起你过，当年他之所以会绝情绝义地赶你走全是因为太后！”

纪萤抬眼看着她，青娘像是鼓足了勇气一般。

“当年太后已经埋伏好了兵马只等姑娘一回京都就拿下您，是督主为您求情，让太后放了您。督主本来要离开太后，离开京都远走高飞的，可他为了您和纪少爷的命答应太后继续留在京都，听令于太后！”

“为了谁？”纪萤仿佛没有听清一般又问一遍，“他……为了我，和我大哥？”

青娘眼眶发红地道：“当年太后用纪少爷的命逼迫督主赶您走，您……明白督主心里有多苦吗？”

陆长恭当年是为了这个……不要她的吗？

她愣在那里，只觉得头昏目眩，她不知该信谁的话，什么是真的，什么是假的……她分不清楚。

“陆长恭为何不亲自告诉我？”她过了半天才开口。

青娘低低道：“督主不希望您知道这些，她希望您恨他，离开他，离开京都再也不要回来……”

殿外有小宫娥怯怯地来报：“娘娘，舒大人求见……”

“不见！”纪萤冷喝，“让他滚蛋！”

“好大的火气。”舒曼殊单手推开殿门，也不管阻拦，跨步进了殿。

青娘挥手让阻拦的宫娥退了出去，行礼奉了茶。

纪从善像是被吓到了，缩在角落低低地哭着。

舒曼殊一路到榻前，低眼瞧纪茧包扎着的脚，不动声色地撩袍坐在一侧，瞧着哽咽的纪从善啧道："这不是纪公子吗？"伸手要去碰，却被纪茧一把打开。

"不准碰他。"纪茧不抬眼吩咐，"青娘，带他先下去。"

青娘应是，扶着纪从善退出了大殿。

瞧着人都退尽，舒曼殊冷哼一声笑道："好大的能耐啊，我竟不知你什么时候有了这样的心机？"

纪茧不开腔。

他忽然扣住她的下颚，迫纪茧直视着他。

"嗯？"

纪茧也不挣扎，看着他道："你的眼线不都告诉你了吗，还来问什么？"

舒曼殊拉过她，看着她已经包扎好的后背，轻轻一弹，看她疼得蹙眉。他咬牙道："我是有说过不让你轻举妄动，是吗？你做这些事情之前有没有想过后果？有没有想过告诉我？"

纪茧耸肩对他笑："我又没有供出你，你急什么眼？"

"纪茧！"他扣着她尖尖的下颚，一字字道，"你知道我在担心什么！"

是在担心她的安危？

纪茧叹了口气，不再同他斗气，淡声道："我现在不是没事嘛，而且太后答应让我留在宫中，还答应让纪从善同我待在一起。"

舒曼殊眉头一蹙。

她又道："还给了我这个。"打怀中掏出一块小小的白玉令牌掂在掌心里。

"这是……"

"通行令。"纪茧道，"有了这个我可以随意出入宫中。"

舒曼殊眉头越发紧："太后给你……是有什么条件为前提吧？"

自然是，纪茧将令牌收好，也不急着答话，半天才开口："我答应了太后帮她找到那个人。"

那个人……是在说当年被换出宫的容妃之子吧。

安思危想知道，陆长恭想知道，如今太后也想要知道，是怕容妃之子一旦现身，会揭露出几十年的宫廷内争，威胁到端木微之的江山吧？

找到了会怎样？斩草除根？舒曼殊盯着那块小小的白玉令牌若有所思，待纪萤又唤他，才惊醒过来。他蹙眉问："你知道那人现在在哪儿？"

纪萤眯了眼看他，良久忽然抿嘴笑："你以为我会告诉你吗？"

竟不知何时又下起了雪。

天色大亮，陆长恭没有出宫而是径直去了东宫，他一路直入大殿，宫娥却又不敢拦，慌张地请罪："奴婢该死，奴婢该死……"

太后摆手让她们退下，摇着甜香四溢的杯盏，不抬眼笑道："这是兴师问罪来了？"

"你故意的？"陆长恭不行礼不用尊称，只是锁眉瞧着她问，"故意派人将我带到东宫，而你却去找了纪川，对吗？"

太后没有答话，是她派人将陆长恭引来，困他在这东宫，她又去找的纪萤。

"那又怎样？"太后掀了眼帘看他，细细地蹙了眉，"长恭，你早就知道她是纪萤，为何不告诉我？"

陆长恭没来由地苦笑，反问："我告诉你，你会放过她吗？"

这一句话让太后眉间锁得极紧，一瞬不瞬地盯着他，良久才问道："你真的对她动心了？"

陆长恭缄口以默，她忽然笑了，天大的笑话似的："陆长恭啊陆长恭，你居然真的对她动了心！我以为你再也不会动心了。"

陆长恭低眉苦笑道："我也以为我再也不会动心了……"

太后冷了脸，沉声斥责道："陆长恭，不要再说这些让我生气的话了。"

陆长恭极深极重地看着她："你这一生都太过自负，你想要的，不论用什么手段都会得到，不觉得逆天而行，太过霸道吗？"

"逆天而行？"太后看着他忽然笑了，"从我入宫那日我就告诉过你，我要的仅仅是与天子并肩而立，我要他忠心不二，他既然做不得，我逆天而行又怎样？陆长恭，不要挑战我的容忍度。"

陆长恭苦笑："你要杀了我？这条命我早就不想要了。"

"你……"太后怒极，却反而笑了，"陆长恭，你可以死，但哀家一定会让东厂的千万条人命，让纪从善、纪萤陪你一起死！"

陆长恭站在那里攥紧了手指。

十七、爱或是死

纪萤是在初初放晴的那日来到东厂，陆长恭听到人禀报时是有些吃惊的，是猜到纪萤会再找他，却没料到这么快，还是亲自来，更没料到太后会准她出宫。

没进府邸，纪萤就负袖站在马车旁，细细地瞧着"东厂"二字。

"纪川！"背后有人喜出望外地吼了一嗓子，不等陆长恭喝止，顾小楼已经几步奔过去，伸手想抱住纪萤却又硬生生地止住了，站在那里盯着她，憋了半天才问出口一句，"你近来……好不好？"

纪萤抬头看着他，他似乎沧桑了一些，眼睛里的意气风发少了一些，这令她有些伤感，仰着头对他笑了笑答道："好。"

顾小楼瞧着她笑眯眯的眉眼，终是咧了咧嘴笑了，轻轻捶了一下她的肩膀涩涩地道："我还以为你小子一辈子都不回东厂了。"

纪萤抬眼又落在陆长恭身上，笑意渐浓："怎么会，我还有些事情要请教督主大人呢。"

陆长恭张了张口，最后吐出口的只是一个淡淡的"请"字。

纪萤转头对车里的宫娥吩咐了一句"好生照料着公子，我去去就来"，才扶住青娘的手，不敢乱动背后怕扯着伤口，慢慢随他入府。

顾小楼跟在她身后，亦步亦趋，伸手想扶她却又僵僵地收在袖子里。

陆长恭低头叹了口气，带着她往大厅去，到了大厅门前他忽然没头没尾地道："阿川，要听我解释吗？"

纪萤一愣，眉睫颤了颤又敛下。

"关于你，我对太后只字未提，那日我……"

纪萤不待他讲完，慌忙道："我知道，你不必解释。"

陆长恭在大厅门口顿了脚步："你不信我？"

纪萤道："这都不重要，我有事要问你。"

挑帘入了大厅。

大厅还是当初那样，连摆设都未变，纪萤坐在椅子上，开门见山地问道："荣阳到底是谁？"

陆长恭似乎有些吃惊。

"你不必惊讶。"纪萤耸肩笑，"该知道的，不该知道的，我都知道了，你只用回答我的问题就是了。我知道荣阳是冒牌的，但我不明白，当初换走容妃之子的不是纪惠景的女儿吗？"

她盯着陆长恭的眼睛，问："究竟谁才是纪惠景的女儿？"

他似乎想了很久，半天才放下茶盏道："你是。"

只二字，纪萤心中仿佛卸下千斤，松了一口气。

"你不该怀疑自己是谁，你的母亲曾经用生命护着你，不是吗？"陆长恭温声问她，"怎么会怀疑自己？"

这对她来说很重要，重过生命，她容不得自己辛苦生存了这么久，最后她却成了无关紧要的旁人。

纪萤又问："那荣阳是谁？我娘只生了我一个女儿，哪里又多出一个纪家女儿？"

陆长恭却缄口以默，良久良久都不答话。

纪萤耐不住性子，起身到他身边焦急问道："我知道你都清楚，陆长恭，你到现在还不肯告诉我吗？"

桌面上的茶盏被摇得当啷乱晃。

他忽然抬眼，卷长的眉睫下，一双眼极深极重地看着纪萤。

"你知道了什么？"

纪萤盯着他一眨不眨，忽然问道："你当初为什么赶我走？"

陆长恭心头突突地跳动，他看着纪萤半天，轻轻伸手摸了摸纪萤的头，极缓道："为了赎我的罪……阿川，不要去碰身世这件事，不是所有的真相都是你能承受的……"

纪萤打厅中出来上了马车。马车一路驶过小巷，却没有直接回宫，而是停在了一处破落的庭院门前。

"到了，姑娘。"青娘下地，伸手扶纪萤下车，又将纪从善哄了出来。

三人立在冷落的门庭前，日阳下，门口的两只石狮中的一尊已经倒在路边，青苔满布，朱红的大门上有斑斑驳驳的龟裂。

纪萤抬头瞧见门上有块蛛网密布的大匾，金漆都掉光了，只隐约可见两个大字——纪府。

纪萤提袍上了石阶，抬手叩了叩生锈的门环，半天才有声音从庭院里幽幽传出来。

"谁啊？"是个上了年纪的女声。

青娘扶着纪从善到纪萤身边，又等了半天才听见碎碎的脚步声，大门轰隆隆地打开一线，有个上了些年纪的老妇从门内探出头来。

"谁啊？"

青娘忙笑道："老人家，我们……"

不待她讲完，老妇懒洋洋的眼睛忽然落在纪从善身上，直勾勾地盯着："你……你是……"她伸出手颤巍巍地要去抓纪从善的手臂，吓得纪从善往青娘身后躲。

纪萤伸手抓住了老妇的手腕："你认识他？"

老妇却有些激动，手指发抖，眼眶一圈圈地发红，挤出身子到纪从善跟前："你是小公子？是小公子？"

她颤巍巍的样子让纪从善害怕，往后拼命地缩身子。

老妇"扑通"一声跪了下来，扯着他的衣角，又哭又笑："小公子……老身以为到合眼那天都再见不到您了……您可算回来了！"

她的反应太过突然，连青娘都跟着吓退了两步。

纪萤上前蹲到她身边，好奇地问："你还认得他？"

"认得的，认得的，怎么会不认得！"老妇答得果断，焦急地扯着纪萤的手腕，一壁抹泪一壁道，"小公子四岁之前都是老身带的，那眉啊眼啊，怎么会不认得！"

纪萤递过一张帕子，又问："那你……认得我吗？"

老妇一壁道谢，一壁接过帕子抹眼泪，闻言泪眼婆娑地看着纪萤，半天摇了摇头："老身眼拙……敢问这位小公子是？"

纪萤"哦"了一声，淡淡道："我是纪从善的朋友，是纪夫人托我带纪从善回来的。"

"夫人？"老妇惊得抓住纪萤的手，"小公子是说红鲤夫人？您……您见过她？"

纪萤点头。

她喜不自控地又问："夫人她如今可好？现在在哪里？"

纪萤扶她起身，言语放淡："死了，都死了。"

只听她这一句话，老妇人两眼一翻，登时昏了过去。

老妇人姓张，大家都管她叫张妈，原是纪老太太的陪房丫头，看着纪惠景长大，娶妻生子，对纪家感情极深，后来纪家落败她无处可去，便被陆长恭留下来照看这座宅子，独自守着纪府十几年之久。

张妈醒来后，坐在圆桌旁攥着纪从善的手背，絮絮叨叨地抹着眼泪。

纪萤侧头瞧着正堂，年久失修，漆色斑驳，有些衰败，四处都浮动着枯木腐朽的气味，却打扫得极干净。

"我可以四处转转吗？"纪萤问张妈，瞧她不迭地点头，便起身对青娘吩咐，"你留下来照看他。"

青娘点了点头。

纪府极大，游廊画栋，前院和后院都布置得很有心思，便是如今残败了，也瞧得出当日的繁盛。

大多的房间都是上了锁的，纪萤穿过抄手游廊进了个小院子里，一路都是荒草寂寂，齐腰高，连脚下的鹅卵石小径都长出青苔绿草，顺着小径一路走进去，像是一座荒废的花园。

最里一株大枣树下拴着个秋千，有青绿的蔓藤缠绕在绳索之上，开出一星星的小黄花。纪萤推了两下秋千，吱呀作响，侧头瞧见不远处还有一间小青瓦房，爬满了枯萎的爬山虎，纵纵横横的。

纪萤刚想过去，身后忽有脚步声，转过头便瞧见纪从善气喘吁吁地站在身后。

"你……来找我？"

他果然不假思索地摇了摇头，小心翼翼地避开纪萤，径直往青瓦小房去了。

纪萤有些诧异地跟在他身后，瞧他到门前，熟门熟路地开门进去。幽暗的光线下，飘浮着细微的灰尘，房间中凌乱地放着摇篮、木机床、小木马之类的玩意儿。

纪萤进去，弯腰捡起一柄小拨浪鼓，看纪从善钻进小桌子下面，鼓捣半天也不知道在做些什么。

青娘和张妈随后赶了过来，张妈挤进小屋，瞧见桌子底下的纪从善，将将收住的眼泪唰地又滚了出来。

纪萤微诧问道："他在做什么？"

张妈酸着鼻子半天都不答话。

桌子底下哗啦一声响，当啷啷地滚出一颗颗核桃。

纪从善灰头土脸地从桌下钻出来，捧着一把核桃，仰头看纪萤，一脸的怯怯，小心翼翼地伸了伸手。

纪萤愣住，张妈在身旁小声哭道："小公子居然还记得……当初才三岁半，那么点大，说要留着核桃等小小姐出生一起吃……居然藏在这儿……"

这空气中迷蒙着尘土的气味，纪萤瞧着他手心里的核桃，有些受宠若惊地问："给我吗？"

纪从善小心翼翼地点头。

纪萤鼻头发酸，蹲下身子，挑了一颗核桃，抿嘴笑了。

"谢谢。"她笑得眉眼尽弯，密密的睫毛敛出一圈阴影。

"真像啊……"张妈瞧得发呆，"您笑起来真像我们老爷，他也总是笑眯眯的，万事都不着急的脾气。"又补道，"小公子随夫人的长相，打小就粉团似的小人儿，若不是进宫……"

话到一半就住了口，张妈有些尴尬地转开话题："时候也不早了，我去做饭……"

刚要出门，纪萤起身喊住她："张妈，你是不是知道些什么？"

她停在门口，佝偻着的背微微发抖。

纪萤又道："你该知道纪从善如今被困在宫中过得怎样，你难道不想救他出来？"

张妈在门口笑得尴尬又无奈，叹气道："我一个老婆子能做什么？只能给菩萨烧两炷香，求菩萨发发善心保佑小公子和小小姐。"

"这天下需要可怜的人有多少？你以为你的菩萨听得到，管得来？"纪萤蹙眉，"为何不试试求我？"

张妈惊诧地看着她："你……"

"不要好奇我是谁。"纪萤瞧着手里小小的核桃，"说了你也不信，你只要相信这世上再也没有比我更想要护着纪从善的人了。"

"你可以救小公子？"张妈有些焦急。

纪萤抬眼看她："我既然可以将他带出宫，就有法子救他出来，只是需要你告诉我一些事情。"

张妈有些迟疑，纪萤又道："你怕我是太后的人？"

一言讲出，张妈登时白了脸色。

纪萤上前贴在她耳侧低声道："红鲤夫人原姓杜，闺名一个蘅字。"

张妈一惊，张口半天才诧道："你怎么会……"

"是红鲤亲口告诉我的。"纪萤淡声道，"她说若是我有幸回来，就让我找你，当初是你替她求的情。"

张妈便再不讲话。当初纪惠景要迎娶红鲤入门，老夫人是执意不同意的，青楼女子怎会入得了纪府的门，可纪惠景铁了心，他是张妈带大的，张妈最瞧不得他难受，就私底下求了老太太好几次。

这些事情除了她和老夫人，就只有红鲤知道了。

张妈隔着光看纪萤，半天点了点头。

该从哪里开始讲给你听？

纪萤从纪府出来时天色已经暗了下来，街道上静得让人发慌。只听到车轮倾轧青石板的辘辘声。

她侧头抵在车厢上，合着眼，一遍遍倒回着张妈同她讲的话，像一条条线，将那一个个人串连了起来。

纪惠景、纪扶疏、红鲤、陆长恭……

从头到尾，从开始到现在，每个人的故事……

眉头蹙得极紧，她脑海里闪过每个人的眉目、各样的表情，都叫着她的名字——

"阿萤，你要活下去！"

"两年前哀家就已经放你一条生路，是你执意寻死……"

"阿川，有句话我一直想同你讲……虽非娇生却也想要惯养……"

"喜欢啊……喜欢就是你看到那个人，心就会躁动不安，像是捉到一只蝴蝶，这样包在掌心里，它会扑棱扑棱地拍打翅膀……慌乱得没有章法，难以自制……"

"阿川。"

……

身上被什么覆盖，她猛地睁开眼，晶亮的眼睛盯住了正在为她加毯子的青娘，却太过突兀，吓得青娘一愣。

"怎……怎么了？"

她心里有根弦紧紧地绷着，忽然听到车外稀稀落落的声音，问道："又下雪了？"

"没。"青娘将毯子盖在她腿上，"是下雨了。"

青娘挑开车帘，密密的细雨扫进车厢，落在纪萤手背上，冰冰凉。她听见青娘道："终于立春了啊……"

她探头到车窗外，细细密密的小雨打下来浑身都凉了透，她忽然想不起上一次下雨是什么时候的事情了⋯⋯

她在细雨中，看到越发近的宫廷，猛地喝道："停车！"

青娘一愣，纪萤已经掀开毯子窜到车前，挑帘跃了下去，车子没停住，她跳得太突然踩在裙摆上，一个踉跄跌跪在地上。

青娘惊得尖叫："停车停车！"

她却不等青娘，提着裙摆往小巷中跑，她听见青娘在背后喊她，却越跑越快，越发远了。

她像是疯了，脑袋里紧绷的弦"砰"地断掉了，发了疯一样。

青瓦小巷，沿街藤蔓青芽探出来，她发疯似的在这个雨夜里狂奔。

疯了，疯了⋯⋯

她站在东厂门外的雨地中，压着突突跳动的心脏喊道："陆霜！陆生白！"

桌案上的烛火噼啪炸响。

陆长恭猛地抬头看窗外的雨夜，顾小楼一路冲进来，指着门外道："纪川⋯⋯纪川在外面喊你⋯⋯"

他眉心一蹙，撩袍快步跨出房门，也顾不得撑伞，一路焦急地到府邸外，就瞧见，雨夜里，她一身绿衣站在那里，眼睛一闪一闪地亮过繁星。

"阿川⋯⋯"

她猛地冲过来，一把抱住他，由于太过用力，让他踉跄退了半步，便听她在怀里闷声道："我不要报仇了。"

她抬起眼，亮晶晶的，分不清是雨水还是泪水。

"陆霜，我们私奔吧，带上我大哥，我们远走高飞！"

那样笃定，让陆长恭微微发愣，听她又道："什么报仇什么荣华富贵⋯⋯我都不要了，你带我走，去哪里都可以。"

"阿川⋯⋯"

她忽然就哭了出来："我怕总有一天我会亲手杀了你，我怕我会后悔，后悔一辈子！"她浑身都在发抖，"我从来没有为自己选择过一次，这次我选你。"

她看着他，眼眶里亮晶晶的都是眼泪："我喜欢你陆霜，或许是爱，我分不清楚，但我心里的蝴蝶乱得控制不住。"

"私奔？"端木微之瞧着连天的夜雨笑了，"她还真是痴情啊，明知结果还义无反顾……"

身后的黑衣人有些迟疑："圣上是说……"

端木微之嘴角始终挑着笑："舒曼殊的人呢？该有动静了吧？"

"是。"黑衣人应了一声，"照理说舒曼殊的人一直都跟着她，应该及时阻止才是……可是在属下离开之前都未曾见舒曼殊有任何动作。"

端木微之拍了拍手："舒曼殊恨不能她恨死所有人，死心塌地地跟着他，怎么会阻止？除非陆长恭答应了带纪萤走，他才会出现。"

黑衣人蹙眉："那圣上打算怎么做？"

端木微之眨了眨眼笑道："你猜陆长恭会不会带她走？"

这雨下得让人心烦。

大厅里没有掌灯，跪在堂下的暮雪也不敢声张，只抬眼偷瞧了瞧幽暗的正堂上坐着的舒曼殊。

他大半个身子隐在暗影中，闭眼想着什么。

他已经这么静坐半天了，从暮雪禀报后就这么一直坐着，想着。

堂下跪着的暮雪终是忍不住开口，试探性地道："公子？"

舒曼殊没开腔，良久之后问："她是从纪府出来，直接去的东厂？"

"是。"暮雪回，"姑娘去见了纪府的一个仆人，待到天黑才离开，在回宫的半路突然跳下车……去找了陆长恭。"

他依旧闭着眼，眉头却蹙了蹙："她果然还是去了……"

暮雪想了想："属下虽然不知姑娘都打听到了什么，不过出府时姑娘脸色并不好，应该是知道了些不太愉快的事情。"

"不太愉快的事情……"舒曼殊冷笑出声，"她是完全将我说的话抛在脑后了。"

"那就杀了她啊。"大厅门口有人冷笑站着，语气嘲讽又玩味。

暮雪回过头便瞧见靡靡夜色下有个女子扶着门框立在那儿，一袭珠紫色的长衫，秀发散乱，眉目在幽暗的夜色下看不真切，只隐约瞧到她脸上一道道的疤痕，可惜了容貌。

舒曼殊闻言睁开眼，瞧着门口立着的女子，眉蹙得更深，却先叹了口气："小摇……"

"怎么，你心疼了？"苏摇光走过来瞧着他，循循善诱，"她怕是已经全都知道了，她会坏了你的计划，你不是说过一将功成万骨枯吗？现在她已经不听话了，难道不该牺牲掉她顾全大局吗？我亲爱的哥哥。"

舒曼殊看她幽暗的眼睛，叹气道："我知道你不喜欢她……"

"不喜欢？"苏摇光忽然笑了，一颤颤的，"我恨不能将她剥皮抽筋！"

"摇光。"舒曼殊细微蹙眉，"你该去休息了。"说完，起身便走。

苏摇光猛地从背后抱住了他，慌张地道："我错了，我再也不说这样的话了，其实……其实纪萤也挺好的，我会喜欢她的，你别生气好不好？"

舒曼殊拨开她的手，回头，看她胆怯又慌张的模样尽量放淡语气道："摇光，你知道为什么当初我选择纪萤而不是你吗？"

苏摇光点了点头，又慌忙摇头："你一定有你的打算……我不怪你，也不怪纪萤……"

舒曼殊蹙了眉："因为你懦弱，你明明那么恨纪萤却连承认都不敢，若是今天我给你机会杀了纪萤，你敢不敢？"

"我……"苏摇光张口欲言半天，抿得唇线惨白都答不上。

她不敢，她连承认都不敢。

舒曼殊伸手抱了抱她，缓声道："我会保你一世荣华，免你颠沛流离，但我需要的是能够站在我身边，陪我出生入死的女人，你明白吗？"

她在发抖，咬紧了嘴唇，半天半天才点了头。

舒曼殊松开她，转身一壁往外走，一壁对暮雪道："派人出城守着，若是纪萤和陆长恭出了城……格杀勿论。"

暮雪一愣："公子是说……连姑娘也……"

"杀。"舒曼殊撩袍出厅，不回头道，"你和我一起去东厂。"

雨势越发大了，陆长恭在大雨中听不真切纪萤的声音，只听到那些话语在耳膜里嗡嗡蝉鸣，他听到自己呼之欲出的心跳声。

像千百只蝴蝶，扑棱扑棱地扇动翅膀……

纪萤仰着脸看他，一双眼哭得通红，毫不顾忌地跟他讲："陆霜，我爱你，这么大的天地我只爱你……"

陆长恭伸手抱住她："阿川……我不能走。"

"为什么不能走？"纪萤慌了，"为了我大哥吗？我大哥……我可以救我大哥，救了他我们……"

"可我还有东厂。"陆长恭轻轻捧住她的脸，"我还有东厂千万条兄弟的命，我若是走了，他们怎么办？"

纪萤僵在了大雨中，她颤声问他："你是在拒绝我吗？"

身后是连天的大雨，陆长恭在她耳侧慢慢地解释。

他说："阿川，我不能不顾这东厂，这么多的人，如果我走了，太后一定不会放过东厂。"

他说："阿川，我还有一些事情非了结不可。"

他说："阿川，要以大局为重……"

纪萤忽然攥住他的衣襟，红着眼眶，一字字恶狠狠地道："陆长恭，爱或者死，你选一样！"

便是过了很久之后，陆长恭常常会想起那天，漫天的夜雨下，她凶神恶煞地直呼其名，问他，爱或者死，你选一样。

他的纪川从来没有变过，两年，十年，甚至更久更久，纪川还是纪川，她有一颗毫无畏惧、坦坦荡荡的心。

爱或者死。

陆长恭俯身搂紧她，极深极深地叹了口气："阿川，我希望回应你的，是一颗同样坦坦荡荡的心，我不想骗你。"

她的泪水在一瞬止住了，愣愣地道："你别后悔，我会杀了你替纪家报仇。"手心一点点地攥紧。

有什么东西刨开衣襟，直透胸口，冰冰凉凉地刺进肺腑里，陆长恭愣愣地松开纪萤，低头瞧见一柄乌洞洞的匕首插在胸口。

纪萤握着刀柄一分分地深入，深入，一双眼冷得可怕。

"当年你是不是和太后联手害死了我父亲？"

这一刀刺得太过突然，直到陆长恭有些踉跄地退开半步，在身后站着的顾小楼、沈环溪才看到顺着刀刃流下来的血。

"督主！"沈环溪先一步冲到身前，一掌打开纪萤，扶着陆长恭急退数步，压住了他的伤口。

沈环溪用力太急，纪萤被一掌打开，顺着石阶跌在雨地之中，一口鲜血压在喉咙口，猛地吐了出来。

"纪川……"顾小楼想上前，下一瞬漫天席地的雨帘中忽然横冲来两匹快马。

当先的一匹勒马在纪萤身侧，马蹄未稳，人已经翻身而下。

"阿萤！"

顾小楼一愣，看清那人时蹙了眉："舒曼殊？"

"阿萤。"舒曼殊又喊一声，伸手想将纪萤抱起，领口却被纪萤一把抓住。

"杀了他。"纪萤始终没有看他，眼睛直勾勾地盯着陆长恭，"舒曼殊，帮我杀了他。"

舒曼殊顿了顿，却未应声。

纪萤猛地回头看他，一双眼亮得吓人："你不是答应过要帮我报仇吗？舒曼殊，杀了他，杀了他！"

舒曼殊有些迟疑地蹲下身，伸手去抱她："阿萤，陆长恭如今还不能杀，大局为重，我们要从长计议……"

纪萤骤然打开他的手，伏在大雨的青石板上不可抑制地笑了，消瘦的肩膀一颤颤的。

"大局为重……大局为重……你们每个人都有大局，都要我让步，凭什么？"

"阿萤……"舒曼殊想解释什么，她却抬起头来看着他笑了。

素白的面上分不清是眼泪还是雨水，她摇摇晃晃地起身，甩开舒曼殊扶过来的手，道："我明白。"转身要离开。

舒曼殊上前一步，伸手没有扶："你要去哪里？"

"回宫。"纪萤歪头看他，"不是要以你的大局为重吗？"

他忽然便哑口无言，看着她跟跟跄跄地往前走。

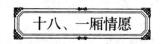

十八、一厢情愿

这大雨到深夜才稀稀落落地止住。

听到小太监禀报纪萤回来了，端木微之便带着几个小宫娥兴冲冲地去了，入殿之后便瞧见浑身湿透的纪萤。

青娘在为她更衣，瞧见端木微之忙要行礼。

端木微之挥手让她起来，又吩咐道："除了朕带来的人，其他的都退下吧。"

青娘有些迟疑："娘娘还未……"

"朕来侍候她更衣。"端木微之心情大好地眨眼笑，"还有什么？"

青娘忙道"奴婢不敢"，带着一众的宫娥太监退出了大殿。

听到殿门轰隆合上的声音，端木微之转过头看着纪萤，她脸色惨白，披头散发，安安静静地站在那里，像是一只游魂野鬼。

他带来的四个小宫娥齐齐整整地跪在一旁，清一色都是刚入宫的小丫头，稚嫩得可人。

其中一个宫娥吃力地抱着一个细长包裹，端木微之接过来，沉甸甸地撂在纪萤脚下，"当啷"一声重响，细布挑开，露出其内的一柄鬼头大刀。

纪萤眉睫抖了抖。

端木微之道："朕听说你筋脉尽断，如今还拿得起刀吗？"

纪萤没有答话。

"真可惜。"他继续道，"朕第一次见到你杀人时真的吓了一跳，你像是一头猛兽，见人血肉时整个人都在发光。说实话，你变成纪萤之后，朕很失望。"他弯腰扶起大刀，"有些人，只有在杀戮中才会熠熠生辉，你说呢？"抬眼看她，将大刀递给她。

她想伸手去接，却发现手指都在颤。

端木微之忽然攥住了她的手指，强行扣在刀柄上，低声道："纪川，它很想念你啊……"

掌心里每一道花纹都熟悉到和她的掌纹贴切而契合。

"它在呼喊你啊……"端木微之在她耳侧低笑，"你听见了吗？"

纪萤浑身的每寸肌肤都在叫嚣，她不自控地发抖，闭上眼睛连眉睫都在颤抖。

"我也很想念它……想念从前的纪川……可是我回不去了……"

她要松手，端木微之却压住不放，偎在她耳侧笑了："想不想尝尝血的味道？"

沉甸甸的刀柄攥在手心里，潮潮的，都是汗水，她几乎感觉到刀锋在一阵阵地颤鸣，蠢蠢欲动……

她终是攥紧那大刀，久违地提了起来，腕间吃力地疼了起来，就算恢复了这么久，她可以行动自如，可是也再难像以前一样自如地挥动这把重重的鬼头大刀。

她松开手指，听着大刀当啷啷地砸在脚边，闭上了眼，手心却忽然一凉，睁眼正撞上端木微之一双魅魅的眼睛。

他挑着笑，将一把细长的小刀塞在纪萤掌心里，偎在耳边道："杀人利器又不止那一样。"

纪萤一愣，看这掌心里寒光凛凛的银质小刀，又看向他。

端木微之已然退开，招手让右边的第一个小宫娥过来，转身对纪萤道："她叫青娥，是在长生殿里负责侍候纪从善的饮食起居。听说你跟着安公公学了不少有趣的招式，想不想知道太后当初安排青娥服侍纪表哥吩咐了什么？"

纪萤眉睫一掀，瞧着青娥，眼光太过吓人。

青娥"扑通"一声跪了下来，忙不迭地道："奴婢、奴婢什么都不知道……"

"朕又没说你知道什么。"端木微之眉眼弯弯的一脸稚气，"你心虚了？"

青娥吓得脸色发白，慌张地抬眼看纪萤。

纪萤盯着掌心里细长的刀，半天忽然道："这些人随我处置吗？"

端木微之无辜地耸肩："随你喜欢。"又指着最后那名宫娥，"这个是闻人夜灵身边的，叫细珠，朕想她应该知道点什么……"

手指抹过刀锋，纪萤歪头看着端木微之，问道："帮你问出来有没有奖励？"

端木微之直勾勾地盯着她："只要朕有，只要你求。"

"好。"纪萤几步上前一把攥住青娥的喉咙，瞧准她的天灵盖，尖刀一刺而下，几乎没有喊声，只是涨紫了脸，青筋暴跳，尖刀深入深入，细细的血顺着额前的刘海，蜿蜒而下，像龟裂的纹路，又像小蛇。

纪萤拨出尖刀，红红白白的液体溅了一身子，松开手，青娥"咚"地就倒在地上，没有一丝挣扎，睁着一双眼睛，死了。

大殿里爆发一连串尖叫，其余的三个宫娥吓得脸色惨白地瘫软在地上。

连端木微之都吃了一惊，没料到纪萤下手这般狠，他惊愣愣地看着她，喜不自控。

纪萤扬着嘴角道："我要你帮我杀了陆长恭，毁了东厂。"

端木微之未答反问："朕给你机会亲手杀了陆长恭，要不要和我一起？"

纪萤缓步到另一名小宫娥眼前，她吓得想跑，裙摆却被纪萤抬脚踩住。纪萤"啧啧"一笑："我对你的江山、你的权势没有兴趣，我只要陆长恭。"她伸手摸了摸小宫娥的下颚。

小宫娥浑身发颤，"哇"的一声哭了出来。

"娘娘饶命……娘娘……"小宫娥缩在地上，瑟瑟发抖地哭着。

纪萤蹲下身子，刀柄挑起她的下颚，问道："不想死？"

小宫娥拼了命地点头。

纪萤眉眼又扫到另外一个，青白着脸的小宫娥立刻匍匐在地，头都不抬地道："求娘娘饶命……"

纪萤起身，凛凛的刀尖点了点跪在最边上的细珠，道："饶不饶命就得问她了，只要你们有办法让她把知道的都招了，我就放了你们。"

细珠浑身一颤，惊恐万分地抬头看纪萤。

她却已经转身，点了一炷香："一炷香的时间，如果细珠不招，那我只有亲自动手了。"抬手将小刀丢在地上，当啷啷一阵响。

眼睛哭肿了的小宫娥盯着面前的小刀半天，忽然一把抓起，转身扑倒细珠，厉声道："你说出来！说出来！"

这一招着实让端木微之新奇不已，偎到纪萤身边，诧道："你怎么想到的这个法子？"

纪萤敛着眉睫笑了："不是我想的。"

"那是谁？"端木微之蹙眉。

"安公公。"她脸上瞧不出什么表情，嘴角似乎还挑着笑，语气也淡，"我小时候和村子里的女孩都被关在笼子里，他就是这样。"她有些夸张地挑眉学着安公公，"不想被丢到狼窝里的，就让纪萤说实话。"

端木微之看着她，也笑了："她们一定往死里折磨你吧？你竟然能活下来，真是奇迹。"

纪萤弯眉，不讲话，看着被剥得赤裸裸的细珠，眯了眼睛。

青娘再入殿时看着满地血迹吓了一跳，走到内殿一瞬间掩口后退，几欲作呕。

纪萤和端木微之的脚边跪着两个小宫娥，衣衫凌乱，浑身的血迹斑斑，分不清是别人的还是自己的。

另一侧倒着个断了气的，纪茧脚边是闻人夜灵身边的细珠，像一条濒死的鱼，一颤颤的，苟延残喘。

"娘娘……"青娘脸色青白地站着，不敢抬头。

纪茧挥手让两名宫娥退下，对青娘道："差人收拾一下。"

青娘不敢多看一眼，忙俯身应了是，退下。

大殿里静了下来，端木微之被血腥味熏得难受，拿袖子掩了鼻子缓步出了帘幔，坐在正殿里，吐出一口气。

纪茧也出来了，净了手，接过端木微之递过来的帕子，一根一根地擦着手指。

端木微之忽然凑过来问："过瘾吗？"

瞧纪茧不吭气，他自顾自地笑道："朕就知道，像你这种人只要见血就兴奋，什么火气都消了。"

纪茧抬眼看他，突兀地问道："荥阳呢？"

这问题太过突然，端木微之愣了愣才想起那天她将荥阳送到他榻上的事，微微蹙眉："那天晚上朕就让人送她回来了，你没见到？"

这样一问让纪茧也愣住了。

"回来了？"可是她根本没有见到过荥阳。

端木微之还要再讲什么，差人收拾尸体的青娘忽然到纪茧跟前，在她耳侧小声道："舒大人来了。"

下一瞬，舒曼殊已经跨进了大殿，抬眼和端木微之撞个正着。

倒是端木微之先笑了，起身道："曼殊深夜入宫想来是有急事找阿茧，那朕就识趣些。"他缓步到舒曼殊身侧停住，转过身看着纪茧笑，"阿茧你可别忘了答应过朕的。"歪头看着舒曼殊笑得不怀好意。

舒曼殊就立在原地，直到端木微之出了大殿，才缓步入内，走到纪茧身侧瞥了一眼内室的血迹斑斑，蹙眉问："他来找你做什么？"

纪茧绕过他坐下，嗔地冷笑："怎么？审问我？他是皇帝，来我这儿再正常不过。"

她话里带刺，舒曼殊坐到她身旁，缓了语气道："还在生气？"

纪萤不讲话，他又道："我知道你气我言而无信，但是陆长恭现在不能杀。"

"我知道。"纪萤低头瞧着手，"你想让他除掉端木微之，你有你的大局。"她掀起眼帘看他，"但这关我屁事。"

舒曼殊被她讲得一愣，低声道："我以为……我的大局就是你的大局，我以为我的天下就是你的天下……"

纪萤"嗤"的一声冷笑。舒曼殊一把扣住她的下颚扯近，近到眉睫相触，一字字道："我以为，我是你的天。"

纪萤微眯了眯眼，也不躲。

"我的天早就塌了，舒曼殊，你放心，你救过我，我不会坏了你的计划，但陆长恭我非杀不可，我要毁了他最重要的东西……"

舒曼殊眉头忽然蹙得极紧，手指也用力，疼得纪萤蹙眉。

"在你求我帮你杀了陆长恭时，你有没有想过我的感受？"

纪萤吃痛，要扒开他的手，却反被钩住了脖颈。

舒曼殊微怒地眯眼，道："你示爱失败，就让我去帮你杀了他？纪萤，我很生气啊……养了这么久，转眼就对别人投怀送抱，你知不知道我随时可以杀了你？"

纪萤盯着他的眼睛一动不动，半天，忽然问道："舒曼殊，你是知道的吧？"

"嗯？"舒曼殊诧异地蹙眉，"知道什么？"

她便不讲话，静静地看着他，直到看到他眉间一点点地松开，才肯定地道："你果然知道。"

舒曼殊松开了纪萤，叹了口气道："我说过，不要再继续去查真相，你偏不听……"

"真的是陆长恭？"纪萤禁不住再一次确认。

舒曼殊好奇地看着她："既然知道害你全家灭门的人就是太后和陆长恭，你为何还要去找他？你就……那么爱他？"

"是。"纪萤答得干脆，"我从来没有否认过我爱他。"

舒曼殊没料到她答得这么爽快，怒极反笑："呵，你爱得坦坦荡荡，可是人家接受吗？"

纪萤低头也笑了："舒曼殊，爱和恨我只能选一样，我怕不试这一次，日后杀了他我会后悔……我要爱，他却选了死，我给过他机会了，也给过自己机会，到此为止吧。"

天落黑时太后传纪萤过去。

纪萤换了衣服到栖凤宫，将将到殿门前就听到凄凄楚楚的哭声，宫娥打了帘子，她入殿瞧见跪在太后跟前的闻人夜灵转过头来一双通红的泪眼恶狠狠地瞪着她。

纪萤到跟前行了礼。

太后摆手让她起来，揉了揉眼角问道："夜灵说你对她贴身的小丫头用了刑？"开门见山，许是被烦得厉害，一副倦倦的表情。

纪萤颇为诧异地看着闻人夜灵："是谁告诉姐姐我用的刑？"

"细珠亲口告诉我的！"闻人夜灵一抬眼泪珠子就滚了下来，珍珠似的，瞪着纪萤，"我晓得你不喜欢我，有什么你冲我来啊，何必对我身边的人下手！你究竟对细珠做了什么！细珠她……细珠她……"眼眶里泪花晃动，摇摇欲坠。

那般的情真意切，直爽不避讳，闻人夜灵猛一抬眼，狠狠道："细珠她死了！你满意了！"

死了？纪萤一愣，才想起今儿听殿里的丫头嚼碎嘴，说是闻人夜灵宫里有个宫娥投百乐池死了，想来原是细珠……

"摇光。"太后吐出一口气，并不看她，"你该晓得这宫中是严禁动用私刑的。"

这话轻飘飘的，话里的分量却重。

纪萤是有些诧异的，她着实想不明白，在那样的折磨下都要求生的细珠，怎么会突然自尽了？

闻人夜灵却在旁侧哭得凄楚。

一个小丫头而已，居然有这么深厚的感情？纪萤将眉头蹙得更紧，又问闻人夜灵一遍："谁告诉姐姐是我用的刑？"

闻人夜灵瞧她不承认，愤愤道："细珠从你宫里回来亲口告诉我的！还有假吗？"

纪萤转过头看向太后，委身又跪下了："若是太后相信一个小小宫女的话，就请太后责罚我吧。"抬起头来，有些好笑，"我竟然不知，在太后和姐姐心里我竟是这样歹毒的人，连个宫女都比不得。"

太后微微睁眼看她，原以为她会哭会闹，至少会扯出皇帝来辩解，可是她竟一句都不讲，就安安静静地跪着。

闻人夜灵却先恼了，泪痕未干地问道："你是什么意思？说我冤枉你吗？细珠她同你无冤无仇，干吗要用自个儿的性命来冤枉你！"

纪萤猛地转头看她："姐姐也说了，细珠与我无冤无仇，我为何要对她用刑？"嘴角微扬，笑却不笑，"小小的一个宫女也值得我费心？"

闻人夜灵被激得发火，脱口道："你是在针对我！谁不知道细珠是我的人，你分明是在打狗给主子看！"

纪萤等她讲完，眨了眨眼看她："姐姐这话我就不太明白了，我为何要针对你？争宠？姐姐多心了。"她那似笑非笑的表情太过讽刺，叹了口气，"姐姐这样猜忌我，那我是不是也可以以为姐姐为了争宠才如此陷害我的？"

"你……"闻人夜灵再讲不出话，一口气堵在喉咙口。

这宫里谁不知道端木微之只在新婚那夜去过闻人夜灵宫中，其余的时间大抵都去了苏摇光那里，她平平淡淡地说一句"姐姐多心了"，让闻人夜灵又恨又怒，却哑口无言。

太后不耐烦地摆了手，叹气道："好了，为了一个宫女吵成这般，倒不怕难看。"

闻人夜灵满腔的怒火便都压回心口，一句话都讲不得。

太后闲淡地瞥她一眼，道："闹了一天了，回去吧，哀家也乏了。"

她只得悻悻告退，又忍不住剜纪萤一眼。

纪萤却视若无睹，等她退起身也要告退，太后却突然叫住了纪萤，倦倦的眉眼抬起看定纪萤，问道："听说你回了纪府？"

纪萤应是，又道："我去找了陆长恭，后来又去了纪府，见到了纪府的老仆人。"既然太后什么都知道，倒不如先一步坦白。

太后点了点头："查出什么了吗？"

纪萤掀了眉睫看太后，试探性地问："荣阳的母亲……是个青楼女子？"

太后神色顿了顿才对上她的眼睛，半天才道："哀家只想知道那个孩子在哪里，其他的不想知道。"

纪萤便不再继续，等她不问才道："若是有头绪一定会禀报太后。"

太后点头，便也不再问。

纪萤行了礼告退，将将转身便听太后在身后淡淡道："有些事情哀家不想管，但在这宫中别做得太过才好。"

纪萤顿了脚步，听她又道："下去吧。"

纪萤出了大殿，听见太后倦倦的声音传出来——

"再派个伶俐的丫头给夜灵，多提点着些……"

十九、偷龙转凤

她回去时难得一轮新月明明朗朗地挂了出来，满地银雪，闪闪烁烁地发着光，她未回寝宫，半道去了长生殿。

太后准许她随时去长生殿看纪从善，也准许白日里带在身边。

夜也极深了，长生殿外的守卫瞧见她行了礼，便自觉地开了门。

依旧是一院子的荒草覆雪，衣食住却精细了不少。纪茧蹑手蹑脚地推开房门，熏熏的暖意便透了出来。

屋子里添了香炭，烧得暖烘烘，噼啪作响。

她合上房门，小心翼翼地走到床榻前，刚撩开珠灰的床幔，内里的人便睁开了眼，晶晶闪闪地看着她。

纪茧有些发窘："吵醒你了？"

纪从善点了点头。

她一时窘在了原地，站也不是，坐也不是。

月色打镂花的窗棂筛进来，一米米地落在床幔上，将纪从善的眉眼照得生光如玉，眉啊眼啊都好看极了。

"我睡不着，来看看你……"纪茧僵僵地站着，半天才挤出一句话。

他却只是睁眼看着她，幽幽浅浅的眼睛一闪一闪，安安静静。

纪茧便找不出话来，伸手替他掖了掖被角，轻声道："你睡吧，我明天再来瞧你。"

她刚要转身，袖口忽然一紧。

纪萤低头对上他的眉眼，瞧着他扯在袖口的手指一愣。

他却惊慌地缩回手，极小声地道："你要我陪你说话吗……"

纪萤愣在原地，月色荡在纱幔上，灰扑扑的珠烟色，她的影子在上面一折一折地动荡，难以安定。

瞧她不应声，纪从善小心翼翼地看着她，又道："我睡不着的时候都跟自己说话……说着说着就睡着了……你也一个人睡？"

纪萤抿嘴点了点头，蹲在榻边问："我一个人睡不着，我们一起睡好不好？"

纪从善有些犹豫。

纪萤却已经掀开他的被子和衣挤了进去，他慌忙地往里挪了挪身子，胳膊被纪萤环住。

纪萤在被子里心满意足地叹气，喃喃道："真暖和。"

纪从善有些不自在地动了动胳膊，听她将脸埋在手臂里，小声道："真好……"

亵衣忽然一点点温热热地打湿了，他伸手捧起纪萤的脸，看到她通红的眼睛，诧异道："你……哭了？不舒服吗？"

纪萤贴着他的手掌想从闪闪的泪水里咧出一个笑，却突然哭出了声，捂着眼睛道："我只是觉得绕了这么大一个圈，我才找到你……我不知道值得不值得，你都不爱我，你在讨厌我……"

纪从善听不大明白，眨了眨眼看她，伸手拿开了她的手指，瞧着她红红肿肿的眼睛，道："你不要再杀人了好不好？也不要欺负荣阳……你不要那么凶……我其实不讨厌你。"

"是吗？"纪萤眉睫上沾满了泪水，问他，"我不杀人，别人就会杀了我，如果我死了，你也活不了。"

纪从善不解地蹙眉："为什么？为什么别人要杀我吗？"他有些慌张，"是……是我做错了什么吗？"

纪萤也捧着他的脸，看着他："如果我死了，我会先杀了你，我答应过娘亲要找到你，照顾你，如果我不在了，我宁愿带着你死。"

这一夜纪茧睡得格外踏实，一觉醒来天光大亮，窗外蒙蒙的阳光透进来，灿得晃眼。

她将纪从善和自己略一整理，便带他回了寝宫。

还未入殿，青娘便焦急地迎了过来，瞧了纪从善又瞧她，也没多问，只是道："您可回来了，圣上都等您一夜了……"

"等我？"纪茧诧异，还没多问，就听端木微之在大殿里阴阳怪气地道："好大的架子，夜不归宿，让朕等了你一夜。"

纪茧牵纪从善入殿，蹙眉看他："圣上找我有事？"

端木微之坐在侧榻上，似乎一夜未睡，眼眶下一圈的青紫，脸色也差，瞥她一眼反倒笑了。

"整个后宫都是朕的，没事就不能来了吗？"

纪茧没再讲话，瞧纪从善饿得厉害，便吩咐青娘去备膳。

端木微之凑过来道："朕也没用膳，就一起吧。"

"你不去太后那里？"纪茧诧异，她记得端木微之都会去太后那里用膳的。

端木微之撩袍坐在桌前，单手托腮道："朕不喜欢跟太后一起用膳，闷。"又道，"而且朕有事同你商量。"

"什么事？"

端木微之却不答她，只皱着小脸道："先吃饭，朕饿死了。"

便也不再讲话，催着青娘布好膳食，连同纪从善一起落了坐。

想是真饿了，端木微之埋头吃得七七八八才心满意足地放下筷子，眯眼道："真好吃，这几道菜朕怎么没吃过？"

"青娘做的。"纪茧夹了一筷子菜给纪从善。

侍候纪从善用膳的青娘忙行礼道："奴婢手笨，让圣上见笑了。"

菜色简单却格外下饭，端木微之颇为惊讶地笑道："你还会做什么？"

青娘瞧他睁得溜圆的眼睛像个孩子，不禁也笑了，回道："多是些家常菜色，入不了圣上的眼。"

端木微之越发感兴趣，还要接口，纪萤忍不住道："你到底有什么事？"

端木微之悻悻地耸了耸肩，先对青娘道："以后朕常来，你把那些都做给朕吃。"又瞧纪萤不耐的眼色，凑过去笑道，"朕听说你今儿个要出宫？还是太后准的？"

纪萤点头，她要出宫确实是太后准许的。

他便觍着笑凑得越发近，道："朕和你一块去。"

"一块？"纪萤避开他凑过来的脸，蹙了眉，"我为何要带你出去？"

端木微之堆笑的脸立马垮了，委屈地撇嘴，不满道："朕是怕你有危险……"

"圣上多心了。"纪萤挑眉看着他，"只要你不去，我就没有危险。"

端木微之脸色更加难堪，伸手扯住纪从善道："我陪纪表哥去，是吧纪表哥。"捏了捏他的脸。

纪从善满是迷惑地看他，见他对自己使眼色，又看纪萤。

纪萤不看他，只淡淡地对纪从善道："不要理他，乖乖吃饭。"

纪从善忙垂下眼，扒了两口饭，偷偷抬眼瞧端木微之的脸色，青青白白难看得要死。

纪萤带着纪从善乘马车一路去了纪府，在门前停下。车夫打了帘子，扶纪萤下车，便去敲门。

门前还停了一辆马车，蟹青的帘子，四角悬着青玉坠子，风一摇便响得细碎。纪萤想不透除了自己谁还会来纪府，便凑前瞧了瞧——青玉坠子上有龙纹一般的蛟蟒纹饰。

眉间一紧，府门已经开了。

张妈在门里瞧见纪萤赶忙迎了出来，笑得一脸皱纹，扯着围裙就跪了下来。

"小公子您来了。"张妈探头看纪萤身后的马车，"我们家小公子呢？"

纪萤侧身冲马车道："纪从善。"

一双细白的手指挑开了车帘，纪从善双手扶着车沿，胆胆怯怯地看了过来。车帘一晃，从他背后探出另一张脸，十五六岁的小少年，天山雪似的脸，一双眼黑溜溜地打量着纪府，一抿嘴，两粒梨涡漾漾，笑道："这是纪府？"

纪萤没有搭理他，只打袖口里摸出一包银票递在张妈手里。

张妈惊惶得不敢接，死命地推迟："老身怎么敢接！您帮忙照看小公子老身已经感恩戴德了，怎么可以……"

"张妈。"纪萤塞在她手里，"这些不全是给你用的，你拿着，找人将府里好好修葺一下，将纪大人的房间好生打理着。"

"这……"张妈盯着银票半天苦笑，"公子费心了，不过修葺了又能怎么样……没人住的房子总是没有人气儿的……"

纪萤低头伏在她耳侧，轻声道："用不了多久，一切就都归还原位了。"

"您说……"

"嘘！"纪萤竖了两指在唇边，眨眼笑了，直起身往马车走，"我走了。"

张妈忙道："公子来了不进去坐坐吗？"

纪萤没回身，踩着车夫上车，在马车之上歪头道："府里来了我不想见的人，便不去。"

而后放下车帘，纪萤吩咐车夫道："去乌衣巷。"

车夫一鞭抽下，马车便辘辘而去。

端木微之靠在车里，瞄纪萤道："陆长恭在纪府？"

纪萤单手撑着腮没搭理他，他便撇嘴笑道："都是老相好了，见一面又有何妨……"话未讲完，纪萤一双微眯的眼就瞪了过来，晶亮亮的光。

他识趣地闭了嘴，却不满地去逗昏昏欲睡的纪从善，伸手戳了戳他的脸，歪头问道："纪表哥说是也不是？明明爱得要死，如今见个面倒成尴尬了。"

"我倒没发现，你嘴怎么那么贱啊？"纪茧不耐烦地睨他一眼，将纪从善惊了一跳，抬眼迷迷糊糊地看她和端木微之。

端木微之却不以为意，眨巴了眼睛道："朕一贯含蓄，那些优良品质哪里是你们这些俗人可见的。"

纪茧以前不常同他单独接触，却也从未想过他嘴皮贱得人手痒，一时竟也争不过他，索性不理他。

没多会儿，马车吱呀停住。

"公子到了。"车夫下车打开帘子，扶纪茧下车。

端木微之探头往外瞧，明晃晃的太阳耀得人眼发晕，蹙眉道："这是哪里？"跃下马车，几步到不远处的门庭前凑着上面的招牌，嘟囔，"芜园？"

纪茧牵着纪从善已经到他身侧，侧头瞧他一眼，似笑非笑地道："这种地方可不是你这种年纪来的，要不要在车上等着？"

端木微之面色一红，努嘴道："你也比我大不了多少。"先一步就走了进去。

芜园的门脸不大，帐幔垂着，撩开进去是一条青砖小甬道，一路过去却是柳暗花明的一处园子。

纪茧带着纪从善和端木微之进了园子，直接拿出金锭子砸在桌子上要见老板娘。

一个上了些年纪的妇人松松绾着鬏发走了出来，笑盈盈地打量她一番便知她是个女子，不由得笑道："这位姑娘想找个什么样的姑娘作陪呢？"手指摸上了冰冰凉的金子。

纪茧按住她的手，盯着她的眼睛道："我找一个叫绿意的姑娘，就是你对吗？"

妇人身子果然一僵，眉目蹙得极紧，问道："你从哪里听说的这个名字？"

纪茧也不答她，挑眉笑了："你果然就是绿意。"

"你是什么人？"妇人打量了又打量她，又瞧纪从善，总觉得这张面孔熟悉得很，但就是想不起来，"既然你不愿意说，那我就不奉陪了。"转头要走。

纪萤忽然笑道："你应该听说过荥阳公主吧？"

那张有隐约皱纹的面就这么凝住了，纪萤瞧见她眼角的每条纹路都在颤抖，不由得心满意足地吐出一口气："不请我进去喝杯茶吗？"

绿意的厢房外侧是个极大的客厅，内里珠灰纱幔遮掩的是卧房。

纪萤带着纪从善进去，将端木微之留在了外面。

绿意直勾勾地盯着她："你到底是谁？"

纪萤不答她，拉着纪从善笑道："你不认识我，该认识他才对。"

绿意错眼去看纪从善，眉目如画的模样确实是在哪里见过，偏生想不起来。

"他是……"

"他姓纪。"

一语讲完，绿意撑着桌子猛地站了起来，衣带碰得桌上的茶盏当啷啷乱晃。纪萤扶住茶盏，抬眼看她，喷地笑了："看来你还记得。"

怎么会忘记？纪从善和纪惠景生得极为相似，眉目间却还有红鲤的影子……她气息紊乱，扶着桌子让自己缓和下来，沉声问："是红鲤让你来找我的？她……在哪儿？为何还是不肯放过我……"她以前的花名，知道的人并不多，除了红鲤和纪惠景还有谁。

"不是她。"纪萤一瞬不瞬地看着她，"红鲤夫人已经死了。"

"死了？"绿意极是吃惊，"怎么会死了呢？她不是逃出去了吗？"

纪萤不想再继续这个话题，岔话道："我今日来找你，只是想问你一些事情。"

"什么事情？"绿意警惕地看着她。

纪萤想了想才道："关于荣阳公主……"

"我不知道！"她忽然喝止，声音都失控变得尖锐。她扶着桌沿的手指发着抖，"我什么……什么都不知道！请回吧！"

纪萤也不急着讲话，等她略微平静，才道："不用那么紧张，你先坐下来。"

她依旧站着，脸色惨白一片。

纪萤耸了耸肩，淡声道："既然你什么都不知道，那就让我来给你讲个故事。"点了点椅子，"坐下来。"

纪萤眸子里星星闪闪，口吻却不容商量，只等着绿意坐下。不知为何，绿意瞧着那双眼竟想起了红鲤，她也是这般看着你，不急不躁，但那闪烁的光逼得你不敢直视，强势地吩咐你做什么，是很让人讨厌的。

屋子里静得厉害，窗外的溪流潺潺，她僵了半天终是坐了下来。

"你不必紧张。"纪萤欲笑不笑地看着她，"你也好奇我要讲什么，不是吗？"

绿意僵着脸不讲话，她确实好奇，若不是想知道纪萤来的目的，她大可以让人将纪萤丢出去，可她想知道荣阳……

纪萤托腮想了想，道："该从哪里开始讲呢……从红鲤夫人这位奇女子开始讲好了。十几年的旧闻了，当初在京都之内也闹得沸沸扬扬，说是芜园之中有位极有手段的红鲤姑娘，不晓得用了什么法子将京都第一佳公子纪惠景大人迷得七荤八素，竟然为了一介青楼女子和纪府闹僵了，一连半月都住在这芜园……最后红鲤姑娘怀了纪家的骨血，一朝翻身做了纪家夫人，是不是？"

绿意不答话，一张面白得吓人。

没有人比她更清楚了，当初她和红鲤一同进的这芜园，曾经情同姐妹，亲密得什么话都讲，也曾一起挨过鞭子，一起逃过，一起挨过饿，再没人比她了解红鲤的性子，倔强又强势，从来不会对谁低过头。

"我还听说红鲤在芜园时有个顶好的姐妹……"纪萤笑着看她，

"似乎就叫绿意。"

绿意反倒松了神色，疲倦地看着纪萤道："姑娘既然什么都知道，何必说得这样累？不如我们开门见山，你知道些什么？又想知道些什么？"

"好。"纪萤道，"我想知道关于荣阳公主的事情。"

绿意蹙了蹙眉："我为何要告诉你？"

"因为我总会有法子让你开口的。"纪萤细白的手指一空一落地敲在桌面，"最好不要逼我出手，我可是心狠手辣禽兽不如。"

绿意顿了顿问道："你究竟是什么人？"

纪萤也想了一想："东厂。"

她果然变了脸色，良久才开口道："你……知道这些做什么？"看着纪萤的一双眼满是担忧，"是荣阳出了什么事吗？还是……你在调查什么？"

"荣阳没事，至少暂时没事。"纪萤毫不掩饰，"不过若你不讲得让我满意，我就不能保证了。"

绿意没有讲话，只是起身在屋子里来回踱步，再转过头来时，低声道："荣阳其实并不是公主……她是纪惠景的女儿！是红鲤偷偷用自己的女儿将太子偷龙转凤了！"

"哦？"纪萤挑了挑眉毛，忽然笑，"是吗？"

看她笃定地点头，纪萤起了身，牵着纪从善往门外走，不回头地道："既然如此，告辞了绿意夫人。"

绿意满是诧异，怎么将将讲了一句她便走了？想追问，纪萤已经推门而出，再没有回头一眼，只余下她一人愣怔地立在屋子里。

纪萤出了房门，拉上被一群莺莺燕燕围着调戏的端木微之就走。

端木微之本来被这些胭脂俗粉缠得正是心烦，突然被纪萤冰冰凉的手指拉住，心头僵了一下，抬眼看纪萤，她素白的脸，拉着他头也不回地往外走。

三人上了马车，纪萤坐在角落里半眯着眼不说话，也不知在想些什么，纪从善坐着也不敢言语。

端木微之就那么肆无忌惮地打量着纪萤，她的睫毛真长，柔软得像羽毛，幽暗的马车里只有她眸子里的光芒一星星地闪烁。

"纪萤。"

"嗯？"纪萤回过神来看他。

端木微之禁不住攥住了她的手，小心道："你可以试着信任我，有什么心事可以让我帮你分担。"

他黑魅魅的眼睛不闪避地瞧着她，带着孩子气的天真。

纪萤极嘲讽地笑了："你是在可怜我？"

"我没有。"他伸手环住纪萤的腰，蹙眉道，"我需要你。"

需要她。

纪萤伏在他的肩头一耸耸地笑了起来，在他耳侧吞吐道："是了，我们现在都需要彼此……"

他青稚的眉眼便蹙了起来，张口却终是什么话都没讲。

回到宫中时天色已经正午。

端木微之回寝宫换了衣服来寻纪萤，她却已经不在殿里了。

青娘跪在眼前禀道："娘娘刚回来便去向太后娘娘请了安，再回来便吩咐奴婢今晚不必备膳好生照料纪公子，便又出去了……"

"去了哪里？"端木微之蹙眉。

青娘摇头不知，坐在门槛瞧蚂蚁的纪从善却抬头，道："出宫了。"

端木微之一愣，几步过去蹲在他身边问："她说她出宫去了？"

纪从善点头。

"那有没有说去了哪里？"

纪从善想了半天却摇了头。

端木微之满心烦躁，撩袍回了寝宫，他是真讨厌纪萤！

纪萤敲开门时张妈愣了一愣，天色昏暗，日暮尽掩，没料到她会夜访而来，还是一个人。

"小公子？"张妈一诧，慌忙开门请她进来，"这样晚了怎么独身来了？"

　　纪萤进了府邸，止了张妈要插门的手，道："还有人没来。"

　　"还有谁？"张妈诧异。

　　她却未答，自顾自地往里走，瞧见已经开始架的修葺架子，转头对张妈道："张妈，我有些事要在府里处理……"

　　"小公子尽管随意，您是纪家的大恩人，这纪府便是您的。"张妈几步上前，有些激动，"有什么您尽管吩咐。"

　　纪萤点了点头："倒不需要什么，给我一盏灯，我去花园的小室里招待客人，无论发生什么你都别过来就是了。"

　　张妈虽疑惑，却也不敢多嘴问，到屋里取了一盏油灯递给纪萤，瞧她持灯往花园去，忍不住问道："小公子还没用晚饭吧？需要我去做些吗？"

　　"不必了。"纪萤持灯转过头来，花木扶疏下浅浅一笑，灯影疏露，"我不饿。"

　　张妈就那么愣住，灯影晃晃下，她持灯那么笑着像极了红鲤夫人……若她是女儿身估计是和小小姐那样大的年纪了。

　　花园里静得厉害，只有树叶骚动的沙沙声，纪萤持灯走过，树叶之下的蟋蟀仓皇而逃。

　　小室没有上锁，她推门进去，举灯瞧了瞧，四下干净了许多，物件也都规整地放着，想是张妈整理的。

　　她将灯放在桌子上，挑了挑灯芯，"啪"一声火苗亮堂了起来。

　　旁侧放着未做完的木马，她手指拨了拨，当当地晃悠着。她饶有兴趣地瞧着，来来回回地拨弄，也不晓得过了多久，房门"嗒"的一声开了。

　　她瞳孔一亮，就瞧见有黑衣人扛着个麻袋进来。

　　"顺利吗？"

　　黑衣人将麻袋靠墙放下，转过头扯下面纱对她咧了咧嘴，深白的牙齿，紧蹙的眉头，居然是顾小楼。

"你……你到底要做什么？"顾小楼挠了挠头，"我做这种事要是被督主知道，一定活剥了我。"

纪萤近前解开麻袋，绿意昏迷的脸就露了出来。

纪萤对顾小楼笑："你放心，我不会害你的，我只是想知道关于我娘亲的事，问完就放她走。"

"真的？"顾小楼半信半疑地看着她，待她笃定地点了头，也笑了，伸手揉乱她的发，"你可别忘了你答应我的。"

纪萤忙不迭地点头。

"只要查出我娘亲的事，我立刻就离开皇宫。"

顾小楼定定地看着她，仿佛要看进她心里，半天才道："纪川，我希望你信守承诺。"拍了拍她的肩，咧嘴一笑，"好了，老子走了，有事你还来找我。"转身到门前又顿住了，"对了，这次你能来找我帮忙，我很开心。"

昏黄黄的灯色下，他笑得毫无猜忌，看得纪萤再维持不下脸上的笑。若是说这辈子她最狠不下心利用的人，除了纪从善，便是他顾小楼了。

他对谁都是一颗坦坦荡荡的心，憎恶和喜好从来不掩饰，和这深深的皇城一点都不像，他该活在江湖，快意恩仇。

他是清楚的吧？

纪萤突然去找他，借他的力量甩掉舒曼殊放在身边的耳目，又让他去将绿意劫持来，这样明显的利用他该知道的吧。

可他没有丝毫疑虑，纪萤只说了一句"如今只有你能帮我了"，他便毫不犹豫地出了手，甚至不曾对她有丝毫的猜忌……

顾小楼出了小室，纪萤忍不住疾步到门前。

"顾小楼！"纪萤手指攀在门沿之上，瞧着他的背影欲言又止，想脱口的话，辗转变成了一句，"你离开东厂吧。"

顾小楼在树影之下顿了脚步，没有转头，半天突然一笑，背着身子冲她摆了摆手，一跃而起。远远地，她听见他言语带笑的声音："老子的江湖就是东厂，你让我去哪里？"

清风明月之下，她听到树叶沙沙沙沙沙的声响，自顾自地叹气道："对不起……"

她再转身回到小室时，绿意已然醒了，一双眼没有焦距，迷惑地看着纪茧，半天才回过神，大惊："你……"瞧了一眼四周，"这是哪里？"

纪茧坐在桌旁也不理她，只是打怀中掏出一蓝绸袋子，绸缎扎着，叮叮当当的。她在桌上灯下解开，一排银质小刀摊在了灯色下，形状大小各一，寒光凛凛。

那光闪得绿意浑身一颤："你……你想做什么？"

"我想做什么绿意夫人不清楚吗？"纪茧捻起一柄小刀，在灯火上烧过，压得光亮一暗，"我只是想要听实话而已。"

"我讲的都是实话。"绿意稳住心神看她，"其余的……我也不知道。"

"哦？"纪茧起身，把玩着小刀蹲在她面前，将她的麻袋割开，然后刀尖点在她的衣襟前，一路向下向下，轻声道，"我最讨厌不说实话的人了。"

绿意听到"刺啦"一声响，刀尖划过的地方衣襟全数破开，整个胸脯露在空气之中。

"你……你便是杀了我，那也是实话！"

"我怎么会杀了你？"纪茧起身，"我们来玩个游戏吧。"

纪茧到门前猛一开门，门外偷听的张妈惊得跟跄一步，瞧着纪茧很是尴尬地慌道："老身……想看看小公子饿了没……"

纪茧也不恼，只是淡淡道："烧桶热水来，要煮沸的。"

张妈略一惊诧，眼睛往小室一瞟，慌张地应是退了下去。

不多会儿，张妈便提了桶热水进来，放在小室中，腾腾的热气白烟，几乎可以听到桶内水沸腾的声音。

张妈偷眼看赤着上半身的绿意，问道："这些行吗？"

纪茧点了点头，挥手让她下去。

张妈也不敢迟疑，到门前又瞧了绿意一眼，终是合上了门。

小室一下子静了下来，闷闷的热气蒸腾得人发燥。

纪川歪头看着绿意笑了。

"绿意夫人我们开始了哦。"她语气盈盈地提了小刀，猛地划过绿意的肩膀，一片薄薄的皮肉削了下来。

刀刃太快，绿意先只是觉得凉，之后一点点的血珠透出，才丝丝裂裂作痛，痛得她咬牙撑着，额头都冒了冷汗。

纪萤笑眯眯地看着她，刀尖挑起那一片皮肉，丢在了热水中。

绿意听到咕咕的水沸声，白烟之下，纪萤夹出那片熟透的白肉片吹了吹递在她鼻尖，笑问："香吗？"

这胃里的翻腾瞬间涌到喉咙口，绿意伏在地上几乎干呕。

纪萤抬手取了堵她口的白布，歪头看她："荥阳是你的什么人？不说我就把你的皮肉一块一块煮熟了喂你！"

绿意疼得浑身发颤，喉咙里动了半天，她听见自己道："她……她是我的女儿……"

旁侧的热水依旧腾着热气，纪萤的小刀上挑着她的一块肉，让绿意发抖。

"迟早要说，又何苦逼我动手呢。"纪萤细白的手指就一空一落地敲在桌面上，眯眼看她，"说吧，关于红鲤夫人关于荥阳的，你要讲实话。"

绿意缩在墙角一阵阵发抖，也不知是疼还是怕，直抖得牙齿咯咯相撞，半天才缓过神来，开口声音都哑了："我……我和红鲤是一同被卖进的芫园……那年我十六，她将将十五……"

十五……那种年纪该一派天真而胆怯的，但红鲤不一样。

她记得那天，她和红鲤被关在狭小黑暗的柴房里，饿了快三日，滴水都未进，她怕极了，又饿得很，先是不住地哭，到最后连哭的力气都没有了，浑身发热地瘫软在墙角。

红鲤却一直安安静静地坐在旁侧，没哭没闹，一句话都未讲过。她以为红鲤是个哑巴，红鲤却突然伸手摸了摸她的额头，蹙眉道：

"你发烧了。"

这是红鲤同她讲的第一句话，那之后她一直在想，若是没有红鲤，她是不是就死在那个幽暗潮湿的柴房中了⋯⋯

是红鲤救了她。

红鲤隔着门板对鸨母说了几句什么，门便开了。之后好吃好喝什么都有了，她和红鲤成了芜园的姑娘。

名字都是鸨母取的，绿意红鲤，她并不知道红鲤的原名。

那段时间她是恨红鲤的，尽管红鲤救了自己，可沦为青楼妓女她宁愿死，宁愿死在那间狭小幽暗的屋子里。

红鲤却连挣扎都没有，仿佛是天生的妓女。

是的，她那时是瞧不起红鲤的，也曾恶语相向，可红鲤总是不以为意，常常将客人打赏的小物件送给她。

若不是那次红鲤挺身相护，她也许这辈子都不会同红鲤交好⋯⋯

那日她身子不舒服，卧病在床没有接客，偏偏就有人横冲直撞地推门进来，带了一干打手，说什么都非要她作陪，出言污秽，强行来剥她的衣服。

她那时性子傲，一头便要撞在门柱上，是红鲤伸手拦下了她。

一群平日里的姐姐妹妹看笑话地围着，只有红鲤站了出来，笑盈盈地伸手扶住她，对她道："没出息。"又吩咐她身后的小丫头，"先扶你家姑娘去休息。"

那公子不乐意了，要打手去拦，红鲤却软身偎了上去，细白的手钩住那人的脖颈，媚眼如丝地笑道："难道我陪你就不成吗？论样貌我哪里输她了？"

那股子傲慢不服输，轻佻却又霸道，想来看在男人的眼里别样的勾人吧？

她不知道后来红鲤又用了什么手段，只晓得天色大亮时红鲤才回了自己卧房，脸色白得吓人，瞧见她，脚下虚浮地一个踉跄。她慌忙上前扶住，却摸到红鲤手心里细细密密的一片冷汗，玉样的手臂上横七竖八的伤口，眼泪就那么下来了。

"你……干吗要替我出头……"

红鲤却抬着苍白的脸对她笑，撇嘴道："我乐意，哪里有那么矫情。再者谁要救你，我只是不服气为什么就单单看中了你？我又不比你差。"倔强得让她讲不出话。

第二日红鲤便发了烧。

她守在红鲤床边，尽心尽力地照看，终是没忍住问道："你当初为什么连挣扎都没有……那么顺从地答应做这等……这等事？"

红鲤咯咯笑了："你以为挣扎有用吗？结果都是一样的，干吗要再去吃那些苦？"

一句话堵得绿意哑口无言，半天才恼红了脸道："可……这等作践自己的事，宁愿死都不能做的！"

"你家里很有钱吧？"红鲤突然这么问她。

她一愣，良久才道："虽不算大户，却也丰衣足食，若不是父亲突然过世……"再讲不下去。父母原是极疼爱她的，掌心里护着，可是父亲突然疾病过世，她和母亲才千里迢迢地来京都投亲，走散了，她流落到了芜园。

红鲤却叹了口气："我是自愿被卖进来的。"

"自愿？"绿意惊道，"你的父母竟这般狠心？"

"他们早死了，我跟着姨母过，家境还算殷实。"

"那你还……"绿意便更为不解。

红鲤低头瞧着自己细细白白的手指："表兄想纳我做偏房，我就逃了出来。我吃不了苦，也受不了罪，怕疼怕死，与其饿死街头，倒不如待在这里。"

绿意欲言又止几次，终是什么都没开口讲。

红鲤却猜出她的意思，侧头看她："是不是觉得我不知廉耻？不做妾如今反倒做了妓女。"

绿意默认，她却笑了，半天才眨了眨眼对绿意道："我母亲临死前对我说过一句话……"

"什么话？"

红鲤看她，眼睛里亮晶晶的光，一字字道："宁愿为娼，永不为妾。"

这八个字和她那天的眼神，绿意是永远忘不了的，即便是之后她们亲密无间，绿意也有意无意地避开这种话题。

这是红鲤心里的一道墙，直到遇到纪惠景。那时他还是个少年，翩翩如玉、青稚害羞的少年郎，被朋友强带了进来，未讲话脸先红了透，粉雕玉琢的小公子，连正眼都不敢瞧她们。

芜园里的姐妹，哪个不曾为他动过春心，连绿意都不例外……

所有人都想要借着这个京都小公子，离开芜园，百般讨好，绿意甚至也耍过手段，在他面前装醉表露爱意。

可偏偏他就是木头一样的人，手段用尽都只是羞红了一张脸恭谨有礼地待她，不曾逾礼半分。

可偏偏他这样木头一样的人就瞧上了红鲤……

小室里闷得人喘息不过，绿意忽然就不讲话了，半天不甘心地道："若不是红鲤的出现，嫁进纪府的就该是我，而如今纪府也许就不会落到这般田地了……"

纪萤不接话，安静地等她继续讲。

那天纪惠景陪友人来，绿意好不容易才将独自坐在角落发呆的纪惠景怂恿得动心，陪她到园子里走走，将将到红廊，便撞上了红鲤。

红鲤一副醉醺醺的模样，衣衫松垮到肩，赤着一双脚，摇摇晃晃就和纪惠景撞了个满怀。

绿意忙上前扶住她，不悦地嗔道："怎么喝成了这样也不回房歇着？"

红鲤抬起一双微醺的眼看她，白玉的面上是晕晕的红，一脸的迷茫，瞧她半天忽然笑道："绿意！"伸手便搭住了她的脖子，抬起白嫩的小脚晃啊晃的，细眉蹙了蹙，"我的鞋子不见了……我找我的鞋子……"

绿意伸手推开她，偷瞧一眼旁侧愕在原地的纪惠景，越发不悦道："发什么酒疯，也不怕让纪公子笑话。"

"啊……"纪惠景回过神，慌张地敛下了眉睫，"怎会……"

红鲤歪过头来瞧他："你就是那个让园子里姐妹夜夜惦记的纪小公子？"

这样醉醺醺的挑笑，一下子让纪惠景脸红得抬不起来。

绿意想喝止红鲤，偏她发起了酒疯，兴奋异常地摇晃过来，细白的手指捏起纪惠景的下颚，眯眼笑成狐狸样："呀呀，果然生得好看，比我都好看。"

"红鲤！"

绿意还没来得及阻止，红鲤便毫不着耻地吻上了纪惠景的嘴。太过突然，纪惠景和绿意都愣住了。

煌煌的灯色下，红鲤咯咯地笑着，眉眼里是光亮，舔了嘴唇对纪惠景道："好吃。"

绿意看到纪惠景红透的脸，和他瞧着红鲤惊诧的眼神里透出一闪闪的光，便知道这次她又输了。

她不甘心，一直以来都是如此，红鲤什么都比她强，尽管她再处心积虑都抵不过红鲤的任性妄为，凭什么最后她要过得比红鲤差？

看着纪惠景日日都为了红鲤来，那样无微不至的爱，那样的耳鬓厮磨。看着纪惠景为了红鲤和家里闹翻寻死觅活的，一定要明媒正娶……

她没有一日安心舒坦过。

后来红鲤有了身孕，纪惠景更是百般呵护。纪府的态度也竟然好了不少，到最后同意让红鲤为妾，先入府养身子。

绿意虚弱地吐出一口气，靠在墙上。

纪萤忍不住插嘴问："我听张妈说，那时候有人偷偷跟纪老夫人讲，红鲤夫人肚子里怀的不是纪家的骨血，是你吗？"

绿意闭着眼笑了："是我，我看不惯红鲤那副样子……她明明要心机用手段地攀上纪惠景这个高枝，居然装起了清高……"

红鲤竟然拒绝了嫁入纪府。

当着那样多人的面，红鲤将纪府婆子带来的赎身钱丢了出去，她说："我红鲤宁愿为娼，也永不为妾。"

那样的清高，让绿意打心底里厌恶。

第二日，绿意便将纪老夫人备下的打胎药端进了红鲤的房里。薄薄的灯色下，红鲤看她的眼神满是鄙薄。

绿意道："纪老夫人说了，既然你不愿入纪府，那这个孩子就留不得……况且，也不一定是纪公子的骨血……"

话未讲完，红鲤便笑了，抬着一双盈盈的眼睛看她："绿意，你知道为什么纪惠景最后选的是我，而不是你吗？"

绿意明知不该开口，却仍忍不住问道："为什么？"

"因为我比你诚实。"

"你是说我一直在骗他？"绿意手指都在发颤。

红鲤却不眨眼地看她："既然喜欢他，为什么不直接告诉他？"

绿意顿时哑口无言。

"他是个心性极单纯的人。"红鲤细白的手指触在药碗之上，"不要借着爱的名义要手段，我自问没什么配得上他的，但我爱他的这颗心坦坦荡荡，我爱他的人，他的身份，他能给我的一切，我从最开始就同他讲得清清楚楚。"抬手将那碗药推翻，啪地碎在脚边。

红鲤说："所有人都不接受我也没关系，只要他爱我，我只要他的爱。"

"后来呢？"纪萤问绿意。

绿意靠在青砖墙之上半天都未答话，过了很久之后才幽幽地睁开眼道："后来红鲤自己赎身离开了芜园，那段时间我不晓得她去了哪里，直到几个月之后才听说，红鲤生了个儿子，母凭子贵，终于是嫁入了纪府……"

纪茧没讲话，张妈曾经同她讲过，红鲤离开芜园的那段时间是一个人住的，张妈去看过她。

　　"那样一个姑娘家确实与别人不同，倔强得要命。大着个肚子，自个儿赎身，用几年存下的积蓄支撑度日，过得辛苦又清贫，但从来不向我们家老爷伸手要钱，也绝口不提嫁入纪府的事情。惠景公子那时候也长大了不少，陪着她一起过苦日子。"张妈是这样同纪茧讲的，皱纹里满是愉悦的笑，"老身实在是不忍心瞧她这般吃苦，也去劝过她，低个头，先入府为妾，等日后老夫人顺过这口气，还怕惠景公子不将她扶正嘛！"

　　"可她却说，她虽爱慕荣华富贵，但并不是没有见过钱，芜园之中有的是为她一掷千金的。"张妈抿了嘴笑，"红鲤夫人那时年轻得很，又长得顶顶的好看，却与那些女子都不一样，她对老身说，她这辈子吃过苦，受过罪，也见过鼎盛繁华，那样多的男人说爱她，巴巴地将所有好的东西都推在她面前，但她就是要定了惠景公子。"

　　"我晓得的，那些人爱的是我这副皮相，是我这可以抱上床的身子，就像他们也爱园子里的姐妹，只要是这颠鸾倒凤的色相，哪个管你是谁？但纪惠景不一样，他爱我这个人，无论我是什么身份，什么容貌。等我老了，再没有现在的好看了，他依然还是爱我的。"红鲤是这样同张妈讲的。

　　后来，纪从善出世，纪老夫人暗中调查，在确定纪从善确实是纪惠景的骨血才同意让红鲤进门。

　　原本该是极圆满的日子，纪府添了小公子，红鲤夫人打入门也从未有过不得体，同纪府上上下下都相处得极愉快。

　　可这日子只到了纪从善三岁，红鲤又有了身孕，同一年容妃也怀上了龙种，荣宠极致，纪扶疏的皇后之位几乎岌岌可危。

　　绿意却也在那一年找上了门。她大着肚子，坐在纪府大厅里哭得泪人一样，说这孩子是纪惠景的……

"这孩子真是纪惠景的？"纪萤蹙眉，打断了绿意的话。

小室里有微微凉风灌进来，绿意擦了额头的冷汗，摇了摇头。

"那是谁的？"纪萤又问。

她极淡地苦笑："若我说，我也不知道孩子是谁的，你信吗？"

纪萤语塞。

她确实不晓得孩子是谁的，这样肮脏的地方、肮脏的身子、肮脏的骨血。偏偏红鲤每个月都会让纪惠景送银子给她。

她知道的，红鲤是在怜悯她的可怜，是在炫耀。红鲤确实过得比她好千万倍，胜利者总是有权利嘲笑别人的，还装出一副念旧情的模样，平白来得厌恶。

她本是可以将孩子拿掉的，可她就想起了几个月前纪惠景来送银子时，曾喝醉过。嫉妒在她心里发酵，不甘心，不甘心，每一寸肌肤都蠢蠢欲动。

所以她才起了这样的心思，登门造访，成不成功都无所谓，她只是想还击红鲤，让她不开心也足够了。

可偏偏红鲤装得大度，连吵闹都没有，只是淡淡地吩咐不要惊动老夫人，免得扰得老夫人不能好好养病。

连问都没问纪惠景，红鲤不动声色地将她安置在一处小院子，让人好生照料她。

绿意也闹过，问红鲤想做什么。红鲤却平心静气地看着她，道："没有人比我更了解惠景，更了解你。"眼神笃定，从未有一丝怀疑纪惠景，"你在这里好好地将孩子生下来，到时候总要给老夫人一个交代，还惠景一个清白，我不喜欢他被人冤枉。"

那话顿时就让她落败得没有自容之地。

她原以为就这样待在小院子里生孩子，被人揭穿，然后被赶出去，尘埃落定，落街狗一样的下场。

怎样都没想到会横生出这样的枝节。

红鲤比她早生产两天，是个女儿。这本该是一大喜事，可纪府上下不知为何沉寂压抑得诡异，甚至下令不准将红鲤夫人生了个女儿的消息透露出去。

她想不明白，却在生产那天见到了红鲤。

红鲤抱着她的女儿站在床前，俯身给她看了一眼，轻声道："是个极可爱的女孩。"

那是她第一次见女儿，也是唯一的一次。

"孩子被红鲤抱走了。"

绿意撑着身子软靠在墙壁上，话语却轻。

纪茧瞧她没有再讲下去的意欲，不由得开口问道："你知道她将孩子抱去了哪里吗？"

良久，绿意点了点头："她不曾隐瞒我，仔仔细细地都对我讲了，容妃那夜临盆，生下的是个小皇子，纪小姐……便是那时的皇后如今的太后娘娘，命红鲤将自己的女儿偷偷地送进宫……偷龙转凤……"

终是对上了……

余下的纪茧是知道的，和张妈讲的应该差不了多少。

先皇对容妃荣宠到极致，曾下过口谕，若容妃诞下皇子，便立为太子。母凭子贵，到那时纪扶疏的皇后之位怎么可能还保得住？

偏生红鲤夫人和容妃临盆只差两天，还先一步生了个女儿。所以纪扶疏就将主意打在了自家身上。

张妈说那之前纪扶疏就命陆长恭把纪从善接进了宫中，当时说是进宫玩两日，纪家也没多想，哪里知道是带进宫做了人质……

纪扶疏用从善来威胁红鲤，威胁纪家，只有用新生的小女儿来交换从善。纪老夫人为此带病入宫，纪扶疏却连面都没见她。老夫人在栖凤宫前跪到昏厥，最后纪扶疏才出来，也只是冷冷地道："当初为了保住纪家的权势母亲让我进宫，如今也是为了保住纪家的权势，母亲却不忍心牺牲了吗？"

纪老夫人经此一场大气，终是去了。整个纪家便落在了纪惠景的肩上，偏他是那样耿直单纯的性子，连一句违心的话都不会讲，公然和纪扶疏闹翻了，也是为了不将事情闹大，纪扶疏将自己的亲弟弟关押禁闭。

纪扶疏是怎样狠心的女子，对自己的家人都下得了手，红鲤根本连反抗的余地都没有，她的儿子、她的丈夫都在纪扶疏手里。

她没得选择……

一时都不讲话，纪萤盯着绿意瞧了半天，才问道："你为何会同意？那是你的女儿，你该知道如果送入皇宫是多好的事，红鲤夫人大可将自己的女儿送进去，为何会要你的女儿？"

容妃若不能诞下皇子，必定会失势，纪扶疏那样的女人怎么还会让她活着，容妃一死，她的女儿也过不了什么好日子……

"我知道。"绿意轻哼一声，"人性都是自私的，我想红鲤是恨我的，所以才会牺牲我的女儿来代替她的女儿……"顿了顿又道，"红鲤那时同我讲，自私也好，卑鄙也罢，她只是想保护自己的家人，就算牺牲全天下的人她也要保护自己的家人……"

"那样……"纪萤诧异，"你便同意了？"

绿意没答她，反道："我那时便在想，如果换作是我，我会不会拼了命保护纪惠景，甚至自己的女儿……我发现，我竟然是不确定的。"她抬头看纪萤，"如果我没将女儿交出去，让她跟着我，会怎样？"

纪萤想不出来。

绿意苦笑道："她会和我一样，待在芜园之中，就算再心高气傲她也只是个妓女生养的，一辈子就这么完了……与其这样，我宁愿她待在皇宫之中，做高高在上的公主。"她眼睛里有光芒一闪，"后来我听说，圣上极宠爱她，封她为荣阳公主。荣阳……荣耀高于太阳，这样很好不是吗？"

纪萤蹙眉想半天都想不出其他更好的结果，只是点了点头："或许她也觉得这样最好，但我始终……不喜欢。"

"不喜欢？"绿意看她颇为苦恼地蹙着眉，才有了该有的稚气，"你不喜欢荣华富贵？"

"喜欢。"纪萤毫不犹豫地答她，却又皱紧眉头，"但若是没有爱，给我天下也觉得孤单……"

绿意忽然愣住，看着她紧蹙的眉眼，良久叹了口气："真像……你真像她……你可不可以告诉我，你是她的什么人？"

纪萤沉默半天，起身到她身前，偎在她耳边小声道："我叫纪萤，父亲为我取的名字。"

小小的窗户外透进细细的风，绿意惊讶片刻便又舒出一口气笑了："我早该看出来了，你的性子……很像她。"

纪萤要起身，绿意忽然出声问道："你……你可以不要伤害荣阳吗？她毕竟是代替你……"

"抱歉。"纪萤站在她面前，叹了口气，"这个世间想活下去就不能心软，我放过她，她就会杀了我，这是生存法则。"

她再不讲话，转身出了小室，在树叶沙沙的园子里喊了声张妈，吩咐道："好生照料着她，请个大夫来，但不要惊动任何人，也不能让任何人知道她在这儿，明白吗？"

张妈谨慎地点了点头，道："小公子放心，老身知道。"

要走时，又忍不住喊住张妈，纪萤在树影扶疏下没回头地问："当初真的是陆长恭将纪从善接进了宫？"明知道结果却还是想再确认一次。

张妈点了点头："是他，他原先和扶疏小姐关系就很亲密，是喜欢扶疏小姐的吧，还登门求过亲，可惜后来小姐入了宫，他不知道怎的居然接管了东厂……接小公子、骗夫人，还有将小小姐抱进宫的都是他……"

"知道了。"纪萤断了张妈的话，再没讲什么，转身离开。

远了听见张妈念叨："本来是个顶好的小公子，都是被扶疏小姐迷了心窍，逼不得已做这些丧天良的……其实心地也不恶，近几年来多亏了他，不然纪府早没了……"

那又如何？

那又如何……他终是亲手毁了纪府，不可饶恕。

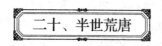

二十、半世荒唐

纪萤回宫时夜色将将透出黎明色，雾气蒙蒙地忽然下起了小雨。帘子被风吹得猎猎扬起，她伸手去掩，不经意就瞧见灰蒙蒙的夜雾中，不远处的皇城门外，有一辆马车打宫中匆匆驶出，朝侍卫亮了亮牌子，一路疾驰而过。

这样晚了，不晓得是谁会出宫？

纪萤急着回宫，也没太留意。她绕过游廊，刚要转入大殿，背后有人焦急地喊了一声："去哪里了？"

纪萤回头，在蒙蒙的雾气小雨中就瞧见端木微之撑着一把紫骨黑伞，立在不远处，脸色不太喜悦。

纪萤"哦"了一声，倦倦道："出去有些事情。"

"什么事情？"端木微之咄咄逼人。

纪萤却没耐心同他讲话，只冷冷道了一句"干卿屁事"，便挑帘进了大殿。

殿内烛火一跳一压，在里面绣花的青娘抬头瞧见她，忙收拾了，起身迎她，一壁接过她的斗篷，一壁倒热茶。

"娘娘要吃点什么吗？"

纪萤倦得很，倒头靠进软榻里，合着眼略带沙哑问道："大哥呢？睡下了吧？"

青娘一愣，一时竟未答话。

纪萤猛地睁开了眼，心头突突直跳，要开口问什么，端木微之怒气冲冲地走进来，劈头盖脸地吼道："纪萤你莫要太过分！朕等了你一夜，你连句……"

"闭嘴！"纪萤莫名地烦躁，一眼扫过去，脸色阴沉得吓人。

端木微之从没被吼过，一时竟惊得住了口。

纪萤蹙眉问青娘："怎么不说话？大哥呢？"

青娘有些愣怔无措："不是娘娘派人将纪公子接走了吗？"

"我派人？"纪萤霍然起身，"什么时候的事情？"

"就方才，娘娘还没回来之前。"青娘瞧她脸色难看得怕人，也不禁蹙了眉，仔细回道，"我去找了些绣样，回来后，宫里的丫头们便说您派人将纪公子接走了……好像是舒大人的随从，还有荣阳……"

纪萤一耳光掴在青娘面上，直将她抽得踉跄。

"哪个让你做的主？从我宫中领人是这般容易？"

青娘忙跪下，颤声道："奴婢以为是舒大人的随侍，荣阳又是咱们宫中的……而且荣阳有圣上特赐的出入皇宫令牌，就没多问……"

纪萤扫到端木微之，眉角眼梢都冷冰冰的。

端木微之本来就愕然，如今忙解释："那令牌是朕早就给的，不是如今……"

纪萤再没耐心等他讲完，劈手拿过披风，一壁披在身上，一壁往殿外走。

"你要去哪里？"端木微之紧了几步跟上去，横臂拦住她，"你现在急也没用，朕想大概是舒曼殊接走了，不会出什么事的。"

"让开。"纪萤抬眼看他，眉眼怒气腾腾，"我说让开！"袖中小刀一闪，劈手就朝端木微之划去。

端木微之一惊，慌忙闪身避开，就听"刺啦"一声响，袖口被刀尖划破了极长一道。纪萤已在他闪身间，拔腿冲了出去。

"纪萤！"他挑帘追出去时，纪萤单薄的身影已经转过游廊，消失在蒙蒙夜雨中。他就那么站在石阶上，看了半天，突然叹了口气。

夜雨，薄雾。

纪萤几乎是一路小跑出了皇宫，等不得马车，直接骑马奔出皇城，远远地就递了出入令给守卫看。

这将亮未亮的夜色，雨势不大，一路上扑面却也让纪萤湿了个半透，一路疾奔到舒曼殊的府邸，翻身下马时吃不住跌跪在地上。

门口的守卫识得她，慌忙来扶她："姑娘这是怎么了？"

纪萤浑身都冷得发抖，青白着脸，顺气道："舒曼殊呢？"

"公子……"守卫小心扶她起身，"公子在府里。"

也不等他再讲什么，纪萤推开他，跌跌撞撞就冲入了府邸，扬声喊道："舒曼殊！"

府里亮起灯色。

"舒曼殊你出来！"纪萤轻车熟路，直奔他的卧房，刚到回廊，便撞上挑灯出来的舒曼殊。

他披着发，一身单衣，一手挑灯，一手慌忙扶住她。

"阿萤？"他一看她衣襟湿得厉害，不禁蹙眉，"你怎么弄成这样？去换件衣服……"

纪萤啪地打开他的手，退开半步，瞪他，道："我大哥呢？"

"你大哥？"舒曼殊有些发愣，"纪从善？"

他一脸的不知情，纪萤忽然就发恼地冷笑出声："是想说你不知道吗？好，那我问你，荣阳是不是在你这里？"

舒曼殊脸色微沉，道："是又如何？"

"是又如何？"纪萤胸口涨着的一团火，突突地往上冒，"舒曼殊，你是不是早就想要换掉我这颗棋子？你从一开始执意要救荣阳，就是为了如今让她为你所用！"

"阿萤！"舒曼殊猛地喝道，"我不喜欢你这样同我讲话，你最好收敛点。"

纪萤紧抿的唇线惨白，直勾勾地盯着他。

她打雨夜中来，发端鬓尾，眉睫之上全是晶莹的雨珠，顺着她的脸颊就滑到了脖颈里，苍白地立在那里。

舒曼殊松了一口气，缓了语气道："收留荣阳确实是我的打算，之所以没告诉你，是因为你最近和端木微之走得太近了点。"他揉了揉眉心，"阿萤，你让我很不安心……"

纪萤呵地就笑了，讥讽地道："你觉得我背叛了你，所以抓了纪从善来要挟我对不对？"

舒曼殊一愣，随后蹙眉问道："我抓了纪从善？"

"你的手下和荣阳从我宫中带走了纪从善，别告诉我说你不知道！"纪萤怒不可遏。

舒曼殊沉了脸色："我再次警告你，不要用这种敌对的语气同我说话。"转身又吩咐手下，"叫荣阳来。"

手下领命刚要走，有人斜刺里插进一句话，淡淡的带着笑意："不必了大哥，纪从善是我让荣阳抓来的。"

两人齐齐转头，就瞧见雨夜回廊下，有个穿蕊黄色衣衫的女子笑吟吟地走来，身形单薄，五官极美，细白的脸上却横横纵纵地布着疤痕，带着异样的可怕。

"摇光？"纪萤看她，脸色都白了，抬头瞪向舒曼殊，"你带了她来，我竟然一点都不知情？舒曼殊，你布的天罗地网从来都不曾想过告诉我。"

"我……"舒曼殊想解释。

苏摇光却几步过来，站在舒曼殊身前冷笑道："告诉你？你和端木微之结盟时有没有想过告诉我哥？你背叛了我哥，你以为没有人知道吗？"

"啪"的一声脆响，纪萤一耳光甩得苏摇光跟跄几步跌靠在舒曼殊怀里。

"轮不到你来教训我！"

"纪萤！"舒曼殊厉声喝止，扶着眼泛泪光的苏摇光，眼神刀光一样闪亮，盯着纪萤，"不要做得太过火，你以为这些日子，你和端木微之做那些事情我都不知道吗？你联手顾小楼做的那些事我都忍了，我宠着你，纵着你，如今你玩得越发过分了！"

纪萤是知道他派人监视自己，但不知道连这些他都知道，索性道：“你可以杀了我，反正你有了荣阳，有了苏摇光，也不再需要我了。”

舒曼殊眼睛里压制的寒光一瞬暴涨，他猛地推开苏摇光，伸手扼住了纪萤的喉咙，将她整个人提离地面，一字字道：“不要仗着我的喜爱，挑战我的忍耐度，不要以为我不舍得杀了你。”

纪萤气结，脸色白得发青透明，嘴唇都发紫，几番翻了眼白。他霍然松手，摔得纪萤爬在地上一阵阵抽搐，干咳得心肺都疼。她浑身发颤地抬头，眼白里满是血丝，涨满了眼泪。

舒曼殊一下子就软了心肺，腾在胸口的怒火也一点点压下去，刚想伸手去抱她，便听她字句铮铮地道：“舒曼殊，你若是敢伤纪从善半分，我就真的背叛给你看，鱼死网破，我也要让你死无葬身之地！”

这字句恶毒，他要伸出去的手就顿在了袖口中，忽然便笑了，心头有压制不住的怒火。

“好个死无葬身之地！好个纪从善！竟然有这般的本事让你威胁我！”他猛地俯身盯着她，“我原不屑用纪从善来挟你，如今看来，你逼得我非用不可了！”

他突然横臂抱起她，一壁往卧房走，一壁道：“就当纪从善如今在我手里又如何！我要杀要剐你阻止得了吗？”

纪萤手指抓在他手臂上，哑声道：“舒曼殊，不要让我恨你。”

舒曼殊扬了嘴角，将笑未笑：“你已经开始恨我了，不是吗？”

纪萤抿嘴不答。

一脚踹开房门，舒曼殊抬手将她丢在床榻之上，反手咔地锁上房门，在一壁幽暗的暮光中，缓缓立在床前，撑着床沿，俯下身看她，散在背后的青丝荡在身前，一晃晃地扫在她眉心。

“既然不能爱，那就让你恨我一辈子，至少你永远不会忘记我。”他一口就咬住了她发白的嘴唇。

火一样的灼烫，他一手撑床，一手陷在纪萤发鬓中，一点点地攫紧，攥紧，吻住她的嘴唇，极重极深地吸吮，呼吸……

纪萤喘息不上，半分都推不开，他略一松口，她刚要张口喘息，他突地又吻下，借机用舌尖撬开她的牙齿，蛮横地深入深入，直探得她呼吸不上，瘫软下来，陷入锦被之中，他才松了口。

他伏在她身上，从脖颈到耳垂，再到锁骨，一寸寸地往下，呼吸浓重如野兽……

舒曼殊压在她身上，舌尖挑开她的衣襟，温热地往衣襟里面探，口中喃喃地叫着："阿萤……阿萤……"百转千回。

纪萤没有挣扎，连发颤都没有，只觉得他的手指扯开衣襟，探在她胸口，又滑到背后，猛地抱住她，让她湿凉的胸口紧贴上了他滚烫的胸口，赤肤相处，肌肤和肌肤紧紧地贴合，仿佛就要融进她的骨肉里。

"阿萤……我是真的爱死了你……"他闭着眼睛，表情却是痛苦的，抱在她脊背后的手指，一颤颤地向下，"我几次都想杀了你……却又舍不得，你必须属于我，从肉体到魂魄……全部属于我。"

他指尖滑下，将她身下剥得赤条条……

忽然起了风，窗扉被啪地推开，吱吱呀呀作响，那斜风细雨便灌了进来，凉的。

纪萤浑身一颤，被舒曼殊舌尖舔过的肌肤战栗起来，赤膊相贴，舒曼殊呼吸越发粗暴，舌尖吞吐地咬在她耳垂，一壁去握她的手，一壁道："别怕……"

她的手指极凉，舒曼殊攥着她的手让掌心贴在他的肌肤上，一点点地往下身移："阿萤别怕……"

她的手指在发抖，像玉器，却怎样都暖不热，触过他的小腹，瞬间就让他的肌肤一寸寸炸了开，他耐不住地闷哼一声："阿萤……张开手……"

她手指紧紧攥着，几乎可以感觉到咫尺之间的欲望，那肌肤灼得烫人。

"阿萤，听话。"舒曼殊又贴在她耳侧说。

她浑身一颤，忽然哭了，滚烫的泪水打湿在舒曼殊的脸侧。

舒曼殊低头看她。幽暗的光中，她紧紧地闭着眼睛，眉睫之上一颗颗晶莹的眼泪，没有声息地往下掉。他心头突然就一软，愣愣道："你就这样讨厌我？"

她不答话，睁开眼睛，眉睫扑朔，小心翼翼地伸手环住舒曼殊的脖子，极小声极小声地道："我听话……你让我做什么都可以，放了我哥好不好……求你了。"温温软软的声音，是再没有的软弱。

那是舒曼殊第一次听她这般委曲求全，忽然就想起第一次见她时的模样，一把大刀，眉啊眼啊淋漓而现的骄傲。他再低头看眼前这张苍白的面，为了陆长恭，为了纪从善……她卑微到如此，却独独没有一样是为了他舒曼殊。

他捏起纪茧的下颚，让她瞧着自己，几乎痛心疾首地道："两年……我等了你两年，护了你两年，为何你就不能接纳我？"

纪茧闭着眼不敢看他，眼角一颗颗眼泪滚出来。

他心头的火一层层地冒出来，猛地扯起她的腿，一字字道："为了救纪从善你不是什么都愿意做吗？好，我成全你！"

窗外凄风冷雨一兜兜地拍在门上，那声响大得吓人。

苏摇光走到窗下便听见那一声声叫，闷在肺腑里的，咬在唇齿间的，却极凄厉地哑了出来，之后是细细的抽泣声，是纪茧的。

那要往前的脚就顿住了，只要探头就能瞧见屋内的春色迤逦，却怎样都不敢去看了。她细白的手指攥着衣襟，死低着头，耳侧那细碎的哭声几乎不可闻，却让她一阵阵发抖。她讨厌纪茧，万分讨厌！如今这一切本该是她的，她的！

天亮时，这雨越发大了。

舒曼殊顿步在门口，不转头对纪茧道："我派人送你回去。"

"我哥呢？"灰扑扑的床幔内，纪茧直愣愣地穿上衣服，埋着头安静极了。

伸手开门，屋外的细雨声便冗杂地透了进来，舒曼殊深吸一口气，淡声道："他不在我这里，不论你信不信，我没有带走他，不过我会替你找到他，你放心，我是不会伤害他。"

他转过头隔着荡荡的床幔，软了声音："阿萤，我的天下就是你的天下，将来我的一切都是你的，我希望你可以明白。不要再去查太后的事情，我自有打算。"

纪萤在床幔内半天都没答话，灰扑扑的一道影子，顿了很久才道："我懂，我知道该怎么做。"

"那就好。"舒曼殊迈出房门，转头就瞧见立在窗下的苏摇光。

他脸色微微一沉，道："到大厅来。"又吩咐随从将荣阳带来，头也不回地往大厅去了。

苏摇光不敢耽搁，跟在他身后，一路都走得小心翼翼。

到了大厅，舒曼殊却不开腔了，只阴沉着脸坐着，一言不发。

苏摇光在堂下，也不敢讲话。等了半天，荣阳安之若素地走进来在她旁边行礼跪下。

"曼殊公子找我？"

舒曼殊一笑，也没讲话，起身缓步到她跟前，抬手一耳光刮在她面上，抽得她伏在地上，登时肿了脸。

苏摇光吓了一跳，战栗地退到一边："大哥……"

"闭嘴！"舒曼殊喝得她浑身一颤，弯腰一把扼住荣阳的脖子，怒极了，"好大的胆子，借着我的名义将纪从善抓来，荣阳公主你打了怎样的如意算盘？"

荣阳嘴角溢血，被扼得喘息不顺，艰涩地道："曼殊公子不是一直觉得掌控不住纪萤吗？不是一直担心她从你身边跑掉吗？如今有了纪从善在手，还怕什么？"

舒曼殊眼色一沉。

苏摇光忙在一旁道："是啊大哥……荣阳这么做也是为了帮你……"他眼色扫来，她慌忙住了嘴，喃喃道，"大哥别生气……"

舒曼殊阴沉着脸色看荣阳，低声道："警告你，不要有动纪萤的心思，否则我不介意失去你这颗棋子。"冷哼一声甩她在地，"纪从善如今在哪儿？将他带过来，我送他回去。"

荣阳伏在地上，攥紧了手指不讲话，纪萤……纪萤……

纪萤在细雨中回过头，隔着雾雨蒙蒙看挑帘立在大厅门阶内的舒曼殊，他似乎张口讲了什么，风雨中听不真切，她转头接过随从的伞独身离开了舒府。

刚出大门，她就听见有人慌张地喊住她："纪萤！"

她侧过头就瞧见铺天盖地的雨帘里，端木微之打马车中一跃而下，冒雨跑到她眼前。

"我去纪府找你没找到，怕你来了这里，没想到……"端木微之蹙着一双眉絮絮叨叨地说着。

纪萤微微有些发愣，听不大仔细，只看着他一开一合的嘴唇和被雨打湿的眉睫，扑扇如蝶翼。

端木微之瞧她愣怔的模样，不禁诧异，担心地问："你还好吗？脸色怎么这样难看？"他伸手去摸她的额头，滚烫的一层汗，登时慌道，"你出了好多汗……这是怎么了？"

纪萤伸手扶住他，强撑着身子低声道："扶我上车……"

声音沙哑又微弱，听在耳里让端木微之吃了一惊。他慌忙伸手扶住她，想开口问什么，却又忍了住，扬声喝车夫："还愣着做什么！快些将马车赶过来！"

车夫谨慎地将马车赶来，打了帘子，想伸手帮忙去扶，端木微之睨了一眼过来，喝道："拿开你的脏手！"

她脚步不稳，端木微之几乎是抱着她上了马车，帘子放下的一瞬间，听到她极细微地松了一口气，瘫软在靠枕上。

"你……"端木微之蹲在她身边，看她脸色苍白得几乎透明，小心翼翼地拿袖子去替她擦汗，"你很难受吗？"

纪萤紧闭着眼，薄薄的阴影下像一朵濒临颓败的白花，半天才送出一口气道："有吃的吗？"

端木微之一愣，忙转身去锦绣的匣子里翻找，他记得宫人们都会在马车里备一盒糕点……

零零碎碎的东西全数翻出，终于在最底层翻出一盒各色的糕点，他打开递在纪萤跟前，问道："只有这个。要不你忍一下回宫……"

"这个就可以。"纪萤睁开了眼，也不接过，就偎着盒子一口一口地往嘴里塞，像饿急了一样，不看也不嚼，狼吞虎咽囫囵地就吞了进去，几次都呛得干咳。

端木微之伸手拍了拍她的肩背，眼眶有些发红："你慢些……怎么饿成这样了？"

纪萤将一盒子点心吞了下去，靠在软枕上顺了一口气，紧蹙着的眉头松开了一些。

"舒服了吗？"端木微之拿袖子替她擦了擦嘴，"你怎么弄成这样？舒曼殊他……"

"没事。"纪萤扬了扬嘴角，将笑未笑的表情像哭一般，"我只要吃饱，就不难受了……再难受也有力气撑得住。"

端木微之忽然就不讲话了。

马车内静得出奇，只听到车外的雨声和车轮声，纪萤静了半天，等不到他开口便睁开了眼去瞧他，那一双红彤彤泪汪汪的眼睛就跳在眼帘里，让她吃了一惊："你……你怎么哭？"

端木微之眼眶里噙满了眼泪，偏又不落下来，闻言撇过头看车帘，酸酸道："朕哪里有哭……不过是可怜你。"

纪萤陷在软枕中极淡地笑了："你好像是第一个为我掉眼泪的男人……虽然是可怜我。"

"朕……"端木微之瞪她一眼，欲言又止半天，才鼓起勇气，"我是心疼你！"话出口又慌忙地低下头。不知是不是错觉，纪萤瞧见他脸红了，低垂着眉眼，细白的脸上薄薄的绯红。

"心疼我吗……"纪萤撇过头看车窗外的细雨，喃喃自语，良久之后轻声问，"你喜欢我吗？"

她问得太过突兀，帘外的风声雨声也仿佛听不清楚，端木微之愣了一愣："嗯？"

她转过头来，一双眼睛安安静静地看着端木微之，清明得像星光，又问一遍："你喜欢我吗？比起荥阳呢？"

那眼睛晶晶亮，端木微之一晃神就低下了脸，不敢直视她，似乎想了想，才回道："我不知道这是不是喜欢……我也曾经以为我爱荥阳阿姐，甚至可以为她去死，可是她真的要杀我时我又开始恨她……我讨厌她利用我对她的感情，甚至触碰她都觉得厌恶。"他抬起头，掀着卷长的眉睫看她，"我原来也是极讨厌你的……你事事和我作对。"

"那后来为什么喜欢我？"纪萤诧异地问，"同情？"

端木微之点了点头，又摇了摇头："一开始是，那次在假山后见你，你像极了受惊的小兔子……后来就想，你若不是纪萤该多好……"

"为何？"

端木微之蹙了蹙眉："我说出来不许笑我。"

他看纪萤耸肩点头，才苦笑道："如果我们不是对立……你不是纪萤，我就可以保护你了。"他忽然攥住了纪萤的手，蹙眉道，"我想要试着喜欢你，好不好？"

纪萤回宫后一直昏昏沉沉地睡着，青娘给她净了身子，她便彻底睡着了，趴在锦被之中，一张苍白的脸尽数埋在黑发下，想是累得厉害。

"怎么样了？"端木微之蹑手蹑脚地走到榻边，挑开床幔看纪萤，"她哪里受伤了吗？"

青娘行礼，只是略略一思虑便道："圣上放心，娘娘只是累极了，身子又弱，等醒了奴婢熬些姜汤给娘娘暖暖身子估计就不碍事了。"

端木微之还是放心不下，伸手探了探她的额头，喃喃道："怎么身子这样弱？朕记得以前她强壮得像老虎……"

青娘在旁侧默默地立着。端木微之坐在榻上瞧纪萤半天，终是起身吩咐了几句好生照料，便离开了大殿。

瞧着端木微之走远，青娘眉头紧了又紧，将殿里侍候的宫娥全数挥退出去，才到榻前，挑开珠紫色的床幔，纪萤一双黑洞洞的眼睛在青丝下睁开了。

"走了吗？"她问。

"嗯。"青娘点头，小心翼翼地扶她坐起身，欲言又止半天，最终只是道，"奴婢替娘娘擦药吧……"

青娘在药箱里翻找出青瓷小瓶，将将要褪下纪萤的亵衣。

纪萤道："不必了，伤口不深。"

确实不深，肩膀上，大腿上大多是瘀青和咬痕。青娘在这宫中见得多了，一眼便明白这伤是怎么来的，却不敢开口多问。

静默半天，纪萤道："你想问什么？"

青娘一愣，抬头瞧她没有表情的眉目，不知怎么鼻子一酸，眼泪珠子就忍不住掉了下来。

"哭什么？"纪萤转头瞧，似笑非笑，"有什么值得哭的。"

青娘扑通跪了下来，红着眼眶道："娘娘还是走吧！离开皇宫，离开京都……离开大巽走得远远的，您在这里吃了太多苦，总是不快活的……"她哭得厉害，话都说不完整。

纪萤安安静静地看着她，忽然伸手捧起青娘的脸，问道："这样大的天地，哪里容得下我？"

冰冰凉的手指，有温热的液体落在青娘额头，她一愣，抬眼就瞧见纪萤黑洞洞的眼睛，止不住地掉眼泪。

"我总是过得不快活……我也找不出原因。"她止不住地掉眼泪，却没有表情，没有情绪，只是安安静静地掉眼泪，"大抵是因为我杀人太多，罪孽深重……青娘，你告诉我该怎样快活？"

青娘一时答不上，伸手抱住她消瘦的脊背："娘娘会多福多寿，一定会的，奴婢愿意折寿，只求娘娘能岁岁安稳……"

"青娘。"纪萤忽然也伸手抱住她，在她耳边轻声道，"若我想要离开皇宫，你会帮我吗？"

"只要奴婢可以！万死不辞！"青娘毫不犹豫，答得笃定，想看她，却被抱得紧。

　　纪茧偎在她耳边，又道："帮我带句话给陆长恭……"

　　床幔沙沙，青娘听她低低地在耳边絮语，眼睛一瞬睁圆："娘娘……您要做什么？您千万……"

　　纪茧将手指抵在她唇边，小声道："他知道纪从善对我有多重要，拜托他了……"又笑了，"放心，我不会丢下纪从善一个人，只要他活着，我就不会死。"

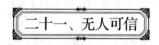

二十一、无人可信

夜里有些凉。

端木微之再去瞧纪萤时她好得差不多了，趴在窗棂上望着窗外的星空沉沉发呆，散着的发透在膝盖上的狐裘里，黑白相衬，细细的风吹得她绒发飘荡。

"在看什么？"他过去顺着纪萤的目光往外瞧，只看见星月都低垂的夜空中有星星点点的红光冉冉上升。

纪萤仰头看他道："那是祈福灯吧？我听你跟我说过，红彤彤的如大灯笼一样。"

"今儿是什么日子？怎么这么多的祈福灯？"端木微之诧异，黑沉沉的夜幕里星星点点的红光，低头看纪萤，她眼睛闪闪烁烁。

她不知在想些什么，趴在窗棂上喃喃："不知道我死了之后有没有人也为我点一盏祈福灯……"

"嗯？"端木微之没听仔细，低下头又问她，"你刚刚讲什么？"

纪萤眯了眼笑道："没什么。"又忽地抬头问他，"你有祈福灯吗？"

端木微之一愣，看她亮晶晶的眼睛歪头笑问："你想点？"

看她眼睛一亮，端木微之便乐了，弯腰对她伸手，勾了勾手指："走啊。"

纪萤攥住他的手，刚起身青娘便到旁侧来，欲言又止地道："娘娘……今夜凉得很，您身子弱，还是……"

端木微之捡了披风兜在她身上，笑道："有朕在，怕什么。"牵了纪茧便出殿。

纪茧转头看追了两步的青娘，低声道："放心。"

只这二字却怎能让青娘放心得下，待看纪茧和端木微之的身影消失在回廊，她才急急地出了大殿，一路往宫外去了。

夜色里风大，端木微之扶纪茧站在琼楼阁之巅，将围帽替她兜好："你在这里等着，我去取灯。"

纪茧点头，看他一路跑下楼，噔噔的脚步声敲在夜里，静得出奇，她扶着红栏瞧沉沉夜幕下的深宫，和星星点点的红光，心肺间竟一点点地躁动起来，夜风将她的围帽吹下，未束的长发便都吹散了一肩一背。

脚步声再起时，纪茧瞧见那红光打楼廊下一点点升上来，之后红光艳艳下端木微之提着灯盏在不远处对她笑，眉啊眼啊，全数看不真切，只觉得稚气极了。

"冷吗？"端木微之将灯盏放在她旁侧，重新替她系好围帽，又将笔墨递给她，"你要写上愿望吗？"

"愿望吗……"纪茧瞧着那笔墨半天，没有接。

"对啊，你有没有什么愿望？或者替谁祈福。"端木微之提起红彤彤的灯笼放在红栏之上，持笔略一思索在红灯之上垂目细细写，"庇佑纪茧事事平顺。"

"我的？"

端木微之把笔递给纪茧，心满意足地点头笑："你肯定不会替自己许愿的，那我就替你祈福。"

纪茧看着他愣了愣，没有接笔，小声道："我不会写字。"

这让端木微之"扑哧"笑了出来，靠在红栏上笑得直不起腰："舒曼殊教了你两年居然还是没有教会你写字……十足的笨蛋。"

纪茧眉睫眨了眨："我会写我的名字，陆长恭教过。"

他忽然就冷了笑容，靠着红栏仰头看着满天星月，半天歪头对纪萤笑了："来吧，你想许什么愿，我替你写。"

纪萤低头想了半天，掀起眼帘笑道："我没有愿望。"

"怎么会？"端木微之诧道，"每个人都会有心愿的，你怎么可能没有，莫不是这个愿望不能让我听见？"

纪萤耸肩："我以前有很多很多愿望，比如吃顿好的、发大财、找到大哥……但如今我似乎什么都有了，什么又都没有了，这些……我都求不来。再没有什么想要的了。"

"爱呢？"端木微之看着她，"许你一世宠爱好不好？"

他的眼睛黑得出奇，映着红熠熠的一簇光，将纪萤看得牢牢，又追问："好不好？"

纪萤极苍白地笑了："我承受不起……若非要许愿，那就希望下辈子再也不要遇到你们……永不为人。"那眼睛里忽然晶晶莹莹地闪烁起来。

端木微之所有的话就都噎在喉头，看着她眼里水光闪烁。

纪萤忽然对他伸手："抱抱。"

他一愣，纪萤已经环住了他的腰，手中的笔"吧嗒"一声掉在脚边，他有些受宠若惊地伸手抱住纪萤，听她有些微哑地道："这世间总是要有人牺牲的……"余下的什么太小声听不仔细，他低头想去听清楚，胸口忽然一凉，一把寒光闪闪的匕首展在眼帘下，他愣愣地看着，又眨眼看纪萤，一时竟觉察不出疼。

纪萤握着匕首没有哭，也没有笑，只是脸色苍白得厉害，风扯下她的围帽，扯散她的黑发在夜色里。

"对不起……这一次拜托你为我牺牲一次。"

匕首猛地抽出，端木微之疼得踉跄，手中的红灯笼扑落落地滚下楼宇，烧在半空中，胸口的血怎么也压不住。

"怎么会……"

"你非死不可……为了大哥，你非死不可！"纪萤上前一步，抬手一刀又要捅下，却听见楼宇之下有人极焦急地喊了一声。

"阿川，住手！"

那声音太过熟悉，熟悉得让她一顿，愣愣地转头去看，红灯烧尽的楼宇之下，陆长恭和青娘站在那里，仰头看着她。

怎么会在这里……她明明让青娘去拜托陆长恭救大哥，如今他怎么会在这里？

火光和声响早就惊动了守卫，从不远处举着灯笼奔来，喝道："谁在那里？"

陆长恭看了一眼四处围过来的守卫，对纪萤打了个快走的手势。

没等纪萤反应过来，手腕一紧，端木微之拉着她俯下身，一手压着伤口，朝另一处楼阶奔下，小声道："不要惊动宫中的守卫……"

端木微之拉她跑回大殿，将一屋子宫娥都赶出去，听见殿门轰然合上，他终于撑不住倒在了纪萤脚边，用披风掩着的胸口血色沉沉，满手满地的红。

纪萤低头看他，脸色青白："你以为我会心软？"

他疼得厉害，满额头的冷汗，蜷在纪萤脚边，撑着一口气问："可不可以告诉我，为什么？"

"因为有人要你死……"纪萤站在原地，每一寸身子都在发僵，"因为只有你死，才能保住大哥……"

"是舒曼殊吗？"端木微之仰头看她，黑魅魅的眼睛里都是光，"是他用纪从善来威胁你杀我对不对？不是你心甘情愿的对不对？"

对不对？

纪萤答不上，舒曼殊并没有威胁她动手，只是她等不了了……她想要到此结束，舒曼殊想要的，不过是这江山，只要替他杀了端木微之，他就会放了大哥，放了她……

刀还是她曾经那把鬼头大刀，她拖过来，划过地面，当啷啷作响。

"到此结束吧……"

"你逃不掉的……"端木微之紧紧地盯着她的眼睛，气息微弱，"杀了我你连皇宫都出不去，又要怎么救纪从善？"

纪茧吃力地提起大刀，一字不答。

他忽然又道："你以为陆长恭会替你去救人？"

纪茧的手指就那么顿了顿。

"我知道你托了青娘出宫找陆长恭。"端木微之看着她的眼睛，"纪茧，到如今你还在指望陆长恭会护着你吗？你也看到了，他第一时间来宫里，而不是替你去救纪从善……"

他看到纪茧的手指在发颤，语气缓慢地道："现下他一定是去禀报了太后，用不了多久太后就会带人来……纪茧你难道还不明白，你如今可以依靠的只有我，只有我。"他极缓极慢地对她伸出手，"扶我起来，赶在太后来之前收拾好，不要让她发现……"

纪茧手指颤得越发厉害，忽然闭眼一刀当头砍下！

端木微之猛地就地翻滚，就瞧着那把大刀顺着耳边划过，"当"的巨响斩在地面上，溅飞的沉屑划过他的眼皮，他只觉得一热，红艳艳的血珠就滚进了眼里，眼皮上一道口子生疼。

纪茧刚要拔刀，就听门外一声尖叫。青娘火急火燎地冲进来，一把推开了她，力气太大，纪茧拖着大刀几步踉跄才挂刀站稳。

"娘娘！"青娘过来扶她，"您不能杀他……"

纪茧甩开她，满身的散发："陆长恭为何没有去救人？"

她问得直接，让青娘一噎。

青娘随后道："督主自然有他的安排，他让我快些带您离开皇宫，再等怕是太后就来了！"伸手要去拉纪茧。

纪茧盯着她的手指又问："放手。"猛地双手握刀，一刀朝青娘砍下。

青娘仓皇避开，纪茧一转手腕劈头对端木微之斩下。

眼见闪躲已经来不及，端木微之猛地闭眼，只听"叮"的一声细响，之后是当啷啷的响声，大刀却迟迟没有落下，睁开眼，纪茧手中的大刀已经被一柄剑击落在身旁。

门外冲进来的是太后和陆长恭，一众的兵卫紧随其后，纪茧虎口被震裂，颤巍巍地流着血。

"将纪萤拿下！"太后气势沉沉地下令，就站在门槛那儿。

兵卫蜂拥而来，纪萤看到陆长恭立在太后旁侧，一言不发。门外的火把晃晃照耀在他眉目间，怎样都看不透的神色。

她无路可逃，束手待毙。兵卫押着她跪倒在地时，端木微之忽然撑起身子拦在她身前，声音有些发颤地道："母后……她并非有意……你饶了她吧……"

"并非有意？"太后眯眼看她，又看了端木微之，"若是哀家迟来一步，你已经死在她手上了，你让哀家怎么饶了她？"

端木微之顿时哑口无言，太后又道："就地正法。"

四个字不轻不重，却像一柄剑落地，掷地有声。

"母后！"

"太后！"

陆长恭和端木微之几乎同时开口。

太后看了两人一眼，忽然笑了："若是今天哀家执意要她死，你们当如何？"

端木微之急跪在太后身前，伸手扯住太后的衣袍，几乎要哽出来："母后……母后求你饶了她……若要治罪，就连我一同治罪！"

"你在威胁哀家？"太后低头看他，满身满面的血，禁不住蹙眉，"她伤得你如此重……"

"我心甘情愿的！"端木微之焦急地扯住太后的手指，"我喜欢她，我真的很喜欢她！母后就成全我一次！一次就好……"

他满面的血几乎蹭在太后的手背上，她有些心疼地捧着端木微之的脸看。

"还好只伤到了眼皮。"

"母后……"端木微之偎在她的手背上，"我真的很喜欢她。"

"好孩子。"太后示意宫娥去请太医，又侧头看陆长恭，"长恭，你觉得该如何处置？"

纪萤趴在地上抬眼看陆长恭，却看不清，什么都看不清，只听他沉默良久，语气淡淡地道："太后自有打算，不是吗？"

太后眯眼笑了，扶起端木微之道："先押入天牢，等哀家审问。"略一思索又吩咐，"还是押到长生殿，不得其他人进入，今夜发生的事也不得多嘴，若是谁出去胡说，哀家让他尝尝凌迟的滋味。"

一众的下跪应是声，纪萤忽然抬头看了一眼隐在房梁上的黑影，他一定会去告诉舒曼殊的。舒曼殊会来杀她灭口吧？也许她可以用自己交换纪从善，或许可以带纪从善一起死……

纪萤倒是没料到太后会来得这么快。

纪萤靠在床板上脊背硌得生疼，抬头就瞧见煌煌的宫灯打进来，太后在灯色下进门，安之若素地坐在一侧，眉眼一挑，看着她笑。

"知道哀家为何不杀了你吗？"太后笑吟吟地看她，眉眼间黛色青青，竟勾出股子烟视媚行的意味。

纪萤渴得厉害，喉咙都沙哑："因为我还有用。"

太后斜靠进太师椅中，眉目盈笑："只说对一点，哀家确实有些事情要问你，但还有一点。"顿了一顿，又道，"因为陆长恭没有替你求情。"

纪萤细微地蹙了眉。

"今夜他若是为你求了情，就算你再有用哀家也不会留你。"太后眼睛直勾勾地盯着她。

纪萤这才瞧她，问道："你喜欢他？"

太后禁不住笑了，靠在椅背中笑得耳坠晃晃。

"喜欢？你以为哀家还是你们那样的年纪，爱慕大过天吗？"她倦色难掩，"哀家老了，只是想要确保在身边的人都是死心塌地，绝无二心。"

纪萤便不讲话了。

小室一下子静了下来，太后半天才开口问道："你要不要对哀家坦白？"看她不答话又问，"容妃之子到底在哪里？"

问得直截了当，显然是没了耐心，神情却依旧安然，太后道：

"这个秘密你守了这么久，也是时候真相大白了。"

纪萤在小室中忽然淡淡开口："我不知道。"

"哦？"太后笑容一冷，低了眉眼看她，"你觉得哀家信吗？"

"你信也好，不信也好，我不知道。"纪萤安安静静地看着她，一双眼睛里什么情绪都没有，"从来都不知道。"

太后眉眼一点点地蹙紧，盯着她极缓极慢地道："从来不知道……那你告诉哀家你娘临死前告诉你的是什么？"

纪萤眉睫微垂："没什么。"

"没什么……"太后起身到她身侧，细长的指甲捏起她的下颚，迫她抬头，"不要逼哀家对你用刑。"

纪萤仰头直视她的眼睛，半天才开口，极小声地说了一句什么。

"嗯？"太后蹙眉，"你讲什么哀家没听清楚。"她俯下身，细听。

纪萤偎在她耳边，细声又重复一次。她忽然就紧了眉眼，直起身盯着纪萤良久，呵地冷笑出声，松开手道："既然你不愿意坦白，那哀家只有用刑了。"攥住纪萤的手腕，猛地将纪萤扯倒在地，冷笑，"你不会不知道吧，安公公的那些法子还是在这宫中学到的。"

太后略一抬手，一名宫娥便上前，跪在纪萤脚边伸手去脱她的鞋袜。

"哀家最后问你一遍，容妃之子在哪里？"

纪萤趴在地上不动也不挣扎，安安静静道："我不知道。"

"好，好个不知道。"太后转身坐到榻上，一字字地下令，"将她的十个脚指甲全给哀家挑掉！"

端木微之失血过多，睡了一夜，在第二日天色蒙蒙的黄昏时分醒来。

御医已经将他的伤口处理好，眼角上一道浅浅的伤痕还在跳跳地痛着，胸口那道伤险些要了他的命，所幸纪萤气力不够，才没有触及肺叶。

呼吸间却隐隐作痛。

宫娥侍候他穿衣，一壁禀报："太后瞧圣上睡得熟刚刚回了。"

端木微之点头，顿了顿又问："她呢？"

宫娥一愣，想了半天试探性问："圣上是问摇光娘娘？"

"是在长生殿吗？"端木微之仰头由她系好衣襟，看她点头也不待答话便道，"朕去瞧瞧，太后来便说朕闷得慌出去走走。"

宫娥还要讲什么，他已经夺过披风出了大殿。

他一路走得急，胸口喘喘作痛，到长生殿门外的守卫竟然没有拦他，他以为母后早就吩咐了不让他入长生殿，没料到这般顺利。

园子里暗，侍卫提灯为他引路，到一处小室前站下，恭声道："圣上，人就在这里。"

房门合着，居然没有上锁。

瞧见端木微之疑惑，侍卫解释道："原本是上了锁的，方才太后刚走说您要来……而且她那副样子也跑不了了，就没让上锁。"

"母后知道我要来？"端木微之愣怔。

侍卫嘿嘿一笑："太后料事如神，属下不敢乱猜。"伸手推开房门。

端木微之接过灯盏，让他退下。

小室里幽幽暗暗，他嗅到混浊的血腥味，踏进去脚下踩到一零星的碎瓷，举灯往里瞧，晕晕的灯色下只瞧到床脚蜷着一个小小的人影，素衣上红红白白的污渍。他禁不住心头一跳，喉头滚了几滚才涩涩开口："纪萤……"

那一团白影细微动了动，端木微之紧了几步上前，却听纪萤兀自开口道："不要过来。"

安安静静，听不出波澜。他在几步之远顿了脚步："纪萤是我……母后对你用刑了？"

纪萤没有答话，也不看他，依旧蜷在床脚。

"纪萤，让我看看你哪里受伤了好不好？"端木微之试探性地近前一步，俯身挑灯去瞧。

微微的灯色下，纪萤忽然抬起眼来，在满身满肩的散发里闪烁入星光，安安静静地看着他，仿佛什么都没发生一般，脸色却白得吓人，像浮在暗夜里的幽灵，唇色尽褪。

"你伤到哪里了？"端木微之轻声问她，挑着灯一路往下，往下，忽然就顿住了，握着灯盏的手指一分分发颤，难以抑制。

她的脚指甲全数被拔掉了……

旁侧放着熄灭的火炉和铁板，一缸浑浊的盐水打翻溢了一地。

他终是撇开眼不敢多看，他是听过宫中的刑罚，拔指甲，然后用盐水一遍遍清洗……

只是从未亲眼见过，单单是瞧就不能触目，他的指尖像是针扎一般疼，手中的灯盏"啪嗒"一声落在了脚边，火苗一下就灭了。

这一室的幽暗，他跌跪在纪萤身边肩膀一颤颤地哭了。

没有人讲话，极静的小室里只有他压抑的声音，他不敢伸手碰纪萤，连看都不看，却是纪萤先开了口："我都没哭，倒是你先哭了……"

他伸手环住了纪萤的身子，不敢用力，那样瘦的人，骨头耸立。

"我以为我可以护着你……纪萤、纪萤……你到底瞒了什么秘密，让你这样生不如死……"

"我不知道。"纪萤直勾勾地盯着房梁，有些苦笑，"我说了他们都不信，没有人信我。"

端木微之扶她坐起身，眼睛通红："纪萤，母后只是想找容妃之子而已，你随便讲个人出来……就说舒曼殊，说这一切都是他安排的，他指使你进宫刺杀我，母后一定信！到时候我就可以将你救出来……"

纪萤转眼看着他："可是不是他。"

"那是谁？"端木微之将她的散发捋到肩后，"到如今你还在隐瞒什么？没有人可以救你了……"

"我说了我不知道。"纪萤看着他，眉目蹙得紧，"为什么我讲这唯一的一句实话你们都不相信？"

他直愣愣地看着纪萤，噎在胸口的一口气叹了出来，小心翼翼地捧起纪萤的手指，道："你明白的，这个人究竟是谁不重要，母后想知道的是，这个人是舒曼殊……只要你指证是他……只要你说是他。"

只要指证是舒曼殊，即可以除掉他，又不必得罪南夷，还可以立威，是吧。

"你呢？"纪萤忽然问他，"你也想要他死？"

端木微之愣了片刻，一双卷长的眉睫颤啊颤地看着纪萤："只要可以救你，牺牲谁都没有关系。"

纪萤看他定定的眼神，半天抽回手指，道："我做不到。"

做不到……端木微之从她的手指看到她的眼，眉头蹙了起来："他那样对你……你也做不到吗？你难道不恨他吗？"又忙道，"我知道了，你一定是为了纪从善，你怕他有事对不对？"

她不答话，端木微之赶忙道："你不必担心纪从善，我会派人先将他救出来，你……"

"不仅仅是为了他。"纪萤打断他的话。

端木微之忽然有些发急，厉声问："那还为了什么？为了什么你到死都要护着他？"

他着急得像个孩子，眼眶里红通通的满是眼泪。他这样的心急难过，可纪萤只是安安静静地看着他，不言也不答。他便越发低了声音，最后将眉目埋在纪萤怀里，发狠似的哽声道："你会死的！会死的！"抬起泪汪汪的眼睛看纪萤，"你可以为了陆长恭死，为了舒曼殊死，为什么就不能为了我活下来？"

纪萤始终答不上，她不知道她对舒曼殊的感情是什么，爱吗？也许是恨吧，但却想不出恨他哪一点，她早就是个死人而已，两年前她跪在京都门外时，被安思危带走时，那场漫天的大雪里，站在她身边的自始至终都只有舒曼殊一个人，没有人知道那两年的时间里她是怎么熬过来的。舒曼殊待她恩大过天，她这个人，这条命，都是他的，他们之间不是简单单的一句爱而已。

"我不会死。"纪萤忽然笑了，"舒曼殊不会放任我在这里不管。"

端木微之微湿的眉睫眨了眨："你还在期望他来救你？"

"他一定会来。"纪萤看他，"不论是救我还是救他自己，即便是死，他也会亲手杀了我，不会让我死在这里。"

端木微之松开她，眉心紧蹙："你有没有想过，他会为了保全自己而放弃你？"

看她不答话，他起身道："如果我没有猜错，母后已经派人去了舒府。母后的手段你不会不清楚，若是她同舒曼殊说，你已经把什么都招了……你该怎么办？"

纪萤指尖发颤："他不会相信的……"

"他会。"端木微之俯身看她，"若他还像当初那般信任你，就不会软禁纪从善来要挟你，如果你还信任他，就不会那么急着杀我交换纪从善……纪萤，一直都是你在自以为是，没有人当你是必不可少的，你只是有价值的刀……"他灼灼地看进纪萤的眼睛里，看她一点点瓦解的眼神，"为何你总是这般地信任一个人？明明吃过那样多的亏……"

纪萤抽空了一般，软靠在床榻上，敛着眉睫道："我信他……总会有一个人是真心待我的，总会有……"

端木微之还要开口，纪萤忽然道："你回去吧，等会儿太后该来了。"

他一肚子的话便都噎了回去。

纪萤再不瞧他一眼，蜷靠在床榻上死了一般安静，他欲言又止几次，到最后只是道："我暂时不能救你出去，你等着我，我一定会救你出去的，我过会儿再来看你。"

端木微之转身出了小室，门外候着的守卫行礼请示道："可要上锁？"

他立在门槛往小室里瞧了一眼，幽幽暗暗的光，死一般寂静，便道："不必了，朕等下还会过来。"

守卫应是，虚虚地挂上了锁。

门锁"嗒"的一声响，纪萤听见脚步声渐行渐远，瘫软在床上，浑身上下没有知觉一般，手指脚趾一分都不能动弹。

她用口扯下床幔，咬牙一圈圈地缠在脚趾上，疼得额头冒冷汗，浑身发抖不停，她必须要做好随时可以逃走的状态，她不能死在这里。

这暮色沉沉的夜里，纪萤在小室中咬着棉被，一声一声地喘息，手指脚趾缠得紧紧直到麻木，她瘫软在床上，一阵阵地发颤……

她还有纪从善……她还不能死，这个世间除了她，谁还会照看纪从善……

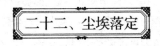

二十二、尘埃落定

长生殿忽然就清静得出奇。

一连三天再没有人来长生殿看过纪萤，连太后都没有再来，每日里除了来送饭的守卫，她没有见过其他人，仿佛一夜之间她就从人间蒸发了一般，这个世间没有了她一般。

这样的清静倒让她手足无措起来，一日日地躺在床榻上睁眼看着窗外的光，从白天到黑夜，静得让人发疯。

是在第四个夜晚，素白的窗纸上突然一点点地映红了，她听到有人在外面喊："着火了！"

她猛地翻身坐起，几乎在同一瞬间她听到门外铁锁落地的声音，有人推门进来，幽暗暗的夜色里挣出的一片火光映亮那人的眉眼，纪萤将笑的嘴角僵住了："青娘？"

"姑娘快跟我走！"青娘急急几步过来，不由分说地搀扶起她。

纪萤有些迟疑，问道："是谁让你来救我的？"陆长恭吗？

青娘将带来的黑斗篷披在她身上遮得严严实实，听她这样问，手指顿了顿，随后道："是圣上……他问我愿不愿意来救你，我自然是愿意的。"又忙解释道，"自从姑娘出了事，东厂已经被太后监视了，督主……"

"知道了。"纪萤打断了她的话，撑着身子往外去，问道，"我们要怎么逃出去？"

青娘扶着她忙道："圣上都安排好了，这些守卫都引开了，我们顺小路到西门侧有人接应。"

纪萤往外瞧，幽静静的长生殿外一片火光冲天，将半壁天空都晕染透了，门外的守卫确实没有一个人。

"圣上说，宫门口有马车接应，让您离开京都，去哪里车夫都已经安排好了。"青娘扶着她一路小跑出了长生殿，转折入林木扶疏的小路，低声道，"太后那边圣上自有安排，您只管出京好好照料自己，等过些日子他会去瞧您……"

纪萤点头，出声问道："我大哥呢？他是不是已经将我大哥也送出京了？"

青娘忽然就不开腔讲话了，只是扶着她埋头快走。

这沉默让纪萤不安，她脚步一点点放慢，问："我大哥……还在舒曼殊手里吗？"

青娘还是不讲话，一脸欲言又止的模样。纪萤听到自己越发不安分的心跳声，猛地止住脚步，看定她问："我大哥呢？"

青娘警惕地四顾，怕来人，慌忙扯着纪萤道："姑娘，我们先离开这里再说好不好，怕是圣上拖不了多久……"

纪萤看着她躲闪的眼睛良久，由她扶着继续往宫门去，却再不问，也不讲话，安静得让青娘诧异。

青娘不由得道："等出了宫门，我再对您细说。"

纪萤不看她，淡淡地"哦"了一声，再不讲话。

这一路虽是忐忑，却极顺利地到了西宫门，果然有一辆马车候在那里，守卫竟也没有阻拦，显然是事先吩咐好的。

瞧见两人出了宫门，马车上跳下一男子，行礼道："圣上让属下接您出京，请上车。"

纪萤点头，和青娘都上了马车，听马鞭扬起，她忽然开口道："去舒府。"

车夫勒马愣住，挑开车帘看青娘："这……"

青娘忙道："姑娘我们还是先出京，等您安顿好，再去找小公子不迟……"

"去舒府。"纪萤又重复一次，直勾勾地盯着车夫，仿佛没听见青娘的话一般，"需要我再重复一次吗？"

车夫面有难色："圣上吩咐属下将您平安送出宫，若是您出了什么差错，属下怎么向圣上交代……还请娘娘体谅。"言必刚要放下车帘。纪萤忽然擦身出了马车，劈手夺过他的马鞭，在他的腰间一带，他别在腰间的刀已经不见了。

"娘娘！"

"姑娘！"

两人的声音都未落地，纪萤已经翻身跃上头前的马背，抽刀出鞘极快地将套在马身的绳索砍掉，扬手一鞭，黑马脱离马车而去。

"姑娘！"青娘跳下马车在后面紧追两步，"去不得啊！"

眼瞧着纪萤策马的背影渐行渐远，她几乎要急哭出声，慌忙转身对车夫道："快去告诉圣上，姑娘去了舒府！"

这城中今夜竟然宵禁，空寂寂的街道上没有一个人，马蹄声踏过街道像踩在她心头，越发慌乱。

平白怎么会宵禁？她忽然慌了，却不知道在慌些什么，仿佛什么事情正在发生。

她快马加鞭，到舒府门前刚刚好撞上舒曼殊的亲信，扛着个黑色极大的包裹出门来，抬眼看见纪萤勒马在门前，脸色一刹那苍白如见了鬼似的，言语都吞吐："姑……姑娘……"

纪萤目光落在他扛的包裹上，问道："舒曼殊呢？"

"公子……公子在府里，在府里。"他扛着黑包裹，慌张地避开身，不敢看纪萤，"属下还有事，先告辞了……"

有什么液体打他肩上的黑包裹里透了出来，落在脚下的青石板上是艳艳的红色。

纪萤忽道："等一下。"

那人却浑身一颤，扛着包裹拔腿便要跑。

纪萤掉转马头一鞭抽在他的手背上，只听他惨叫一声，松了手。

肩上的包裹咚地落地，有什么东西从包裹里滚了出来，咕噜噜地滚到纪萤的马蹄下，黑马忽然一声嘶鸣，惊乱得立起，纪萤没拉稳，摔跌而下。

　　那人慌忙去扶她，眼神闪烁："姑娘这……这和公子无关……"

　　纪萤也不瞧他，只愣愣地瞧着不远处滚出包裹的那东西——

　　血，碎肉，人头。

　　她有些发傻，弯腰捡起那颗人头抱在怀里看了半天才认出来是谁。苍白清秀，睁着一双幽洞洞的眼睛看她，极长的乱发缠满她的手指，寸寸纠结。

　　是谁呢？

　　是谁呢？怎么可能是他？

　　那人看纪萤就那么抱着人头站着，半天都没有表情，竟也不哭不闹，就那么瞧着怀里的人头。良久，他才听她喉咙里哑哑地出声："大哥？"

　　那人有些怕了，慌忙跑回府中。

　　这宵禁的夜里真的静得出奇，天地间什么都没有了，没有声音，没有光，纪萤站在那里有些发晕，傻掉了一般。

　　似乎有人叫她。

　　"阿萤，阿萤……"叫了半天。

　　她恍惚地抬头，看见漆黑的夜里舒曼殊的脸。

　　"阿萤……你怎么在这里？"舒曼殊问她，目光下垂看到她怀里的人头，"阿萤，你要信我，纪从善不是我杀的……"

　　你要信我，要信我……

　　她有些听不真切，眼睛里有什么东西掉出来，殷红的将眼球都染成一片血色。夜是红的，舒曼殊是红的，什么都带着血，那液体落在纪从善的头颅上都是艳红的色。

　　"阿萤……"舒曼殊似乎有些慌了，看她苍白的面，眼角里滚出殷红的血，一句话都不敢多讲，伸手想夺下她怀里的人头，"阿萤，你不舒服，先给我……"

纪茧忽然一刀砍过来，狠且快。舒曼殊踉跄闪躲，刀还是顺着眉心在胸口划了一道极长的口子，登时便有血从眉心，从胸口，一珠珠地溢出来。

"阿茧你要杀了我？"舒曼殊看着胸口的那道伤口，惊骇地看着纪茧，"你不相信我？你觉得纪从善是……"

他话未讲完，纪茧一刀又砍了过来，没有招式只是狠，狠得出奇，刀刃下的风都让人睁不开眼睛。

舒曼殊躲开，她一刀接一刀地砍下来，抱着头颅，满脸满身的血，鬼魅一般，也不讲话，没有表情，没有知觉，只愣愣地盯着舒曼殊，一刀比一刀狠，攥得手指都出血，透出包扎的棉布甩在地上。

刀刀要他的命。

舒曼殊避开一刀，猛地上前扣住她的手腕，喝道："纪茧！我再说一次，人不是我……"

没待他讲完，远远的一队人马奔来，开弓上弦直指向他。

端木微之勒马在不远处，扬声道："放开她！不然朕即刻让你死无葬身之地！"

舒曼殊瞧着远远近近的弓箭手，蹙眉道："圣上要给我安个什么样的罪名？"

端木微之抿嘴不答，舒曼殊便冷笑出声："等你想清楚了再来。"伸手要将纪茧带在怀里。

她突然松手，左手接过刀，朝着自己被舒曼殊扣住的右手腕一刀砍下，毫不留情。

"住手纪茧！"舒曼殊慌忙松手，抬手攥住了她的刀刃，指尖见刃生血，她哭得越来越厉害，却没有表情，只愣愣地从眼角掉着血珠子，眼睛里看不见一丝的光，他忽然觉得，纪茧死掉了……

"阿茧……我松开你，你把刀给我好不好？"他试探性地抽她手中的刀，她却攥得紧。

端木微之扬鞭策马到了她身侧，伸手道："纪茧，跟我回宫。"

纪茧木木地转过头看他，满面横横纵纵的血让他吃了一惊。

"纪萤……你的眼睛……"

她忽然手指一软，手中的刀当啷落地，每根手指都在发颤，张口似乎想说话，半天却没有声音。

"纪萤……"端木微之翻身下马，"你想说什么？"

她吃力地张口半天，伸手攥住端木微之的衣襟，指尖留下一片血红，偎在他耳边，失声一般，一个字都发不出声。嘶哑良久，端木微之听见她字字沙哑地道："杀了他……杀了他……"

"好。"他轻轻的一个字，纪萤像被抽空一般，瘫软了下来。

舒曼殊想上前，端木微之却先一步抱住纪萤，在她耳边道："纪萤，能杀他的只有你……告诉朕，容妃之子是谁？"

纪萤睁着一双染血的眼睛看黑沉沉的天，极哑极哑地道："舒曼殊……"

"醒了吗？"

她听到有人在身边说话，近近的，又远远的，像飘浮的棉絮。

眼前的床幔被挑开，灰蒙蒙的眼睛里有一个影子晃啊晃，她看不清楚。

"纪萤，纪萤……"

那人坐在她身边似乎在叫她的名字，她愣愣地瞧着那人，半天都分辨不出是谁，眼前有手指晃了晃。

"你……看不见了吗？"

那人的声音似乎有些发慌，又在她眼前晃了晃手指。

"圣上，娘娘从醒来就一直这个样子，不说话也不哭，叫也没有反应，就愣愣地盯着你看……傻了一样……"

又有个女人的声音开口说话，末了哭了出来，掩着嘴巴哽咽得让人心烦，纪萤盯着晃在眼前的手指，忽然张口咬住。

那人嘶地抽了一口冷气："别别，别咬……疼。"伸手小心地拍了拍她的脸，哄道，"你怎么咬人啊？是饿了吗？快松口，松口朕喂你喝汤……"

她愣愣地盯着眼前那灰扑扑的影子，唇齿之间泛溢出猩红的血，却死都不松口。

旁侧的女子也慌忙来掰她的嘴，却不敢用劲，焦急地道："娘娘快松开，都咬出血了……"

"纪萤……"那人叫她的名字，拦下那女子，也不挣扎，由她咬着，慢慢地同她说话，"你有火气发不出来对不对？你不知道怎样发泄你的情绪对不对？怎么都不哭呢……非要见血才甘心？"

那人一手捧着她的脸，让她对上一双黑魅魅的眼睛，道："纪萤，你看清楚我不是舒曼殊，我是微之啊。"

微之？她听着这个名字在脑袋里想了半天，却发现脑袋里像上了把锁，什么都找不到。

"纪萤。"那双夜色一样的眼睛一直瞧着她，"我已经把容妃之子是舒曼殊的事情告诉母后了，已经派官兵去捉拿他了，我会帮你杀了他的，凌迟刮骨、剥皮抽筋，好不好？"

舒曼殊……舒曼殊……这个名字在她脑袋里转啊转，像一把钝钝的刀，绞得她脑袋有些疼。她记得这个名字，舒曼殊。

殿外有人冲了进来，跪下行礼，焦急地道了一声："圣上！"

端木微之细细蹙眉，有些不悦地看了愣愣咬着他手指的纪萤一眼："朕不是说过任何事情等朕出去再禀报吗？"

那人抬头看他一眼又慌忙敛下，道："事关舒曼殊……属下不敢耽误。"

端木微之眉头一挑："什么事？"

那人吞吐半天道："舒府已经人去楼空……舒曼殊跑了……"

"跑了？"端木微之刚要发怒，咬着他手指的牙齿忽然松开了，他忙转头看纪萤，"纪萤……"

纪萤满齿满唇的血，愣愣地看着堂下跪着的那人，滚了滚喉头，张嘴要说话却半天没有声音。

那人也诧异地看了纪萤一眼，又请示地看端木微之，瞧端木微之点了点头，才道："属下奉令赶到时舒府已经空无一人了，城中宵禁几夜了，估计也跑不远，圣上可要派人出京都去追？"

"嗯。"端木微之刚要下令去追，纪萤忽然起身，赤脚跃下了床榻，直奔出去。

"纪萤！"他慌忙追出去，"你要去哪里？"话音未落便见纪萤在黑漆漆的夜里回过头来，极长的发透了一肩，素白的衣衫被夜风扯得像是要腾飞的羽翼。

他愣愣道："你在生病，朕会派人去追的，放心，他跑不了，乖乖回来……"他对她伸出手。

纪萤却转身便跑，黑发白衣，远远地瞧着，像极了一只断线的风筝……

端木微之不转头下令道："派些人马，朕和你们一同去！"

竟也没有人拦她。

她在宫门外夺下一侍卫的马，侍卫要拦，旁侧的老兵道："是宫里的娘娘，圣上昨儿才下令，她出入宫门不得阻拦。"便慌慌退下。

她像是什么都没听见，什么都没看见，木然着情绪，翻身上马，一扬鞭就绝尘而去。

宵禁的街道之上，她在漆黑的夜里忽然看到一壁青墙上开出的红花，蔓藤盘绕一墙的新绿间星星点点的红花开得曳曳，落在墙角下，露水微湿。

她好像见过，曾经是见过的，青墙红花，大雨的夜里，有人问她，叫什么名字……

"你叫什么名字？"

"纪川。"

纪川纪川……

脑袋跳痛着，忽然有人略惊略诧地喊了一声："纪川？"

她愣愣地转过头，瞧见不远处的府邸之中，有个灰扑扑的人影站在那里，看到她喜出望外地奔了过来，到她马下。

"你小子怎么在这儿？"他倦倦的脸上飞扬的都是笑意。

顾小楼……纪萤瞧了半天，张了张口，却没有声音。

顾小楼看她，微诧地皱了眉头："纪川，你怎么搞成了这个样子？你……嗓子怎么了？"

她讲不出话，抬眼看不远处曳曳风灯下的府邸，东厂，纪川的东厂……

顾小楼顺着她的目光看过去，眉眼飞扬的笑意一下子暗了下来。他从不是会颓丧的人，如今忽然生出一种灰败的情绪，苦笑道："东厂里的人大多都走了，太后和圣上在一点点地削弱东厂的势力，督主也几日里不见人，不知道在忙些什么……"

纪茧忽然伸出了手，木木地瞧着他腰间的佩剑。

"你要剑？"顾小楼解下佩剑，递给她，"要剑做什么？"

还不等话音落，纪茧猛地一夹马腹，扬尘而去。

"纪川！"顾小楼在身后喊，"你要去哪里？"

她未回头，也未停顿，剑鞘猛拍马腹，转瞬就消失在茫茫夜色里……

番外一、舒曼殊

　　入京都之前，我曾设想过千百种失败的因由，却独独没有想到这一种……犹如丧家之犬，连夜潜逃出京都，除了当初带来的几名下属，身边只有摇光一人。

　　我勒马在京都之外的千叠山上，遥遥地望着黄土灰砖的城墙，忽然想起当初带走纪萤时的那场大雪，我的纪萤……终于还是遗落在这京都之内。

　　"哥……"摇光在我身侧小声喊我，"你不要难过，留得青山在不愁没柴烧，我们先回南夷，等重新部属好再回来……到时候你再找纪萤……"

　　她讲得小声，末了都飘荡荡的。我侧过头看她，忽然笑了："你以为我舒曼殊是输不起的人？这天下，我要定了。"

　　摇光张口还想问什么，却欲言又止。

　　我知道她要问什么，有些苦笑道："只是我答应过阿萤绝对不会留下她一个人……"

　　"可是她出卖了你！"摇光有些焦急地看着我，声音都发抖，"若不是她……你怎么会功亏一篑！你布置了那么久，眼看天下触手可夺，若非是她……如今你也不会落到如此田地！"

　　她又道："哥，她根本就不相信你，连最基本的信任都没有。"

　　这苍茫的千叠山里有幽火跳跃，我想起第一次在千叠山见她，一把鬼头大刀，杀人如麻，那样子似乎消失了很久……

278

摇光沉默片刻，又小声道："我知道你放心不下纪萤……若你真的这么不开心，那我回城将她带出来……"

"不必了。"我勒转马头，"走吧。"

她愣愣地催马跟上我："哥……"满是不解。

我猛地一扬鞭，道："待我他日归来，江山和她我让端木微之一分不少地归还回来！"

我打马下山，却在半山腰被迎面而来的手下青云拦住了，他有些迟疑地道："公子……姑娘出城了。"

"阿萤？"我勒马，"她如今在哪儿？"

他迟疑半天不开口，我在山腰的小径上遥遥地听见马蹄声，有人在喊我，一声高过一声："舒曼殊！"

那三个字像刀剑过脑，我慌忙掉转马头往山下瞧。苍茫的夜色，枝杈横生的树木，我看不清她，只看到那道白影穿梭在枝叶间。

她一声声地喊："舒曼殊！"

摇光问青云："她是一个人出的城？"

青云摇头又点头："属下只看到她一人，但至于有没有人一同出城却不清楚。"又请示地看我，"公子？"

那声音跃过千叠山林渐行渐近，我手指攥着马鞭，看着白影穿梭，摇光忽然握住我的手，轻声道："哥……你的手在发抖……"

我盯着自己的手指，极重地道："走！"

摇光诧异："哥，你不去见她一面？"

我扬鞭策马，再不去看一眼，今夜若是回头，怕是再也走不掉了……我要这江山，江山之后才是她……

我行得急，在呼啸的风中听幽静的山林里一遍遍地回响她的声音，嘶哑的，像一根线绕在耳侧。

她喊我的名字，舒曼殊，舒曼殊……

摇光追在我身后，道："哥，要不要去和她解释清楚，纪从善不是你杀的……"

"闭嘴！"我扬鞭加速。

解释？纪从善死在我的府邸，解释又有何用。回不得头，纪萤是藏在我骨肉里的软肋，回头就再走不了。

我在密林间忽听到一声极凄厉的马鸣，纪萤的声音戛然而止。我猛地勒马，密密的枝杈间，细细的风声过耳，除却风声再没有声音。

马蹄声，纪萤的声音，什么都没有了。

"哥……"摇光按马在我旁侧，"要不要我回头去看看？"

我听到夜莺扑动羽翼的声音，枯叶之下虫蚁钻爬的声音，这么静，却寻不到她的声音。

"哥……"

我在极静的夜里没来由地想起了师父，从有记忆以来到遇到南夷女帝，我的生命中只有师父一人，那么长的时光，我能想到的只有整日里读书练功和师父没有笑的脸……

幼年时练功偷懒会被师父罚跪，也是这样极静的夜，我跪在庭院里，听见师父在屋内细细地哭，她总是对着没有刻名字的牌位一遍遍地说，阿姐，是我没有教好他……是我没有教好他……

师父总是要我跪在牌位前，问我："可还记得你为何练功？"

"报仇。"

她又问："怎样的仇？"

"不共戴天。"

她便会点头，扶我起来道："你若不杀尽仇人，夺回江山，便枉为人子，更枉为人。"

"你的母亲在等你重归故土……"

我从未见过我的母亲，她死在我回大巽之前。

师父说，这江山是我的。

师父说，如今坐在龙椅上的就是逼死我母亲，害我不得踏入故土的仇人，在他坐享荣华时，我的师父为了让我接近南夷女帝设计刺杀女帝……

我护驾有功，在一夜之间被女帝收为义子，荣华万丈。

我有很多年都梦到师父临死的那天夜里，我的剑贯穿她的身体，她在咫尺之间对我笑了，是那样美的女子，我从未见过她那样美。

她对我说："他日你必要得天下……"

他日你必要得天下……

我的今日是踩在师父的尸体之上得来的，这天下，不是我一人的。

怎么这样静？静得我听到自己没有章法的心跳声。

摇光看着我的脸色忽然怕极了，颤声问我："哥，你还好吗？"

我不答话，青云却猛地掉转马头。

我喝道："你要去哪里？"

"公子！"他咬牙道，"纪萤不除，你永远狠不下心！既然公子下不了手，就让属下代劳，要杀要剐等回南夷由公子发落！"

我扬手一鞭缠住他的脖颈。

他吃痛，整个身子险些摔下马。

"公子！你忘了师尊是怎么死的吗？纪萤将来必定成为你的绊脚石！"

"闭嘴！"我闭上眼睛，一口气压在胸口，良久才道，"她只能死在我手上。"

我松开马鞭，掉转马头，绝蹄回奔。

"哥……"

我不回头下令道："青云，你护着摇光先走，我片刻后即到。"

在密密的林木里，我在一棵枯树下看到了纪萤，马被捕兽的铁箭钉在地上，她倒在树下，白衣上都是血迹。

我忽然觉得喉头发紧，翻身下马。

"纪萤……"我伸手扶起她。

幽暗的月色下，她脸苍白得吓人，唤了几声才极缓地睁开眼睛，我看到她那双黑洞洞的眼睛，茫然地看着我，没有光，没有神，荒芜的，什么都没有。

我张口不知讲什么。

她看着我半天道："舒曼殊？"

我忙道："是我……"两个字未脱口，胸口忽然一凉，一柄寒光凛凛的匕首跃在眼底。

纪萤握着它，又送进一分。

我喉头有腥涩的血溢出，张口想叫她的名字，却被血淹在了喉咙里。

她忽然哭了。

我看到山林里拥出一队队的羽林卫，开弓上弦将我层层包围。

端木微之走出来，笑盈盈地看着我，道："朕就知道，只要跟着纪萤，你就一定会自投罗网。"

端木微之说："舒曼殊啊舒曼殊，朕真的没想到你会为了纪萤回头，你最大的错误就是错估了自己的感情，她在你心中，重过江山，是不是？"

是不是？

我看着林立的羽林卫，又低头看纪萤，攥住她握刀的手，将匕首一分分地抽出，道："我带你一起走……"反手将匕首刺入纪萤的小腹，捂住她的眼睛，"我答应过不会丢下你一个人，死都不会，我做到了……"

番外二、端木微之

　　纪萤被带回宫时满身是血，我忽然怕极了，人怎么可以流那么多的血……

　　刀刺在小腹上，没有伤到要害，太医说不会有事，只是她一直在昏迷，安静得像死掉了一般。

　　她睡了半个月，我想这也是好的。这些日子我忙得厉害，没有办法陪着她，我想在她醒来之前将一切处理好。

　　舒曼殊一死，南夷公主摇光降服大巽，只求换回舒曼殊的尸体。

　　陆长恭请辞，东厂内外大换血。

　　母后在几日前突然抱恙，我差人将母后遣送到白云庵静养。

　　后宫无主，我在三日前将闻人夜灵立为皇后，云泽大都归降。

　　天气越发暖和起来，园子里的辛夷花一树树都结了骨朵，白玉雕一般，想是开了会是极为好看，便差人剪了几枝带去纪萤那儿用水养着，等花开了让她瞧瞧。

　　她睡得安稳，青娘将将为她换好衣服。

　　我挑帘子进去，将花交给青娘："今日可有反应？"

　　青娘摇头，有些红了眼眶。

　　我撩袍坐在榻边，接过帕子细细地为纪萤擦脸。

　　"朕瞧今日气色好多了，想是累得厉害，多睡会儿。"

　　青娘便低敛了眉眼不讲话。

　　"这样挺好。"我接过梳子细细地为她拢发，淡淡道，"若她醒来，说不定就不愿意待在朕身边了……"

殿外有人进来，禀报道："圣上，荣阳姑娘求见。"

我手指顿了顿，须臾吩咐道："让她在菁华殿等着。"

打从除掉舒曼殊那日起，荣阳就不见了踪迹，没想到今日会进宫来。

我到菁华殿看到她低头在书案上看着什么，听到脚步声回过头看我，眉眼一松地笑了，是清瘦了不少。

"微之近来可好？"她问。

我走到书案前合上册封皇后的圣旨，淡淡道："你来做什么？"

她眉眼盈盈地笑了："怎么？过河拆桥啊，我好歹帮你杀了纪从善陷害舒曼殊，你可答应过我，除掉舒曼殊后，允我一个条件。"

我抬起眼看她，其实我早就知道舒曼殊是容妃之子，也是荣阳投靠舒曼殊后得知的，之后告诉了我，和我做了交易，她帮我除掉舒曼殊，我允她一个愿望。

只是我没料到她会用那么残忍的法子杀了纪从善。

她低头瞧着我又道："你隐忍这么多年，终于坐稳了这江山。"抿嘴笑，"当初还真小瞧了你，没料到你会在那么早的时候就和闻人夜灵已有预谋了……让她潜伏在太后身边那么久可真了不得。"

她低了低声音笑问："太后好好的怎么会突然抱恙？怕也是你让闻人夜灵下的毒吧？用这皇后之位做交换……"

"够了。"我有些厌烦，"这不是你多心的事。"闻人夜灵要皇后之位，我要太后死，这笔交易很合算。

她耸耸肩。

我道："你这次来是已经想好要什么了吧？"

她忽然冷下眉眼，看着我一字字道："我要纪萤。"

我的脸色一定难看极了，不然她不会笑得如此开心。她道："逗你的，我怎么敢夺圣上所爱，不怕你翻脸杀了我吗？"

我恼怒万分，她也收敛了笑道："我想见她一面。"

我不明白，她为何突然想要见纪萤。

她解释道："并非是我，而是我的……母亲，她想见见纪萤。"

"母亲？"我想半天才记起荣阳并非容妃所生，不由得问道，"她是谁？你找到她了？"

荣阳点头："我早就找到了她，只是一直没有去见她……她叫绿意。"

我便不再讲话，我晓得绿意是谁，芜园的主人，想了半天终是点了点头。

荣阳在那天夜里带了绿意入宫。荣阳道，绿意有话要私下同纪萤讲。偏我也有事要处理，便留下青娘好生照料离开了。

那天夜里，我在菁华殿中看到有祈福灯冉冉升起，忽然想起还没有同纪萤一起放过祈福灯，不知为何心突突地安定不下，便撂了笔，起身去瞧纪萤。

我在殿门前嗅到辛夷花开的香味，一线线一丝丝，想是养在她房中的辛夷花开了。

该是极美吧？

我挑帘入殿，幽暗的夜里竟没有灯色，静，静得出奇，突突地听到心跳声，我突然不敢呼吸，到榻前挑开帘子发傻地愣住。

我的纪萤不见了。

在辛夷花开的夜里，在满室幽香中，在我的宫殿、我的京都里，不见了。

我心口千百只蝴蝶在一瞬间扑落蝶翼慌乱得没有章法，飞散在这没有光的夜里。

喉头按压不住，一口黑血吐在手指间。

番外三、陆长恭

他等在千叠山之外，等阿川。

端木微之刚刚坐稳这江山，那宫殿内外皆是他陆长恭的人，荣阳和绿意异常顺利地将阿川从宫中带了出来，一路驾着马车奔出了京都。

他在那千叠山下见到了她们。荣阳跳下马车来，对他道："陆督主，答应你的我已经做到了，我母亲所中之毒的解药呢？"

他迫不及待地上前掀开车帘就瞧见躺在马车内昏昏沉沉睡着的阿川，她那样的瘦，埋在松软的狐绒毯子里像只小猫一般。

绿意就坐在她身侧，脸色苍白地咳嗽着。

"解药。"荣阳心急地对他伸手。

他看了一眼绿意，从小楼替阿川将她绑走后，她就落在了他的手里，她与荣阳五官十分不同，可那双眼又十分一样。

荣阳在他那东厂里关了两年，他比任何人都了解她，她在幼年时就知道了自己并非真公主，活得谨小慎微、处处堤防，可她不过是个十几岁的小姑娘，"母亲"一词对她来说像一道微光。

所以他用绿意的命来和她做交易，帮他骗回纪萤，他必定会护着她们母女逃离京都，去过平常人的日子。

"陆督主要言而有信！"

他从怀里掏出了一瓶解药，却在荣阳伸手要拿时又收了回去问她："从善呢？"

"你放心，他好得很。"荣阳盯着那瓶解药焦急地道，"按照你的吩咐，我将他交给了沈环溪，有你的人护着，你还在担心什么？解药。"她又伸手来拿。

他将解药递给了荣阳，再不多话弯腰将车内的阿川抱了出来。她轻得像根羽毛，他用披风裹紧她，听到她细密的呼吸才安下心来。他低头轻轻亲了亲她的额头，闷声道："没事了阿川，我带你走，这次我们远走高飞。"

他抱着她快步上马，对身后的荣阳道："你们在这里等着，东厂的人会护送你们离开大巽。"他一刻也不想在这京都待着，两年前他在这里赶走了阿川，今日他从这里救回了阿川。

终于等到了这一天，那天色未晴，阴云已散。

陆长恭裹紧了纪川打马而去，一刻不停地疾行了整整半日，在远离京都的一个渡口停了下来。

顾小楼等在那渡口边，早就等得不耐烦了，远远地瞧见他打马过来就快步迎了上前，不管不顾地一把抓住他的马头，急问："纪川救出来了？"

他在马上轻轻打开了披风，像是解开一件贵重的宝贝一般。

顾小楼就在那披风之内看到一张苍白的脸，不知为何眼眶竟是一红："这小王八蛋怎么瘦成了这样……"

陆长恭抱着纪川下马，不停步地往停在渡口的大船走去道："以后会好的。"他抱着纪川上了那艘船。

"督主让我抱着吧！"顾小楼跟着跳上了船。

沈环溪就在船舱内等着他，看他平安而来也算是松了一口气，迎上去道："已经安排妥当，我们开船离开大巽吧。"

陆长恭看着他，先问了一句："从善呢？"他没有见到从善如何也安心不了，从善是阿川的支柱，从善不能有事。

沈环溪便笑着向船舱里抬了抬下巴道："好不容易哄睡了，就在里面。"

陆长恭抱着昏睡的阿川轻手轻脚地走进了船舱，在那船舱之内的一张小榻上看见了抱着枕头睡得不安稳的少年，正是纪从善。

他长长地松出一口气，抱着纪川坐在了榻边，握着纪川冰冷的手轻轻地放在了纪从善的手背上，低声对她道："阿川，你快醒来看看这是谁。"

纪川的手指动了动。

顾小楼在他背后轻声问："我刚见到纪从善的时候吓了一跳，还以为是个鬼呢。"又不解地问，"他不是已经被荣阳千刀万剐了吗？督主是什么时候救下他的？那……那个被杀了的人又是谁？"

沈环溪拍了他后脑勺一巴掌，笑道："你小子就不知动动脑子，督主让你抓绿意回来可不只是为了如今救阿川。"

顾小楼揉了揉后脑勺，不服气地嘟囔道："你们做什么都不告诉我，我怎么知道啊。"

"这件事若是走漏了风声就全完了。"沈环溪道，"若非督主抓了绿意威胁荣阳将纪少爷交出来，死的那个可就真的是他了。"

这件事只有沈环溪知，陆长恭知，以及荣阳知，这样才能骗过小皇帝、舒曼殊以及太后等多双眼睛。

"那……被荣阳杀了的那个人是谁？"顾小楼还是不明白，明明是同一张脸啊。

"是一个死囚。"沈环溪摸了摸脸皮，"你难道不知我的看家本领是给人换脸易容吗？要给个死囚换上纪少爷的脸简直是轻而易举的事情，只是怕身形和身子上有什么特征被人看出来，所以才让荣阳碎尸了。"

顾小楼恍然大悟，惊愣愣地看着两个人，他们居然瞒天过海地偷偷和荣阳联手替换出了纪从善！连他和纪川都被瞒过去了！

陆长恭将纪川轻轻地放在了榻上，放在了纪从善的身边，将纪从善的手指放在她掌心里，低声对纪川道："你的大哥在这里，他好好的，我把他还给你了。"

纪川在那榻上细微地，轻轻地动了动，握住了那交在她掌心里的手指。

陆长恭轻轻松了一口气，起身摆手让沈环溪和顾小楼退出船舱。

船已远远地驶向了天际。

陆长恭看着灰蒙蒙的海面，灰蒙蒙的天，问道："东厂那边可安排好了？"

"都已经安排妥当了，东厂已经全部遣散，离京的离京，回家乡的回家乡，督主不必担心。"沈环溪也看着那海面叹了口气，"只是几个队长无处可去，他们说在西夷等着督主。"

顾小楼插嘴："老子哪是无处可去，是舍不得咱们东厂的兄弟和督主，等咱们到了西夷国和他们会合，去占个山当他几年山大王！"

沈环溪被他逗乐了，看他一眼笑道："你知道督主为什么要带上你吗？"

"为什么？"顾小楼狐疑地看他。

"免得你为非作歹，为祸苍生。"沈环溪认认真真地答道。

顾小楼也不恼，环臂靠在船栏上道："要我说咱们早该走了，这些年在东厂尔虞我诈的日子，我真的过腻了……"

沈环溪也笑了笑道："督主何尝不想早日离开呢，只是在等一个时机。"

"什么时机？"顾小楼皱眉。

陆长恭一直没答话，他看着天，像是许久没看过没有阴云的天了，他一直在等的就是这个时机。

等端木微之动手，舒曼殊动手，等朝中大乱。

端木微之羽翼丰满，迟早会不受太后的掣肘，他一定会想尽办法除掉太后，只有朝中大乱，端木微之才会无暇顾及，陆长恭才可以借机保全整个东厂。

陆长恭要顾全东厂千万条人命，要护着纪从善，要救下阿川，这些都是他重要的人，那些跟着他出生入死的弟兄，也是值得他冒着生命危险去维护的人。

他看着渐渐暗下来的天空，长长地吐出了这口气，终于他不再是东厂的督主、太后的爪牙，只是陆霜陆生白了。

是阿川一个人的陆生白。

他转身回了船舱，看到榻上两个人相依相偎地抱着在睡，纪川小小的人儿缩在纪从善的怀里，贴着他的手心像只小猫。

他走过去轻轻将毯子给两个人盖上，就见纪川皱了皱眉，梦呓一般轻轻哽咽了一声。

那一哽让他心碎。

他低下头轻轻地亲了亲纪川不安的手指，叹声道："没事了，阿川，一切都结束了，我们远走高飞，带着你大哥去任何地方。"

纪川颤了颤，将醒未醒地又呢喃出了一个名字，他凑近了才听清——"舒曼殊……"

她哽声呢喃着："一起死吧舒曼殊……"

他那颗早已波澜不惊的心，突然有点痛了。

为了这个时机，为了东厂千万条人命，有些被改变的东西终是已经逝去，不可挽回了吧。

他在那榻前看着阿川紧紧皱着的眉头，伸手轻轻地揉了揉她的眉，让她舒展开来。他在她耳侧低声道："他没死，你那一刀怎么会杀得了他呢？他被摇光带回家了，阿川不要难过。"

不要难过。

扫一扫看更多图书番外，作者专访